文春文庫

凍る草原に絵は溶ける

天城光琴

文藝春秋

目次

凍る草原に絵は溶ける

主な登場人物

【アゴール】

マーラ……生き絵司

ルトゥム……演手《えんじて》。女。マーラの親友。

ヤシュブ……演手。男。お気楽者。

イラム……演手。男。容姿端麗。

ガイヤ……演手。女。演手の最年少。毒舌。

アドゥ……演手。男。妻子持ち。

ラチャカ……先代の生き絵司。マーラの師。

ザルグ……アゴールの族長・ダーソカ氏族の氏族長

ゴーガス……アゴールの前族長。現在は族長補佐。

【稲城《いなき》】

荀曙《こうしょ》……奇術師

久鋳《ひさい》……仮面職人

円紅《えんく》……仮面職人の働き手。元舞手。

範台《はんだい》……仮面職人の働き手。元詩人。

崔良《さいりょう》……仮面職人の働き手。元花売り。

禾王《かおう》……稲城の国王

序章

背が、草地を打った。

痛みで身体《からだ》が痺《しび》れたが、マーラは茫然《ぼうぜん》と虚空を見つめていた。今、起こったことが信じられない。

物心が付くよりも前から、馬に乗っていた。遊牧を生業《なりわい》とするマーラたちにとっては、馬は手足の延長のような存在だ。手綱がなくとも、足の微妙な動きだけで意のままに出来るほどだ。

それなのに。

(――まさか、馬から落ちるなんて)

信じられない気持ちで、首を振る。途端、陽射しと空の色とが、刷毛《はけ》で乱したように混ざりあった。あちこちを見回すものの、もとに戻らない。

不安の汗が背を伝ったが、何度か瞬きをすると、再び陽射しは正常な輪郭を取り戻した。

目の調子が良くないようだ。思えば、先ほど馬から落ちた時も変だった。降りようと片脚を上げたら、馬の姿が急に消えたのだ。驚いて目を見張っている間に、体勢が崩れていた。

朝起きた時は、体調は悪くなかった筈《はず》だ。日課の乳搾《しぼ》りをした後、搾りたての乳と茶葉を煮た茶《ツァセ》を飲みながら、山羊《やぎ》の胃を入れた粥《かゆ》を食べ、父と共に放牧に出た。夏を迎える準備をした大地の風は程良く暖かかったし、昨日の成功と族長からのお褒めの言葉とも相まって、最高に気分が良かったのに。

マーラの放心に構わず、山羊は呑気《のんき》に鳴く。家から連れて来た群れだ。早く、川に連れて行かなければ。

立ち上がろうと、近くの草を指で摑《つか》んで——血の気が引いた。

右手が、忽然《こつぜん》と消えたのだ。

ぎょっとするが、腕は再び草の上に現れた。不自然に高鳴った胸を撫《な》で下ろし、顔の前に近付けようとすると——また、消える。ぎくりと硬直させると、急に見えるようになった。

信じられない気持ちで、眼前で拳《こぶし》を握っては開くのを繰り返すが、見えるのは掌《てのひら》だけで、指先が全く目に映らない。指がある筈の場所には、まっさらな雲が広がるばかりだ。

もう一度、至極ゆっくりと指を折り曲げると、肌の色は、尾を引きながらじんわりと空に溶けていった。逆に、勢い良く曲げると完全に消える。

がばりと起き上がると、急に視界が歪《ゆが》んだ。空の青と地の緑と山羊の白と。あらゆる色が一挙に混ざり、輪郭が溶ける。首を振って辺りを見回すと色の濁《にご》りはひどくなり、目をこすっても、瞬きをしても元に戻らない。

頭を動かすのをやめた途端、ぼやけていた視界が一気に鮮明になった。地平の線も明快に一つになり、雲の形や山の輪郭も細部まで分かる。山羊が草原の一帯に広がっているのも見て取れた。

近くで馬の跫音《あしおと》が聞こえてくる。山羊が怯《おび》えるような声もした。だが、馬の姿は一向に見つけられない。どこを見渡しても、見つかるのは山羊だけだ。

目を凝らしているうちに、啞然《あぜん》とした。

群れのあちらこちらで、山羊が忽然と消えるのだ。消えた後には草地だけが残る。かと思えば、何もなかった草地から、突如、山羊が出現する。その間に存在する筈の、歩くという動作がどこにもない。同じように、山羊は草を食《は》むこともなかった。首だけが草地に消えたかと思うと、突然その首が地面のそばに現れる。だが、草を咀嚼《そしゃく》することはない。顎《あご》の辺りが淡く霞《かす》むだけだ。

まるで、紙に描かれた絵が断続的に切り替わっていくようだった。ここには一切の動きが存在していない。しかし山羊には怯えている様子もなければ、混乱の鳴き声も聞こえない。いつも通りのんびりとしたまま、歩く時によくする、ぶっぶっという放屁の音まで鳴らしている。山羊の身に異変はないのだ。

おかしくなったのは、私の目の方だ。

ぱっと顔を覆《おお》った。だが、翳《かざ》した筈の掌はない。呼吸《いき》を止めると、ようやくそれは目の前に現れた。おそるおそる顔から離すと、すぅっ……と草に透けて、動きを止めると再び見えるようになる。

現れた肌の上に、ざぁっと粟粒《あわつぶ》が打ち寄せた。全身が、嫌な予感のせいで急速に冷えていく。

(これは——一体、何)

途轍《とてつ》もない異変が、この身体に起きてしまったのだ。混乱する頭でかろうじてそれだけを理解した。

動いているものの一切が、目に映らなくなってしまったのだ。

一章

長い尾羽《おばね》に似た雲間から、華やかな朝が差し込んできた。

大地に張った緑が、一斉に黄金《こがね》を帯びる。風が打つと、草の上に光が波立った。伸び盛りの草に雪の名残はもうない。代わりに今は山羊の群れが寝そべっていた。その数、ざっと千。山羊は、子ども十人が輪になったほどの場所に集まって寝ていたが、朝の訪れに気付いて顔を上げ始めた。一頭が畳んでいた肢《あし》を伸ばし、草を食《は》み始める。つられて、後ろに寝ていた山羊も次々に立ち上がり、目の前の尻に続いて歩き出した。

群れが気儘《きまま》に広がっていくのを、マーラは家の影越しに気付いた。だが、座ったまま、乳搾りの手を止めはしない。普通の娘よりも上背《うわぜい》があるせいで、時折、太腿に挟んだ桶《おけ》が足の間からずり落ちそうになる。それを引き上げる手は健康的に日焼けし、働き者らしく丈夫だった。だが、伏せた長い睫毛《まつげ》は女らしい色気を帯び、飴色《あめいろ》の瞳を彩っている。旋毛《つむじ》近くで団子に纏《まと》めた髪が今は、優しく陽の光を弾《はじ》いていた。

乳を搾り終えると、マーラは桶を手に立ち上がる。辺りには、のんびりと草を食んでいる牛と、既に乳搾りを終えて、仔牛に乳を飲ませている母牛とが散らばっていた。そのうち、乳を搾られている最中の一頭に呼び掛ける。

「父さーん！」

「何だ」

牛の陰から、野太い声があがった。マーラの膝丈の衣に下袴《したばかま》という格好に対し、身体を鍛《きた》えている父は、まだ肌寒いというのに半裸だ。よく平気でいられるものだと思う。

「私、ちょっと山羊を連れ戻してくるよ。結構広がってるみたいだから」

マーラは、伸びていく山羊の群れを振り返った。山羊も牛も馬も、家獣《ノフラ》は家を留守にする時以外は柵に繋《つな》がないのが、遊牧の民アゴールの慣習だ。そのおかげでのびのびとは育つが、毎日、朝餉《あさげ》の前には連れ戻しに行かなければならない。

「いいって。俺がやっておく」

「でも、今日は山羊追いだって任せちゃうのに……」

「気にするな。山羊追いだって俺がやるさ。お前は女なんだから、二十四にもなるのに山羊追いを手伝う必要はないんだぞ」

言って、父は「心配するな！」と豪快に笑う。

「それにお前、今日くらい家事《しごと》のことを忘れろ。大事な日じゃないか」

父の言葉に、不意に身が引き締まった。実はそのせいで、乳搾りの間も気が漫《そぞ》ろだったのだ。

「そうそう。早く行っといで。族長に見《まみ》えるんだし、せっかくの晴れ舞台なんだから」

母も、仔牛の首の縄を解《ほど》きながら言葉を添えた。自由になった仔牛たちは、勢い良く母牛の乳房に吸い付いていく。

「うん。ありがと！」

マーラは、遠慮を一変させて笑顔になった。

――ついにこの日がやってきたのだ。

高揚で走り出したいくらいの気持ちを堪《こら》えながら、愛馬の足枷《あしかせ》を取り払う。家で飼っている馬は八頭きりで、山羊が千いるのに比べると随分少ないが、馬は遊牧にも移動にも欠かせない存在だ。

実はカカイと呼ぶこの草原にマーラたちが住まいを移したのも、つい五日ほど前のことである。南の瑚穹《こきゆう》という国の草原から、五十日ほどを掛けた大移動だった。住まいの移動は、アゴールたちが〈華やぎの季〉と呼ぶ春から秋にかけてと、〈岩凍りの季〉と呼ぶ冬の、季節の変わり目に行う。山羊を養いながらの旅なので、草地を選んで進まねばならず、街道を行く倍の時間が掛かるのだった。

カカイの草原は、稲城国《いなきのくに》と呼ばれる国の中にある。国土の南では稲城民《いなきのたみ》と呼ばれる人々が稲田を耕し、寒冷で稲が育たない北の草原では、春から秋にかけてアゴールが暮らしている。

もともとこの場所は、アゴールの放牧地でしかなかった。しかし三百年ほど前、アゴールが冬の放牧地にいる間に稲城民が移り住み、建国を宣言していたので、春に戻ってきたアゴールの祖先たちは驚いたという。草原に足を踏み入れない限りは構わないとアゴールたちは考えたそうだが、稲城民はアゴールの放牧地までもが自らの領土だと主張をしてきたので、戦《いくさ》になった。

騎馬のみで構成された、アゴールの軍は強い。おまけに部族同士の小競り合いには慣れていたし、腕っぷし一つで長に成りあがれる環境の中、男たちは身体を鍛《きた》えぬいている。勝利したアゴールは大量の戦勝金を手に入れ、今まで通り北の草原に陣取った。

稲城民はそれでも一度引いた国境は変えないと言い張ったが、アゴールは自由に出入りをしているし、稲城国に税を納めることもない。そのことで何度か戦になりかけたが、ここ百年あまりは穏やかな共存が続いている。アゴールが山羊肉や乾酪《アチェ》といった乳製品などを稲城民にもたらし、稲城民は引き換えに米を恵むという交易はいつしか互いにとって欠かせないものになっていったのだ。

アゴールには百程の部族があるが、十万もの人々を従える最大の部族が、マーラのいるダーソカ部族だ。ダーソカの部族長は、四十万余りのアゴールの族長も兼ねている。六年前に決まった今の族長は、若いが大変評判が高く、部族内でも自慢の男として尊敬を集めていた。

思わず、背筋が伸びる。そんな大層な人のもとで、これから重要な役割を果たさねばならないのだ。

——自信を持って、しっかりおやりなさい。

あの師ならば、きっとそう言うだろう。役割を託してくれた師のためにも、最大の力を尽くさなければ。

マーラは納屋《なや》から必要なものを運び出すと、荷台に乗せた。その荷台を馬に繋《つな》ぎ、ひらりと背を跨《また》ぐ。

「じゃあ、行ってくる」

両親に声を掛けると、二人は「頑張るんだよー」と声を張った。

草原の中、アゴールの家は互いにやっと見えるかどうかという距離で点在している。その中で、天蓋《てんがい》から赤い旗が上がっている族長の家は、マーラの家から思いがけない近さにあった。形は上から見れば円、色は、冴《さ》えた月のような白である。

馬から降りて、扉の前で、緊張で細くなった息を整えた。族長と見《まみ》えること自体は初めてではなかったが、今日の緊張は比べ物にならない。それも、これから与えられる立場を思えば当然のことではあった。

勢い良く扉を開ける。

目の前には煮立った大鍋が一つ。丸く穴の空いた天井の下で、柄杓《ひしゃく》で中身をかき混ぜているのは、族長の妻だ。彼女を挟んで、壁際の左右にはそれぞれ寝台が一つ。左の寝台には先ほどマーラが思い浮かべたラチャカという老女が座っており、右の寝台には男性が三人並んでいる。

彼らは話をやめて、一斉にマーラの方を見た。

「ダーソカ・カカイ・ソンガル・マーラが参りました」

名乗ると、寝台の真ん中に座っていた男が立ち上がった。頭には、金の牡馬《おうま》の描かれた黒い布帯を締めている。漆黒の瞳に、赤銅色《しゃくどういろ》の衣。その上には、最高級の正装である、斑《ふ》のない牛の革をなめした黒い外套《がいとう》を纏《まと》っている。身体つきこそ小柄だったが、手足は細くすらりとしていた。

彼は両手を、一定の手つきで動かし始める。それを見ながら、手前の男が話し出した。

「よく来てくれた。随分と早いが、家のことは大丈夫なのか」

「はい。両親からは任せてくれと言われました」

マーラは答えながら、どちらを見たら良いものかと視線を彷徨《さまよ》わせていた。話している男の方か、それとも、そう言うように指示をしている男の方か。

今立ち上がった男――アゴールの族長は、声を出すことが出来ない。幼い頃に罹《かか》った流行《はや》り病《やまい》の後遺症《せい》なのだという。だから代わりに手話を解する男を通訳として近くに置いているのだが、こうして相対するたび、どちらと話しているのか分からず戸惑ってしまう。

「今日は、期待しているぞ」

族長はマーラの僅《わず》か二つ上とは思えないほど、近寄りがたい覇気《はき》を漲《みなぎ》らせている。冬の湖の、仄白《ほのじろ》い冷気を思わせる人だった。

部族の長は、十年に一度開かれる〈技比べ〉で決められる。我こそはと思う者たちが集い、掌合《ダドウ》――要は素手の殴り合いで戦った後、勝ち残った十人が、山羊の角《つの》で出来た駒を使ったルダカという遊戯で機知を競い合うのだ。

六年前に開かれた〈技比べ〉で最後まで勝ち抜いた男が、このザルグである。当時は、彼を族長にしても良いのかという不満の声も上がったという。男たちは、自分よりも小柄で、しかも声も出せない男に敗《ま》けたことを認められなかったのだろう、ザルグが言うことにもなかなか従わなかった。しかし今では、彼の優れた手腕と聡明《そうめい》さは誰もが認めるところとなっている。不満を言っていた者たちさえも、彼こそが我らの族長だと誇るようになった。それほど人望が厚い人なのだ。

（――失敗は出来ない）

いっそう気を引き締めて答える。

「はい。ダーソカ族の名に恥じぬものをお見せできればと思います」

「緊張するだろうが、肩の力は抜いておけ。お前が緊張すれば、演手《えんじて》たちにもそれが伝《う》染《つ》る」

そう声を掛けてきたのは、一番奥に座るゴーガスという男だ。年のころは五十近く、額も後退しているが、十年間族長を務め上げた膂力は健在だ。今は補佐として、ザルグ族長の近くにいる。アゴールには稲城国のような王政も官僚機構もないから、人々の先頭に立つのはこの二人だけだった。

「ひとまず掛けるがいい。もう少しで茶《ツァセ》も煮える筈だ」

族長に許されて、マーラは、左の寝台の老女ラチャカの隣に腰掛ける。改めて家の中を見回した。マーラの家の倍以上の広さはあるが、アゴールを束ねる男の家にしては随分と質素だ。しかし家の最奥《さいおう》に設《しつら》えられた祭壇は意匠が凝《こ》っている。祖先の遺品と主要な精霊の像が置いてあるのは普通の家と同じだが、ここにはさらに五つほどの見たこともない精霊と、歴代の族長を模《も》した木彫りの像が並んでいた。壁に立て掛けられた大矛《おおぼこ》と長槍も、燦然《さんぜん》と輝いて目を引く。

「どうぞ」

族長の妻が卓に茶椀を並べてくれた。器はもちろん木だ。常に移動の生活なので、アゴールの家に陶器《すえもの》の類はない。

牛の乳に茶葉を入れて煮た茶《ツァセ》を頂く。新鮮な乳のなかにほのかな渋みを見つけた。よその家の味だ。マーラの家ではもっとまろやかな味だが、茶《ツァセ》の味付けは家によって微妙に違うものだ。

「ラチャカも生き絵司《えし》を務《い》めて十二年か。――長かったな」

ゴーガスが遠い眼をして言った。マーラの隣に座っている老女は「過ぎてしまえば、早いものですね」と静かに笑う。白いものが混じった髪は旋毛《つむじ》近くで固く結いあげられ、細い眼には峻厳《しゅんげん》な光がある。怖いと思うこともあったが、マーラがずっと憧れ、尊敬し続けてきた眼だ。

「苦しんだ時期もありましたが、今では全てが、良い思い出に思えます。こんなに長く生き絵司を続けられたのは、お二人のおかげです」

生き絵司――という言葉に、マーラの胸は高鳴った。

生き絵は、草原に立てた〈額《がく》〉という大きな木枠の中で、場面を描いた幕を背景に、人が笑い、怒り、躍動《やくどう》しながら織り成す物語である。まるで絵が命を持っているように見えるところから、生き絵と呼ばれるようになった。

そもそも神話によると、この世は精霊が海の上に浮かべた盆なのだという。人懐《ひとなつ》こい精霊たちは、盆で繰り広げられる営みを周りで面白がって眺めているらしい。人々が生き絵を作るようになったのも、精霊が我々の世界を覗《のぞ》いているように、自分たちも、全く別の世界を覗いてみたいという思いがあったからに違いない。

アゴールは文字を持たないから、生き絵には事細かな筋がある訳ではない。核となる物語の流れを生き絵師が作り、演手と呼ばれる者たちが即興で場面を彩った。

絵師の中でも、部族の長に認められると〈火の集《つど》い〉で生き絵を披露することが出来るようになる。〈火の集い〉は、血族の代表者が部族長のもとに集い絆を深める、二月に一度の集まりだ。この〈火の集い〉に加え、年に二度の大移動の後に、族長が百の部族長らを召集《しょうしゅう》する〈炎の集い〉を開く。この場で披露される生き絵を作れるのは、生き絵司という称号を与えられた者のみである。これはダーソカ部族――ひいてはアゴールの絵師の頂点に立つということで、大変な栄誉だった。

「まだ夢のようです。そんな大切なお役目を、私に任せていただけるなんて」

マーラはそっと、胸に手を当てる。幼い頃から憧れ続けた役目に、ついに就けたのだ。その興奮で、鼓動の音が湯のように沸いていた。

族長は興味深げにマーラに質問を投げかける。

「生き絵作りは、いつから?」

「あれは……十の時です」

しばしの沈黙を結んだマーラに、族長は「何かきっかけでも?」と先を促《うなが》す。

マーラはそっと、つらい記憶を掘り起こした。

「南の瑚穹《こきゅう》の大地に大寒波《ノフラ》が襲った時のことを、覚えていますか。草は痩《や》せ細り、牛の乳房は萎《しぼ》み、多くの家獣が死に絶えました。貯えていた乾酪《アチェ》や肉もじわじわ減っていって、毎日、食い繋ぐのさえ困難で。死人が出ても、土は氷に閉ざされ、墓を掘ることすら出来なかった……十四年前のあの時を」

鍋から湧いた湯気が靡《なび》いて、男たちの顔が一瞬、遮《さえぎ》られた。族長は一つ頷《うなず》き、ぐっと眉を上げる。

「無論、忘れる筈はない」

「あの時、私は幼い弟を亡くしました。以来、私は人一倍働くことを心掛け、男の仕事も進んでこなしました。実際どんな手伝いを言いつけられても、難なくこなせるようになったのです」

いつしか周りからも、「マーラ姐《ねえ》」と呼ばれて頼られるようになった。マーラ自身頼られることが誇らしかったし、両親からも必要とされていると感じた。

「さぞかし二人も喜んでくれるだろうと思っていたのに……両親が私に掛けたのは、『そんなに頑張らなくて良い』という言葉でした」

ゴーガスが、禿《は》げかかった頭を掻《か》きながら、不審そうに聞いてくる。

「どうしてそんな顔をする？　お前を思いやっての言葉だろう」

マーラは唇を湿らせた。

「仰《おっしゃ》る通り、両親は私の肩の力を抜こうとしてくれたのだと思います。お前が何も出来なくたって、俺たちはお前を愛していると、そう言われました」

だから、無理に何でも出来るようになろうとしなくて良い。

それは、無償の愛を象徴する言葉の筈だった。親から愛されるためには、何でも出来るようにならなければと思い込んでいる子どもにとっては、涙が出るほど嬉しい言葉だっただろう。――しかし、マーラにとっては。

（私はその言葉で……却《かえ》って、何をして良いのか分からなくなってしまった）

二人を喜ばせたい、もっと私を頼って欲しい、少しでも二人を楽にしたい。そう思って力を尽くしていたのに、懸命に伸ばした手をゆるやかに押し戻されたような心地になった。

「別に役に立たなくても愛してくれるなら、私が役に立つことに果たして意味はあるのでしょうか。力仕事が出来なくても、夜遅くまで針仕事を手伝わなくても、彼らは構わないと言うんです。ならば私が仕事をするのは、一体何のためでしょう。――そう思った途端、何かを出来るようになりたいと思えなくなってしまったのです」

以来、自分を急き立てていた熱量の全てが、失われてしまったような日々を過ごした。

「そんな時、子ども向けに披露されたラチャカ師の生き絵を見ました。とてもめまぐるしい絵で……到底乗り越えられないように見える挫折《ざせつ》さえ、人々は覚悟一つでどんどん越えていくんですね。その生き方に感動して――こんな絵を描きたいと強く思いました。弟が死んで以来、初めての……虚《うつ》ろではない、自分の内側からの衝動でした」

生き絵を〈描ける〉という力が、人を幸せ《せ》に出来る。自分が何かを出来ることで、人の心を動かせるのだ。――思うと、身体が疼《うず》いた。なくても良いと言われた自分の能力を、切実に必要とされた気がした。

それからは夢中だった。生き絵の筋を考えては、多くの絵師が初めはそうであるように、子どもを相手に披露し続けた。初めは友人の二人きりだった演手が、マーラの絵が人気になるにつれ、少しずつ増えていった。

マーラが十二の時、ラチャカが〈炎の集い〉を任される生き絵司となってからは、弟子にしてくれと懇願した。マーラが〈火の集い〉の生き絵師ではなく、アゴール全ての部族長の集まる〈炎の集い〉を任される生き絵司を目指したいと思うようになったのもラチャカの一言がきっかけだったし、常にマーラにとってラチャカは大きな存在だった。

「そのラチャカから生き絵司を譲《ゆず》られたのは、この上ない喜びだっただろうな」

族長が掛けた言葉に「はい」と、マーラは声を高くした。

「まさか本当に、ラチャカ師が私を指名してくださるなんて……。まだ信じられない気持ちです」

ラチャカの弟子は十人いる。マーラも含め、うちの三人が部族内の〈火の集い〉の生き絵師である。マーラが〈火の集い〉で初めて生き絵を作ったのは十八の時のことで、以来周りからは一目置かれるようになったが、他の絵師たちも素晴らしい生き絵を作っており、ラチャカが誰を後任と考えているのかは弟子の間でも分からないままだった。マーラが知ったのも、実際に指名されてからのことだったのだ。

「マーラを選んだ理由は、二つあります。一つは、〈香《こう》〉を見た時です」

〈香〉は、マーラが二十の時に手掛けた生き絵だ。絵師が一から考える物語ではなく、古くから語り継がれている伝話《でんわ》の一つで、演出だけをマーラが新しくした。

「〈香〉の演出は見事でした。花の化身たる男が、精霊が求めていた花を失ってもなお、住んでいた村に戻れず、精霊の待つ異界に向かうしかない物悲しさ、無力感がひしひしと滲《にじ》んでくる作品でした。

マーラは、感情の描き方が群を抜いて上手い。特に絶望の描き方がね。——物語を作る上で最も難しいのは、絶望を月並みにしないことです。絶望の彩《いろどり》こそが物語の出来を決める。マーラの生き絵は艶《あで》やかで、美しかった」

「そんな風に思って頂いていたなんて……」

マーラは頭を掻いた。ラチャカに手放しで褒められることなど滅多にない。有り難いやら、恥ずかしいやらだった。

「それにマーラは、演手《えんじて》からの信も厚いんですよ。聞き分けがない彼らをよくまとめてくれています」

「聞き分けがないだなんて」

咄嗟《とっさ》に否定しようとしたが、彼らの顔が思い浮かび、言い掛けていた言葉が止まる。間《ま》が生まれたことに、笑いが起こった。

「あの聞かん坊のヤシュブを手懐《てなず》けたのも、大したものですよ」

「ヤシュブ？　ああ、あの演手のことか」

ゴーガスは合点する。族長も〈火の集い〉で何度か演じたことがある彼のことを、覚えていたらしい。「どんな方法を使ったんだ」と聞いてくる。

「彼が演手を始めたばかりだった時です。彼は声が小さかったので、声出しの稽古ばかりさせていたんですが……」

途中、マーラはふとあることに気付いて口を噤《つぐ》んだ。生まれた短い間に、族長は素早く手を左右に振る。通訳がその仕草の意味を言葉にした。

「気遣いは無用だ。続けて良い」

「はい」

敏《さと》い人だ、と思った。人の心の動きを読むのが常の人の数段は速い。気兼《きが》ねをしたら却って失礼だろうと、先を続けることにした。

「……それでヤシュブは、声出しの稽古なんてつまらないから、やってられるかと怒り出しまして。早く本格的な稽古を付けろと言ってきたのです」

ヤシュブは人一倍無鉄砲で、小さい頃から、周りが止めても聞かずに馬に乗って遠くへ行ってしまったし、危ないと言うのに家の屋根に登り、挙句には落ちて骨を折るような子だった。それでも懲りずに屋根に攀《よ》じ登るのだから、「聞かん坊のヤシュブ」と呼ばれているのだ。

そんな彼に、本格的な稽古はまだ早いと撥《は》ねつけるか、或いは声出しの必要性を説き聞かせるか。マーラは、そのどちらもしなかった。

「次の生き絵に、終始踊りながら話す奇特な男を登場させることにして、彼にその役を宛《あて》がったのです」

踊りながらなめらかに話すのは並大抵のことではない。役を当てられたヤシュブは、マーラを罵《ののし》りながらも舞の練習まですることになった。

くっくっく、と低い声で笑ったのはゴーガスである。

「希望通り、ちゃんと台詞《せりふ》のある役を付けてやったのだな」

「はい。彼には早いのではという斟酌《しんしゃく》などせず、むしろ難しい仕事を与えて、自分の能力不足に気付かせた方が良いと思ったんです。不満を消す方法は、本人を納得させることにしかありませんので」

「人の心の動きをよく分かっているな。良い指導者だ」

ゴーガスの言葉に「大したことでは」とマーラは謙遜《けんそん》した。

マーラが役を与えた後、ヤシュブは自ら稽古に励んだ。本番が終わる頃には、彼の腹の筋はすっかり鍛えられて、声の量も大きくなっていた。おまけに声の強弱をつけずに一定の調子で喋るのを徹底させたおかげで、呼吸の乱れもなく、長い台詞でも閊《つか》えずに言うことが出来るようになった。

「難しい仕事を与えるのは、演手への信あってのことだな。絵自体の失敗を恐れれば、大役を与えることなど出来ないだろうから」

族長が言葉を添えた。族長に褒められると、無条件に誇らしい気分になる。

「しかし、信を裏切る者も中にはいるのではないか？」

ゴーガスがちょっと意地悪に尋ねてくる。マーラは迷わず言いきった。

「裏切る人はいません。そもそも信じるというのは、相手の許しもなしに、期待という自らの幻想を人に託すことですから。期待の幻想が解けても、その人の本当の姿が見えるだけです」

ほう、と、場には納得が落ちる。少し気恥ずかしくなって、マーラは空になった椀をことりと置く。

「つい長話をしてしまいました。失礼して〈額〉を組み立てて参ります」

マーラは立ち上がったが、それを見てもラチャカは「行っておいで」と微笑《ほほえ》んだだけだった。自分の力だけでやっておいで——と、背中を押された心地で、張り切って「いってきます」と言い残す。

〈炎の集い〉は、族長の家の傍《そば》の草地で行う。外に出ると、マーラは荷台から〈額〉と呼ばれる木枠を取り出した。この枠の下から伸びる二本の脚を、土に刺す。

すると草地の中に、突如巨大な額縁が出現したように見える。雄大な空と地平がそこだけくっきりと切り取られ、別世界に通じているかのようだ。焦げ茶の〈額〉の表面には蔦《つた》を模した彫刻が施《ほどこ》され、年季の入った鈍い輝きが滑っている。枠の横幅は三人が並んで入れるほどで、縦幅は、男の腰から上よりも少し余る。その中を、今はただ、静かに風が吹き抜けている。

ここで、これから物語が繰り広げられるのだ。

マーラは、〈額〉から少し離れた左右に、背丈の倍以上の支柱を一本ずつ立て、巨大な羊織布《シュワン》を張った。白い羊織布の中心、ぱっくりと開いた部分に〈額〉を嵌《は》めると、草原が完全に四角く切り取られる。さらに今度は〈額〉から少し離れて後ろに回ると、背景となる幕を順番通りに重ねておく。幕は長年使い続けているものもあるが、稽古の合間にマーラや演手たちが縫《ぬ》って新しく作ることもあった。

正面に回り、見え方を確かめる。一番初めの場面は夜の家の中だ。〈額〉には、織り込まれた闇の中に、文様の入った柱と棚、祭壇が現れる。中心には白い煙に模した文様が立ちのぼっている。大鍋から立つ湯気だ。それが天蓋の丸い星空に吸い込まれていく。

　マーラは、忙《せわ》しなく〈額〉の前後を行ったり来たりしては、幕を一枚ずつめくり、〈額〉を通して眺めた。時には少し位置を修正して一通り問題ない状態にすると、幕は一番初めのものを上にしておく。それからまだ観客からは見えないように、一枚の布を吊って〈額〉を覆い隠した。

　客席に茣蓙《ござ》を敷いていると、「マーラ！」と、華やかな声に呼ばれた。

　親友であり、マーラが生き絵を始めた頃からの演手でもあるルトゥムだった。すらりと女らしい身のこなしで歩み寄ってくる。普通の娘が、膝丈の衣の下に、二本の足を包む下袴を穿《は》くのに対し、ルトゥムは下袴の代わりに、足首まである衣を纏っている。ふくらはぎまでは細く絞り、裾は広がるような形になっていた。その着こなしのおかげで、立ち姿がほっそりとしなやかに見える。彼女は人からどう見えるかを意識している人だ。いつも洒落ていて、人目を引き付ける華がある。

　ルトゥムはマーラが組み立てた〈額〉を前に目を見張った。

「たった一人で、もう全部組み立てたの？　ヤシュブたちが来るのを待てば良かったのに」

「大事な演手にそんなことさせる訳にいかないよ。特に今日は皆緊張してるだろうし。そう思って早めに来たんだ」

「そりゃもちろん、緊張はするけど……。ちょっとは私たちのことも頼ってよね。マーラは一人で何もかもやろうとするんだから」

「はいはい。皆のことは本当に頼りにしているって」

「ほんとかしら」

ルトゥムは苦笑していたが、マーラは一向に気にしない。

「それにしても、まさか本当にこの日が来るなんてね。ここに来てもまだ、ちょっと信じられないわ」

ルトゥムはしみじみと言う。

「そんなに実感湧かない？」

「だってアゴールの絵師の頂点じゃない！　第一〈炎の集い〉なんて、女どころか、普通の男だって絶対に来られない場所よ。その部族の頂点に立った長だけの神聖な集まりだもの。そんな場所で生き絵が出来るなんて、夢みたい！」

改めて言われると、高揚が増してくる。「そうだね」と答える頰がゆるんでしまう。

「演手としてここに来られることを、私の両親は泣くほど羨《うらや》ましがってたわ。連れて来てくれてありがとう、マーラ」

「とんでもない」

マーラは勢いよく首を振る。

「感謝しなきゃいけないのは私の方だよ。絵師として駆け出しの頃は、イラムとルトゥムしか演手がいなかったんだから。絵の出来はともかく、子どもたちが集まってくれたのは二人が魅力的だったおかげ。二人がいなかったら、観客が少なくて私も挫《くじ》けていたかも」

「いやいや。マーラだったら、意地でも観客を集めてくるでしょ。髪の毛引っ張ってでも」

二人は笑う。

「まさか。でもルトゥムが結婚した時、演手をやめるって言ってたら、そうしてたかも」

「そんなことありえないわ。私はマーラがやめない限り、生き絵を続ける。そう決めてるもの」

ルトゥムが笑う。風が、長い髪をさらっていく。普通の娘が邪魔だからといって団子にしてしまう髪を、彼女は風に靡《なび》くままにしているのだ。綺麗に手入れされた髪は得も言われぬ美しさで、女ながらに見惚《みと》れてしまう。

「あ、もう来てる。おーい！」

遠くから二頭の馬の跫音が聞こえてきた。一人は、今話していたイラムだ。くっきりとした二重瞼《まぶた》に大きな瞳、女好きのする甘い顔立ち、何よりも満ち溢《あふ》れた自信で人気を博《はく》している。

隣の馬に乗っているのは、整っているがきつい顔立ちのガイヤ。マーラの演手の中では最年少だが、遠慮というものをおよそ見せたことがない。唇に引いた紅は女らしく艶《なま》めいているが、毒舌でもあり「こんなに早く来るなんて、はりきり過ぎじゃない？」と口を歪《ゆが》めている。

　イラムが、すらりとした脚を地に着けた。

「いいじゃないか。こんな大事な日に、いつかのヤシュブみたいに寝坊されても困る」

「ははっ、あの時はおかしかったねー」

　ガイヤは高い声で笑う。

「生き絵が始まった後にやって来るもんだから、びっくりしたよ。マーラがヤシュブを大急ぎで化粧させて、後半から出したんだっけ。来るなら静かに来れば良いのにさ、跫音が物凄くて皆振り返ってたもんね」

「この俺があいつの代役をさせられたんだぜ。やってらんないよ」

　イラムが溜め息を吐《つ》くと、派手な馬の跫音が聞こえてきて「ほーお。さすがに今日こそは弁《わきま》えていたと見える」とガイヤは笑った。

「うおっ、もうこんなに揃《そろ》ってる！」

　当の噂の主はそう言って、驚いたことに、全力で走る馬の背から猿のようにひらりと飛び降りた。

「いやー、皆、朝早いなあ。一番乗りだと思ったのに」

　華麗に着地を決めて、ヤシュブは笑う。短く刈った髪は、まだ伸びきっていない身体の生命力を集めたように燃え立っていた。仔馬のようなくりっとした瞳が特徴的な彼は、今回の生き絵の中心となる少年役を演じることになっている。

演手たちは、その後続々と集まり出した。ヤシュブの弟に加え、先々代の生き絵司の もとで人気を集めていた老女カイ。体力が自慢のラガム。独特の静謐《せいひつ》さを纏うアドゥ。

これで今回の演手は全員で、八人である。

生き絵師は大抵、十人ほどの演手を囲う。とはいえ主従のような関係はなく、絵師を見放せば、演手たちは自発的に離れてしまう。主君に絶対の服従を誓う稲城民と違い、アゴールには立場が上というだけの理由で、常に敬わなければならないという感覚は乏しい。そもそも生き絵は、絵師のマーラと演手がともに作り上げていくものだ。

生き絵はマーラの空想から生まれる。マーラが考えるのは、大まかな物語の筋や、入れたい台詞、登場する人々の造形などだ。演出もほぼこの時点でマーラが決める。

それが出来たら、演手たちを家に集めて、筋立てを語って伝える。演手の割りふりまで話すと、今度はそれぞれの場面の演手たちが、大まかにどんな会話をするかを話し合う。その話を聞いてマーラと認識をすりあわせたら、一つ一つの場面の〈合わせ〉に入る。場面に登場しない他の演手たちが意見をすることもあるが、主にはマーラが細かい指示や修正を出していく。これが終われば全体の〈通し〉だ。〈合わせ〉は二度きり、〈通し〉は一度しかやらない。生き絵は決まりきった筋立てで固めるよりも、演手の裁量に任せた方が生き生きと輝くのだ。即興でしか生まれない会話の緊張感や、二度と同じものが再現出来ないということこそが、生き絵に命を吹き込む。そのため普段の稽古は、専《もっぱ》ら即興力を鍛える訓練が中心だ。

「それにしても、本当に〈炎の集い〉で生き絵が出来る日が来るなんてなあ。信じられない。まだ、信じて良いのか分かんないよ」

しみじみと言うヤシュブに、マーラは笑った。

「ルトゥムと全く同じこと言うんだね。さ、早く支度するから、みんな族長に挨拶してきな！」

マーラの声を合図に、演手たちはぞろぞろと族長の家に向かった。彼らが挨拶を終える頃、部族長らも続々と集まってきた。一番遠い部族では、ここに来るまでに最長で六日を要するが、どんな長旅だろうと疲れを顔に出したりはしない。部族長らは献上品で重たい荷台を引いて、斑《ふ》入りの革の外套《がいとう》を翻《ひるがえ》し、鎧《よろい》を纏わずに単身でやってくる。武器は身に付けない決まりだ。たとえ抗争中であろうとも、〈炎の集い〉の場に争いごとを持ち込む行為は厳しく罰せられる。そもそも生き絵はあくまで人が精霊の真似事をするためのものなので、権力とは無縁でなければならない。長が絵師に注文を付けることもなければ、絵師が何らかの権力を持つこともない。

部族長らが茣蓙《ござ》の上で談笑し始める頃、マーラは〈額《こら》〉の裏で、大急ぎで演手たちに化粧を施していた。彼らも互いに化粧をしながら、堪えきれないようで、ガヤガヤと胸中を語り出した。特に声の大きいラガムが台詞を復唱し始めたので、マーラは手を止めラガムの背を軽く叩いた。

こめる。

「静かに。――観客に聞こえる」

低い声に、ラガムははっと黙り込んだ。周りの演手たちも、ゆるんでいた笑顔をひっこめる。

「ごめん。うっかりしてた」

ラガムは、広い肩幅を窄《すぼ》めて素直に詫《わ》びた。

「緊張しているのは分かる。だけど、不安で本番を台無しにしたら意味がない」

「うん」

すっかり萎《しお》れてしまったラガムに、マーラは明るく笑みかけ、一変して軽い口調に切り替えた。

「その元気は本番に温存しておいて。一人で燃やすのは勿体ないよ。火だって、人目に付かないところじゃなくて、なるべく多くの人に見える場所で焚《た》いた方が良いだろう?」

「――うん」

「今の気持ちだけは、絶やさないようにね」

マーラは微笑んで、今の注意で生まれた気まずい緊張を解《ほぐ》した。そして、黙って見守っている一同を顧《かえり》みる。お気楽者のヤシュブでさえ表情が硬い。

彼らを叱責する代わりに、マーラは「そんな硬い顔しないで」と、軽く言う。

「皆が演じるのは、別世界で生きる人間たちなんだよ。生き絵の〈額〉を通して覗かれているなんて知らない彼らが、緊張なんてする？──しないよね」

ゆっくりと、一同を見回す。

「つまり今の緊張は、この世界の皆のものなんだ。緊張を〈額〉の外に置いて、初めて皆は絵の中に入れる。だから身体を解《ほぐ》して。空気を吸ったら、生き絵の世界では、それがどんな味になるのか想像するんだ」

一同の顔から強張《こわば》りが抜け、明るい高揚が湧いた。マーラはにやりとする。

「無事に今日が終わったら、とっておきの馬乳酒《ラウワ》を開けよう。私の家で、宴会だ」

アゴールが大好きな酒壺を開ける仕草をすると、興奮の声がわっとあがった。全ての準備は整った。あとは〈見時《みせどき》〉を迎えるだけだ。


〈額〉の前の莫蓙《ござ》に百人近くもの部族長が集まり終えたので、山羊が驚いて逃げ出しそうなほど辺りは騒がしかった。

そこへ、革の外套を翻《ひるがえ》した族長が姿を現す。族長が一同を睨《にら》まえると、それだけで場は波が引くように静かになった。彼は通訳を介して、話し始める。

「長い間の移動、ご苦労であった。人の群れを導いた疲れも癒えぬうちから、私のところに足を運んでくれたことに、まずは礼を言おう。

これから大地は華やぐ陽を浴びて、草は愈々《いよいよ》豊かに育ち、山羊を養うだろう。肥え太った山羊は、ある時はあなた方の腹に収まり、ある時は娘の婚資《こんし》の一つとなって、ゆくゆくは大地に新しい命を恵むだろう。

この華やぎの季を迎えられた喜びを、一つの鍋で煮えた茶《ツァセ》を分けるのと同じように、共に分かち合いたい。そのために、生き絵をここに用意した。今日からは、今までたくさんの生き絵で皆を楽しませてきたラチャカではなく、新しい生き絵司を迎えたい。

——マーラよ、これへ」

族長手ずから招かれ、横に控えていたマーラは粛々と進み出た。それぞれの部族から成りあがってきた猛者《もさ》たちの視線が、一身に集まる。

族長は、慣習に従って尋ねた。

「ダーソカ・カカイ・ソンガル・マーラよ。そなたは、我々が精霊と近しくなるために、絵を描くと誓うか」

「はい。誓います」

「アゴールの全ての部族のために、力を尽くすと誓うか」

「誓います」

「それでは、そなたを新しい生き絵司に任じよう。そなたの絵が大地を震わせ、我らアゴールの更なる繁栄の結び目とならんことを」

言って、族長はマーラの首に綬《じゅ》を掛けた。革紐で結ばれた先には、山羊の角を削った彫り物が下がっている。模《かたど》っているのは、アゴールが大事にしているアルヴァという薬草の花だ。

拍手が湧き起こる。マーラの身体にも温かい痺れが広がった。

部族長らに、向き直る。髪の茶色と区別が付かないほど日焼けした彼らの肌は、使い込まれた革のようだった。その中で目だけが爛々《らんらん》と輝いている。

マーラは左の肩に手を当て、恭《うやうや》しく話し始めた。

「今日から生き絵司を拝命した、ダーソカ・カカイ・ソンガル・マーラです。本日お見せするのは〈魂の断片〉という絵です。死後、人の魂は五つに切り離されると言われていますが、これは、散らばった断片を探し求めるある男の子のお話です。それではどうぞ、生き絵の世界へ――」

挨拶を簡潔に結ぶと、マーラは羊織布《シユワン》の一部を隠していた布を取り払った。〈額〉が人々の前に姿を現す。――〈見時〉の始まりである。

†

夜も更けた家の中で、老女と男の子の演手が向かい合っている。二人の顔には丁寧な粉黛《ふんたい》が施され、服には金糸なども入って、本物の絵のような鮮やかさだ。

男の子が老女に他愛のない質問を重ねるところから、物語は始まる。死んだ人の魂は何処《どこ》に行くのと子どもが問い、その頭を、老女がゆったりと撫でながら答える。人間の魂は、五つの死人《しびと》の魂から出来ているのだと。死後、人の魂は五つに切り離され、それぞれが他人の欠片《かけら》と合わされる。魂の欠片が五つ集まれば、新しい赤子が生まれるのだと。

「じゃあ僕が死んだら、僕の魂はバラバラになって、別の誰かの身体の中に入るの？」

「そういうことさね」

「嘘でしょう⁉」

大げさな悲鳴に、場がほほえましい笑いで和む。魂が五つに分かれていることなど、アゴールではごく当たり前の考え方だが、子どもは初め似たような反応をするものだ。大抵の子どもは驚きながらも、そういうものかと飲み込んでいくものだが、男の子は別のことを思った。散らばった魂を一つに出来ないか、と。

実は男の子には、時には平穏なものを破壊したくなる衝動があった。時には友人を川に突き落としたくなり、時には丹精込めた母の料理をその顔に投げつけたくなる。こんな凶悪な衝動を覚えるのは、自分の魂に邪悪な人間の欠片が入り込んでいるせい、しかしそのことに深く苦しむのは、優しい人間の魂の欠片を持っているからに違いないと、少年は考える。そして優しい魂を集めて完成させ、全く別の人間となるために、旅に出ることを決める。

一人の死人の魂を持つ者は五人。とはいえ分かたれた魂の大きさはまちまちで、一つの魂の大部分を持つ〈半身〉と呼ばれる存在がいる一方、欠片が小さいと、見つける手掛かりも乏しくなるといわれている。

「それでも、絶対見つけ出してみせる。邪悪な魂を追い出して、僕は完全な人間になるんだ」

男の子が決意した途端、マーラは〈額〉の幕を巻き取って場面を転換させた。温かな家の後に広がったのは、漆黒の闇だ。仄白い草がところどころに浮かび上がり、細い光が差し込む、淵《オル》と呼ばれる異界の裂け目が広がっている。

啞然とする男の子の前に、一人の精霊が姿を現す。白い仮面の上に薄布を掛けた精霊は、摑みどころのない雰囲気のアドゥに似合う役だ。しかも彼は、台詞を感情を交えずに言うのが上手い。

「感銘を受けたぞ、少年よ」

暗い目をした精霊は語る。そして、彼が見事他の四人を集められたら、かつて一つだった魂を取り出して、彼の身体に入れることを約束した。

少年の悪逆の嗜好は、齢《よわい》を重ねるごとにひどくなっていく。演手をヤシュブに代わった少年は、旅の途中で、同じ魂を持った人間三人を見つけ出す。

新しい耳輪を着けた遊び人を演じるイラム。吊り目がくっきりとした、皮肉屋の女となったガイヤ。臆病な木こり役のラガム。精霊の手で、彼らが一人ずつ魂を〈解体〉されてゆくたびに、観客からは声にならぬ溜め息が漏れた。

最後の一人は、ルトゥム演じる可憐《かれん》な少女だった。少女は頰に桃色の文様を施し、琥《こ》珀《はく》の髪に一房の紅《くれない》の束を編みこんでいる。桃色の花園を背景に、〈額〉の袖から差し伸べられる青紫色の花が、美しさに興を添えた。

出会った瞬間、少年は悟る。彼女が、同じ魂の大部分を分け合った〈半身〉であることに。

少女は、少年の〈半身〉でありながら、人の痛みを悲しむ純朴《じゅんぼく》な心の持ち主だった。その魂の美しさを、彼は心から欲するようになる。

少年は旅の本当の目的を隠し、一緒に来てもらえないかと頼む。少女は「良いよ。あなたと一緒なら」と微笑んで、花の茎のような手で少年の手を取った。

〈半身〉の少女だけは、精霊のもとに連れていくことを少年は躊躇《ためら》った。だが、山沿いを歩いていたある時、少年はうっかり旅の目的を口走ってしまう。

少女は顔色を変え、彼を説得しようとするが、本性を現した少年は聞き入れない。作っていた柔和《にゅうわ》な表情もかなぐり捨てて、瞳に冷たい色を宿す。

「よく分かっただろう。僕は、君が思っているような人間じゃない。君を殺す以外に、僕が真っ当な人間になる方法なんてないんだ。僕の魂は歪んでいるんだから」

「違う。正しさは、魂を入れ替えても得られない。どんな魂にも、生まれ持った歪みはあるものなのよ」

少女は花のような髪を振り乱して、必死に少年に迫った。

「魂は、選ぶ前に与えられているもの。どんな魂を持つかは決めることが出来ないわ。

だけど唯一、その有り様《よう》だけは人が決められる。正しくなくても、正しくあろうとすることは出来るのよ」

「……面白い考えだ」

少年は、乾いた表情に意地の悪い笑みをのせる。唇の動き一つで匂《にお》いたった凄みに、場が圧倒された。

「変わろうとしなくても良い、僕は僕のままでいてっていう、優しい言葉を囁《ささや》いてはくれないのかい」

「それは優しいだけで、美しい言葉ではないわ」

ぴしゃりと言い放った少女の言葉に、少年は哄笑《こうしよう》した。

「馬鹿げた考えだ！　生まれた時から全ての魂が歪んでいるっていうんなら、どうして僕だけが悪意にまみれてるんだ！　それとも僕が知らないだけで、誰もが人を苦しめたいって思っているのか⁉」

少女は少年の肩を摑んで、ひたむきに言い返した。

「人を傷付けたいっていう衝動が、必ずしも悪意と結びつく訳ではないわ。嗜虐心《しぎやくしん》や嫉妬、或いは理解されたいという欲求——あらゆる理由の中で、本人が後ろめたさを自覚しているものを悪意と呼ぶだけ。どんな善人だって、似たような衝動を覚えることはある。たとえ、正しくなかった頃の自分を忘れてしまった人でも」

「そうとは限らない」

少年の目に狂気が燃えた。

「決めた。君のことなんて殺してやる。君の清らかな心を取り込んで、君を今すぐ抱き殺してやりたいっていう、この穢《けが》れた衝動と決別してやるんだ」

「待って」

「止められるもんか。——出でよ、精霊！」

少年の声に呼応して、マーラは裏側から〈額〉を揺さぶった。幕が変わる。闇の中にぱっくりと裂けているのは、異界への入り口、淵《オル》である。

少女が悲鳴を上げた。

「彼女の魂を解体しろ。そして僕を完全な人間にするんだ！」

少女は、泣き濡れた目で少年を見つめた。彼女の顔には〈額〉の袖から差し伸べられた大きな葉が打ちかかり、少女は〈額〉の中で生き埋めになろうとしていた。

その中で、少女の掌が蓮《はす》の花のように咲いた。

「聞いて。あなたの魂は、美しいわ。魂は、正しいから美しいんじゃなくて、正しくあろうとするから美しいのよ」

振り返った少年の背後で、光が眩《くら》んだ。後に広がるのは闇ばかり、少女のいた場所には、ただ一輪の青い花だけが落ちてきた。

†

「そんな呆《ほう》けた顔をして、昨日の余韻にでも浸っているのか？」

父に話し掛けられて、マーラは、はっと意識を引き戻した。

「そんなにぼうっとしてた？」

「ああ。放っておいたら、あの雲の方まで歩いて行きそうだったぞ」

父は笑いながら、地平の雲を指さした。放牧の最中だったことを思い出して、マーラは馬を進める。慌《あわ》てた山羊は、左右に揺れる尻からぶっぶっという放屁の音を漏らしながら、押し合いへし合いして歩いた。彼らの跫音に、草の中に潜んでいた虫が跳ねるピシッピシッという音が響く。

昨日の生き絵は、大絶賛を浴びた。その後の宴《うたげ》では、部族長らに囲まれ、面白かった、これからの生き絵も楽しみだと、口々に言われたものだ。祝いの気持ちだというのを口実に、しこたま飲まされたのには閉口したが。

「何故《なぜ》、あんな結末《フォルグ》にした？」

草地で幾つもの鍋を囲んで皆が好き勝手に飲んでいる時、族長が不意に傍にやって来て訊《き》いた。責められたのかと思ったが、そうではなく純粋な興味から訊いてきたようだった。

マーラは迷いながら答えた。

「もてなしの場ですし、幸せな結末の方が相応《ふさわ》しいのは分かっていたのですが……。どうしても、正しい魂を取り込むことで人の歪みが正される終わり方は、しっくり来なかったのです」

少女の魂を取り込んだ少年は、愛する人を苦しめたいという欲望を以前よりは感じなくなる。代わりにより深い執着心を知って、結局、同じように大事な人を傷付けてしまうのだった。

「そのうえ、より強く良心の呵責《かしやく》を感じて、空に嘆くのだったな。――結局、苦しみが増しただけだった、と」

「はい」

「結局別の欲望が加わっただけで、彼自身は変わらなかったが……。魂を入れ替えた後、彼が別人にならなかったのは意外な結末だった」

「それは……」

マーラは少し、答えに悩んだ。

「魂を入れ替えれば別人になれると、私自身が信じられなかったからです。彼が他人の苦しみを知り、苦しみが人の数だけあることに気付く――そんな凡庸《ぼんよう》な結末には、したくありませんでした」

マーラは唇を舐《な》めた。

「そもそも、顔かたちは選べないのに、性格は変えられるという思い込みが、私は不思議でならないのです。意識を変えることで改まる部分はありますが、そういう努力は化粧のようなものではないでしょうか。思考が、明るい方を向きがちだとか、暗くなりがちといった傾向やクセ、どんな欲望をより強く感じるのかとか、咄嗟の振る舞いに出る本質は、本人の意のままにはならないのではと思うのです」

族長は頷きも忘れて、マーラの言葉に聞き入っている。

でも、とマーラは続ける。

「自らの本質が選べないからこそ、善く振る舞おうと努めることにはいっそうの価値がある筈です。――先ほどの生き絵は、そういう思いを込めて描きました」

族長はしばらく黙っていたが、やがて大きく頷く。

「考えてもみなかった。私も、人は変われると思っていた人間だったが……化粧か。確かにな」

肩が少し揺れる。子どもが吹いた笛のような、ひゅるひゅるとした声が漏れた。笑っているのだと、気付くのが少し遅れた。

「面白い。そなたには人が見えないものが見えるようだ。ラチャカの後継に恥じぬ、非凡な才だな」

族長の一言で、胸の芯が華やいだ。族長に認められたのだ――という実感が込み上げてきたのは、後になってからのことだ。

これからは、この人のもとで生き絵を披露していくのだ。そう思うと誇らしかった。もっと生き絵を作って、アゴールの部族長たちを感激させたい。そして思わせるのだ。あの生き絵司との出会いが、自分の人生を変えたのだと。

「もう、アゴールを代表する生き絵司なんだな」

父は歩くのが遅い山羊を急かしながら、誇らしげに呟《つぶや》いた。マーラは、草を食んで立ち止まっている山羊に馬を向かわせ、群れの形を整えながら返す。

「やっと実感が湧いてきたよ。……でも、まだまだ頑張らなきゃ」

マーラの生き絵司としての人生は始まったばかりだ。次は稲城の地を去る頃に、腕がまた試される。

「俺も見たかったな。もう俺の行く〈火の集い〉では、マーラの生き絵は見られないのかあ」

「他の絵師だっているじゃない」

「でもやっぱりマーラの生き絵が一番だよ。演手が一番生き生きしてる」

「ほんと親馬鹿だなあ」とマーラは苦笑した。

「それだけじゃないから、生き絵司になれたんだろ？」

父がちょっと茶目っ気を出して笑った。マーラは照れて笑う。

ピュ——イ

高く澄んだ音が空気を貫いた。父の口笛だ。続いて、父が狼の吠え声のような独特な声をあげる。立ち止まって草を食んでいた山羊もびっくりして、せかせかと歩き始めた。このまま真っ直ぐ進めば、川に辿《たど》り着く。今日は川の近くで山羊に食事をさせようか——そう言おうと、父の方を振り返った、その時だった。

頭蓋の内に、突如、激痛が響いた。

ぐらりと身体が傾《かし》いだ。反射的に伸ばした手が馬首を摑むが、感覚が朧《おぼろ》だ。まるで頭を重たい棒で殴られたかのよう、だが、髪を弄《まさぐ》ってもそれらしい手触りがない。痛みが、脳の芯から響いたのだと分かるまでに数拍。

こめかみに、汗が這《は》った。目をきつく閉じたまま、痛みが去るように念じる。

ようやく頭痛がうすれていくのを感じると、傾いていた上体を引き戻し、馬の鬣《たてがみ》に額を付けた。まともに息を吐けるようになってからも、鼓動は肋骨を割って打ち続けている。何とか身体を起こし、父を探そうと顔を横に向け——また、ぐわんと頭がふらつく。

馬が、嫌がるように嘶《いなな》いた。咄嗟に、手綱をきつく引っ張ってしまったようだ。一度、馬を降りよう。そう思って、片足を上げた瞬間。

背が、草地を打った。

痛みで身体が痺《しび》れたが、マーラは茫然《ぼうぜん》と虚空を見つめていた。

（——まさか、馬から落ちるなんて）

立ち上がろうと、近くの草を指で摑んで——血の気が引いた。右手が、忽然《こつぜん》と消えたのだ。

ぱっと顔を覆った。だが、翳《かざ》した筈の掌はない。呼吸《いき》を止めると、ようやくそれは目の前に現れた。おそるおそる顔から離すと、すぅっ……と草に透けて、動きを止めると再び見えるようになる。

（これは――一体、何）

途轍《とてつ》もない異変が、この身体に起きてしまったのだ。混乱する頭でかろうじてそれだけを理解した。

動いているものの一切が、目に映らなくなってしまったのだ。

†

「山羊追いはやめだ。一旦家に帰るぞ」

不意に声が降ってきて、我に返る。どうやら呆然《ぼうぜん》としていたらしい。

「父さん」

気配から父が近くにいることは分かったが、恐ろしくて見ることが出来なかった。振り返った場所に誰もいなかったら、きっと堪《こら》えがたいほどの不安が襲う。

「ここだ」

肩に重い感触が添えられて、父の声が近付く。おそるおそるその手に触れて、やっと顔を上げることが出来た。見上げた先に父がきちんと見えて、心からほっとする。

「マーラ、大丈夫か」

「実はさっき……」

父にこの不調を打ち明けるか迷った。動いているものが見えなくなったかもしれない？ 突然そんなことを言い出したら驚くに違いない。父に心配をかけたくない。自分が休んで、父一人に放牧の仕事をさせるのも嫌だった。

「大丈夫だよ。ちょっと、くらっとしただけ」

だからそう笑って馬に乗ろうとしたが、一歩を踏み出しただけで、視界が一気にぐらついた。風景の輪郭が失われ、刷毛で混ぜあわせたようになる。

思わず目を瞑《つむ》る。やはり今日はとても馬には乗れそうにない。

そう言おうとした時、

「じゃあ、俺だけか。どうも、目がおかしくなったらしい」

父に先を越された。思わず俯《うつむ》いていた顔をあげる。「え？」と問い返すと、父の目許が消えたので、息を飲んだ。

「ついさっき、ひどい頭痛がしてな。馬から落ちそうになった。正直、今でも物がよく見えない」

「物が……」

マーラは躊躇いながら、確認するように、山羊の群れを見やった。

「もしかして、あの山羊の群れも点滅して見えたりする？」

「ああ。——あ、今」

顔の前を風が横切ったかと思うと、父の腕が視界の端を指差していた。

「あの山羊が、今、突然現れたな」

マーラは息をのむ。全く同じ場所に、マーラもまた、草地から出現する山羊を認めていた。

「じゃあ、この手が見えるか教えて」

父の顔の前で、さっと腕を振ってみる。直後、父の首が消えたのでぎょっとした。

「見えないな」

現れた表情から首を振っていたのだと分かる。強張った息を吐いた。

「これは？」

今度は、樽《たる》の蓋をゆっくりと持ち上げるくらいの速度で振ってみる。マーラの目には、腕は映らない。

「駄目だ」

今度は、重いものを持ち上げるような速度で上げる。するとようやく、腕の軌跡にうっすら肌の色の靄《もや》が現れた。

「腕は見えないな。だが、煙のようなものは見える」

さらに腕を振る速度を遅くすると、肌の色はより濃くなり、腕の輪郭が刷《は》いたように曖昧になった。動きを止めると、腕の線はくっきり鮮明になる。

見え方が互いに同じだということを確かめ合っていると、次第に聞き慣れた山羊の移動の音が近付いてきた。二人は同じ方角を見た後、顔を見合わせる。

「誰か、山羊追いをしているのかな」

「分からん。誰もいないようにしか見えないからな」

父は騒々しい音の聞こえる方角に向かって「おおい」と呼び掛けた。

「誰かいるのか。ダーソカ・カカイ・ソンガル・バッチャガルがここにいるぞ！」

途端、草原の上に、茶色い縦長の影が現れた。それが馬に乗った人の姿だと、さらに一拍置いて分かる。その人は馬だけを残して不意に消えると、直後、草地に降りたった姿が現れた。

「バッチャガルか？」

よく家にも遊びに来るおじさんだった。と思うと、その姿がぱっと消え、二人がいる場所とは少し外れた方向に不意に現れる。

「すまん。こっちだったか」

おじさんは消えたり現れたりしながら少しずつ近付いて、ようやく父の正面に立つと、興奮気味に喋り出した。

「聞いてくれよ。ついさっき、頭痛のせいで目がおかしくなったみたいでさ」

驚愕《きょうがく》した。聞くと、おじさんの目も全く同じ現象が起こっているのだという。

どう考えても尋常ではない事態だ。慄然《りつぜん》とすると同時に、もしかして——という予感も広がっていく。母や友人の身にも同じ現象が起こっているのかもしれない。今すぐ全員に会って確かめたかった。だが、彼らに会うために長距離を馬で移動することなど、果たしてこの目で出来るのだろうか？

「おじさんは、馬に乗っても大丈夫なんですか」

「何歳から乗ってると思ってんだよ。馬なんざ目を瞑《つむ》ってでも乗れらあ。……だけど、さすがに山羊追いはきついな。自分が動くと景色が分からなくなるし、自分が止まったとしても、動いてる山羊が見えない」

でも、とおじさんは言う。

「とにかく早く帰らねえと。そんで皆と、何が起こったか確かめ合いてえ」

「そうだ、俺たちも帰らないと。早く族長にも報告しないとな」

父も言った。族長という言葉に、俄《にわか》に不安を掻き立てられる。生き絵は一体どうなるのだろう？　今までと同じように見せることは出来るのか。いやいやそれよりも、生活のことを先に心配しなくては――

思うと、不安でいてもたってもいられなくなる。この変化を食い止めなければ。だが、そのために何をすれば良いのかが分からない。焦りで今にも走り出したいのに、身体が動かないほど途方に暮れている。何もしなければ、取り返しがつかなくなるかもしれないというのに。

自分にはどうすることも出来ない変化に、大事なものを奪われてしまう――この嫌な感覚は、鮮烈に身に覚えがあった。まさにあの時と同じだ。弟を失った大寒波の時と。

†

人々は、突然襲ってきた頭痛と、不可解な異変に仰天《ぎょうてん》した。

山羊が消える。自分の腕が消える。煙が見えない。注いでいる茶《ツァセ》が見えない。歩くと景色が歪む。相手が瞬きをしたことが分からない。

アゴールたちはこけつまろびつしながら互いの家を行き来しては、同じ時期に頭痛を覚え、こうした異変があったことを報告し合い、また慌てて、もがくように別の家に行き、同じことが起こっていると知った。彼らは互いに腕を消しあったり、同じものを見て見え方を伝えあい、そこに個人による差異がないことを確かめた。

動いているものが、見えなくなった――

と言っても、何もかもが見えなくなったわけではない。雲くらいの速度であれば、静止しているように見える。蝸牛《かたつむり》も、輪郭はぼやけても、姿はほぼ見える。だが牛になると靄《もや》を引いて見えるし、さらに昆虫となると全く捉《とら》えられない。人の頷きや瞬きも完全に消え、一拍後に動きを止めた姿が目に届く。

一瞬の変化もまた、捉えることが出来なかった。例えば人がぴくりと動いても、その動作を認識できない。動きが遅ければ、かろうじて靄を纏《まと》った輪郭が見えるが、速く小刻みな震えであれば身体ごと消えてしまう。どうやらゆっくりとした動きならばある程度追えるものの、素早い動きや連続した動きには全くのお手上げらしい。また、自分自身が動いていると、視界全体がゆらいでしまう。特に馬に乗った時など、視界の変化が激しくなると、風景は色の付いた靄にしか見えないので、方向などとても定められない。歩く時も、数十歩ごとに立ち止まって視界のゆらぎを消さなければ、真っ直ぐに進むことが出来なかった。

〈火の集い〉に行ける立場でない男たちも、これは大変なことになったと、族長のもとに大慌てで押し寄せ、競うように異変を報告し合った。ダーソカに比較的近い場所にいる他の部族長らも、族長を頼って続々とやってくる。そして、少なくとも一つの事実だけは確かめた。

——誰一人として、目の異変に襲われなかった者はいない、と。

初め病なのではと言っていた者も、その事実を知ると押し黙った。この異変が数人程度の規模であれば、病を疑うことも出来たろう。だが、全員の身に等しくふりかかったとあれば話は別だ。彼らは、万象《ばんしょう》を司《つかさど》る原理の変化を確信せざるを得なくなる。

ああ、と、誰とも知れず溜め息が漏れた。

「〈天の理《ことわり》〉が動いたのか……」

集まった人々の首が瞬く間に消え、背後の壁と同化したかと思うと、やがて、俯いた沈痛な面持ちが現れる。族長の家は今や、部族内の男も他の部族長も関係がなく、項垂《うなだ》れる者たちであふれていた。

「こんなに大きな変化は初めてだぞ」

「ああ、嫌だ。この前の寒波だってやっとの思いで乗り越えたっていうのに」

「これから、馬乳酒《ラウワ》にする乳はどうやって搾ったら良いのやら」

「山羊だって数えられないよ」

「せっかく山羊を売って娘の婚資《こんし》を揃えようと思ってたのに、先延ばしにするしかなさそうだな」

彼らは口々に不安を慰《なぐさ》めあいながら、ゆっくりと現実を確かめていった。困ったものだと嘆く者はいても、信じられないと取り乱す者はいない。半ば仕方ないという顔で、皆、悲しみながらも異変を受け容れようとする。

彼らの家でもまた、怯えて泣く子どもを、母親が「〈天の理〉が置き換わってしまったのよ」と伝えながらあやしていた。

「〈天の理〉って？」子どもは訊く。

「この世を形作っている決まり事のことよ。華やぎの季を暑く、岩凍りの季を寒くしているのと同じ決まり」

一日が必ず昼と夜で構成されているように、この世には摂理《せつり》が働いている。だが、決して不変なものではない。時折大きな力が働いて、摂理は強引に置き換わっていく。これは創世の時から決まっていることで、人の力でどうにか出来るものではない。だから彼らは、この奇禍《きか》が〈天の理〉の変化だと納得すると、途端に原因を究明することへの興味を失うのだった。

族長の家の中では、ぎっしりと集まった人々がざわざわと今後の相談を始めていく。

「当面の間は、遠くまで山羊を追うのはよした方が良いな。時間が掛かるし、馬に乗るのも覚束《おぼつか》ない」

「でも山羊追いは続けないと、家獣《ノフラ》たちの調子が悪くなる」

「当たり前だ。これから出産もあるじゃないか。たくさん草を食わせてやらないと。俺は意地でも山羊追いを続けるぞ」

「でも、子どもを馬に乗せるのはやめた方が……」

「ああ、困ったなあ」

人々のざわめきの中で、年若く気性も激しいヤシュブが、ひときわ大きな声をあげた。

「納得できるか、こんなこと！」

静まり返った人々に、ヤシュブは続ける。

「俺たちが、何をしたって言うんだよ。何だってこんな目に遭わなきゃならねえんだ！」

いつの間にか立ち上がっている彼は、そうは思わないのか、と問いかけるように彼らを見回したが、その仕草をしたことで、彼の頭は全員の視界から掻き消えてしまう。思わず顔を背けた人々の上に、気まずい沈黙が落ちた。数人の頭も、頷いているのか首を振っているのかの区別もなく、壁の中に絶えず消えて表情は隠れている。賛同の頷きは消えた首のなかに紛《まぎ》れたきりになったが、否定的に顰《ひそ》められた眉は場に残った。

ヤシュブは族長に向き直るが、ザルグは俯いたまま、顔を上げようとはしない。通訳が気遣わしげにザルグを見やったが、結局、息を詰まらせて差し俯くことしか出来なかった。

「そんなのは無意味な問いだよ、ヤシュブ」

そう言ったのは、族長の隣にいる、補佐のゴーガスだった。彼はいつになくゆったりとした口調で、人々に語り掛ける。

「たとえば、この地が噴火のせいで住めなくなったとしよう。お前は、それが俺たちの行いのせいだというのか？」

ヤシュブが言葉に詰まった。

「確かに、天が怒っている標《しるし》だとか、人の悪行の報いだと考える民もいるだろう。だが、天は彼らが期待するほど感情的ではないのだよ。どうしてという問いに答えを用意することはない。お前は、考えても仕方がないことを問うているのだ。たとえば嵐が襲ってきたとしよう。我々が行いを正せば去るのか？　正しき者を避けて通るのか？　そんなことはないだろう。天に意思はないんだ。俺たちがしてきたことと、この災厄は関係がない」

災厄という言葉が使われたことで、場から動揺が消え、空気が納得に満ちる。その言葉だけで、ならば抗《あらが》っても仕方ないと彼らには思えるのだ。

「ヤシュブ。お前が言っているのは、竜巻のせいで愛しい子を失った親が、その意味を延々と考え続けてしまうようなものだ。だがどんなに深く考えたところで、何も見出せはしない。その子を選んだ理由もなければ、その親が悪い訳でもない。誰の力で変えられる訳でもない。たとえ精霊でも、見ていることしか出来ん。

だから俺たちに出来るのは、起こったことを受け容れることだけなのだ」

すすり泣く声がした。年若い泣き声の主は、以前の大寒波のことを思い出しているのかもしれなかった。多くの犠牲者を出し、アゴールを苦しめた未曽有《みぞう》の寒波は、十五年近く経ってもなお記憶から薄れることはない。

だが、ゴーガスの言葉を受けて、誰かが力強く言い出した。

「めそめそしてても始まらねえ」

言った者は、戦の前であるかのように、拳を強く固めている。

「こんな異変に敗けてたまるもんか。俺たちはアゴールだ。誇り高き騎馬の民だ！　こんな妙な異変だって乗り越えてやらあ！」

高らかな声に、血気盛んな男たちの矜持《きょうじ》は刺激され、おおう、と応じる声があがる。

「そうだ。皆、状況は同じなんだ。災厄なら仕方ないと割り切るしかねえ」

「挫けてちゃあ、この世を見守ってる精霊から笑われちまうな。俺に魂を分けた先祖からも、しっかりしろって叱られる」

「そうだ！　戸惑うだけ時間の無駄だ。何よりアゴールらしくねえ！」

「ともに乗り切るぞ！」

口々に互いを鼓舞《こぶ》しあう声で、場は沸いていく。戸惑っていた人々も、徐々にその一時的な熱に浮かされて、興奮に酔った。アゴールの男らしく、立ち止まらず、前にひたすら進むために。

†

家に訪れた人々が帰っていって、マーラはようやく力を抜いた。

異変から五日。本当ならマーラの許には、マーラの生き絵に出させてくれと乞《こ》う演手たちや、弟子にしてくれと頼む絵師たちが集まってくる筈だったが、今やマーラの家に来る者たちは、祝辞よりも前に、この異変に関する不安を言うので忙しかった。

飲み物を注ぐ時も、水面が持ち上がってくるのが見えないから、つい零《こぼ》してしまうの。縫物の最中に指を刺すのを防ぐには、どうしたら良いかしら。生傷が絶えなくて困るが、薬はないか。馬と衝突して鼻の骨を折った人がいるらしいけれど、大丈夫かしら。岩凍りの季に移動する時、五十日も馬に乗れると思う？　山羊を数える時、これからはどうすれば良いのかしら――

女たちは、日常の愚痴をそんな風に言い募ってくる。先日ゴーガスのもとで出された結論は、夫から聞かされたし納得もした。それでも、日常の不便さが解消されるわけではないのだ。しかし困ったと思うことを男たちに相談したところで、そんな些細《ささい》なことは何とかなると一蹴されてしまうので、女同士で集まっては、今後の生活の不安を慰めあっているのだった。マーラは何でも頼れる子だからというので、家はすっかり女たちの溜まり場になっていた。

マーラは、彼女らが望む言葉を――つまりは、大丈夫だという意味のことをひたすら言い続けた。マーラが力強く話すと、人は大抵安心する。マーラがそう言うなら大丈夫ね、と納得していく。

人々が去ると、マーラは唇を引き結んで、入り口の隣にある甕《かめ》の中を覗いた。手でも洗おうと思ったのだが、水がほとんど残っていない。

川に行ってくると母に告げようとしたが、見当たらない。誰かの家にでも出掛けたのだろうか――と思っていると、納屋《なや》から規則的に、ジャーッ、ジャーッという音が聞こえてくるのに気付いた。扉を開ける。

あたたかい乳の匂いがした。足の踏み場もなく置かれた大小の桶は全て、乾酪《アチエ》や酸乳《ヨグル》にするために寝かせているものだ。水気を絞り終えて、嚢《ふくろ》に吊るしているものもある。音は、奥の大樽から聞こえてくる。母が、先に平たい網を付けた攪拌棒《かくはんぼう》を振って乳を混ぜている――筈だった。目に映る限り、納屋には誰もいないことになっている。

「母さん」

呼び掛けると、音は止まった。重たい攪拌棒を持った汗だくの母が、驚いたようにこちらを見た姿が浮かび上がる。

「脅かさないでよ。入ってくるの気付かないんだから」

肌の中に溶けた口で、母は言う。

「ごめん。甕《かめ》の水がなかったから、川に汲みに行こうと思って。声を掛けたかっただけ」

「それは助かるわ。行かなきゃとは思ってたんだけど」

母の姿がまた消える。手を止めている時間がもったいないと思ったのだろう、乳を混ぜる音が聞こえてくる。

「洗いものも溜まっちゃって。悪いけど、ついでに洗ってきてくれない。私、ご飯作ってるから」

「良いけど、気を付けてよ。刃物使うなんて」

なぁに、と母の声は明るい。

「何年包丁使ってると思ってるの。経験があるから大丈夫よ。むしろマーラの方が心配だわ。こんなことなら、物が見えるうちにもっと料理を教えとくんだったな」

「――母さん、明るいね」

思わず、思ったことを口に出していた。悲嘆に暮れて家から出て来なくなる人もいるというのに、母は異変を受け容れて、同じ生活を続けようとしている。

「何言ってるの」

手を止めた母の姿が現れる。真っ直ぐにこちらを見ていた。その瞳のなかに思いがけない深さを見て、どきりとする。

「元気に過ごさないと、損だって思ってるだけよ。根っからの貧乏性なの。何を思って過ごしたって、同じ一日なんだから」

言って、姿を消してしまう。再び規則的に響き始めた音を背に、マーラは表情を引き締めた。

マーラは手桶を二つばかり馬の尻に括《くく》りつけて、洗濯物の籠を背負うと、手綱を引いて川に向かうことにした。馬に乗ると、身体が揺さぶられてほとんど何も見えなくなるので、自分の足で歩く方が視界の揺れが少なくなるのだ。五十歩ほどならば、前が見えないまま歩いても、目指したい方角を大きく外れることはない。

歩き出すと、馬も、自分も、風景の色に飲まれて消える。足許に浅い息がまとわりついてきた。犬だろう。束の間足を止める。荒い息も同時に進むのを止め、その場でぐるぐると動く気配がする。ただの草原にしか見えないその場所を踏まないように気をつけながら、マーラは再び歩き出した。

草を踏みしめると、潜《ひそ》んでいたケッタという虫が、ぱちっと飛び跳ねる音がした。危険が迫ると、人の膝くらいまで跳ぶ虫だ。小さい頃はそれが面白くて、辺りを踏み荒らし、あちこちから跳び出てくるのを楽しんだものだ。

今は、虫《ケッタ》が飛びのく音しか聞くことは出来ない。その姿を再び見ることがないかもしれないなんて、信じられなかった。族長が今まで通りに生活を続けよと言っているらしいが、根本の解決にならないことに不安が付き纏《まと》う。

（――生き絵は、一体どうなるんだろう）

ずっと考え続けるのは、同じことだ。この目で〈額〉の中がどんな風に見えるのか、まるで想像が付かない。日常のやり取りと同じように、身振り手振りは消えるのだろうし、演手が仰《の》け反《ぞ》ったり身を乗り出したりするたびに姿は消えるのだろうけど、何度考えてもその様子が上手く想像できなかった。

歩いていると、不意に目の前を熱気がすり抜けた。

「わっ」

思わず言うと「うわっ何だ」と、手綱を引く気配がする。それが分かったのは、馬が嘶《いなな》いたからだ。

「危ないじゃない。気を付けて走ってよ」

熱を感じた方角の空に向かって言うと、「悪かったな」と男の声が降ってくる。馬の足踏みのせいで、不安定に声の位置が揺れていた。

「親戚んちで馬乳酒《ラウワ》にする乳を搾ってきたんだが、疲れたから早く帰りたかったんだよ。おまけに馬の乳は搾れねえし、最悪だ」

「気の毒に。ただでさえ大変な作業だしね」

マーラは心底同情して言った。馬の乳を搾るには、まず仔馬を母馬の乳房に吸い付かせて出を良くさせてから、仔馬を引き離すのだが、これには仔牛の時とは比べ物にならないほどの力がいる。力の強い仔馬が暴れると、御すのに一苦労なのだ。

「せっかく岩凍りの季が終わったっていうのに、馬乳酒《ラウワ》のお楽しみにありつけないんじゃ、苦労した甲斐がねえよ」

男は愚痴をこぼす。

「もう飲めないかもしれないと思うと、いっそう恋しいぜ。あーあ。いくら〈天の理〉とはいえ、こんなことになって、本当に最悪だ」

男は言うだけ言うと、マーラの前から去ってしまった。結局最後まで男の姿は見えなかった。一体誰と会話をしていたのだろうと、今さらのように思う。

再び歩き出して、肌が焦げ付きそうな温度になった頃、ようやく川が見えてきた。

川は、水が透けて石底がむきだしになって見えるのだろうと思っていたが、そうではなかった。草地を貫いた大きな溝は、のっぺりとした青碧《あおみどり》で埋《うず》められている。それは、研磨《けんま》された石膏《せっこう》のように硬そうでもあったし、ただの平たい帯のようでもあった。

いくら目を見開いても、水面にたゆたう漣《さざなみ》も、波間を泳ぐ小魚も見えない。耳に届く水の音が、かろうじてこの場所に波があることを伝えていたが、その波が眩《まばゆ》い光を躍らせることもなかった。

洗濯物を手にしゃがんで、川に両腕を沈めた。腕を動かさずにいると、肘から下が混沌とした青碧に飲まれてしまったように見える。実際に両手を動かすと、肩から下の一切が消えた。肘から先は確かに冷たく、衣服のやわらかな感触が掌で踊っていくのも分かるのに、まるで自分の腕に起こっていることとは思えない。味わったことのない違和感のせいで、終始、肌の感覚が遠かった。

ずっと昔に近くに住んでいた、偏屈《へんくつ》な老人のことを思い出す。彼は戦で左腕を失くしたらしく、服の袖はいつも空っぽだったが、本人はずっと「左手が開かない、開かなくて困るんだ」と言い続けていた。そんなこと言ったって左腕はもうないじゃない、と皆が言っても、「腕はあるんだ」と言い張り続け、おまけに夜も、幻の腕の痛みに魘《うなさ》れていた。それからしばらくして、別の病を得て死んでいった。

失った筈の腕をあると言い張っていた老人とは対照的に、マーラはある筈の身体が失われてしまったように感じる。物の手触りや感覚がそのままでも、見えていないというだけで幻のように思えてしまうのだ。目を凝らしてもどこにも見当たらない身体が、別の意思を持って動いているような——不気味な浮遊感と、心細さを感じる。どうやらそれは震洗濯の手を止めても、腕がいつまで経っても視界に現れなかった。どうやらそれは震えているらしい。

勢いよく顔を洗い、川の水で目を何度もこする。だが、自らの手が見つからないことが恐ろしくて、身体を硬直させてからでないと、目を開くことも出来ない。

(早く、もとに戻りますように)

人知れず、強く願った。明るくてしっかり者だと、人々がマーラを頼ってくるので、不安な姿は見せられない。だから気丈に振る舞ってはいるが、この目が元通りになるのか、山羊を追う生活を続けられるのか——など、本当はマーラが一番聞きたかった。平気なふりをしてはいても、急激な変化に内心ではずっと戸惑っている。何をするにも慣れなくて、普通の家事をこなすのも時間が掛かるし、大した距離のない放牧でもくたびれ果ててしまった。

歩き出すと、草地に消える山羊の群れ——思い出すだけで、ぞっとする。犬を走らせた瞬間、千の山羊が忽然《こつぜん》と草地に化けるのだ。まっさらな草原には、ただ、鳴き声と熱が広がっているだけ。その茫漠《ぼうばく》とした空気に向かって、馬を駆《か》らなければならない。だが、馬を駆ると視界そのものが歪み、自分の身体の輪郭すら、否応なく混沌の中に溶かしこまれてしまう。一体自分がどこにいるのか、そもそもこの地に果たして存在出来ているのか——そんなことすら分からなくなりそうになる。吐き気を堪《こら》え、それでも、山羊の気配を頼りに進むしかない。

夢中で進んでから立ち止まってみると、まるで見当違いの場所にいることもある。そして背後には、導けなかった何十頭もの山羊が取り残されているのだ。彼らを群れに合流させなければと思って駆け寄るのだが、その瞬間に、視界はまた濁る。山羊の方も、人が近付いた気配で逃げるから、たちまち消えてしまう。大気に消えた彼らを再び追う気力もなく、ただ茫然と立ち尽くしているだけの時間がある。

そのたびに、自分たちの生活を天の暴力で突然壊されたように感じた。山羊や馬が元気に走り回れるということは、人以外の生き物には何の異変もないのだろう。この状況に唯一救いがあるとすれば、そのことだけだった。大事に世話をしている牛たちが悲しげに鳴き、山羊が戸惑って右往左往《うおうさおう》するところなど、見たくない。

家に帰る気がしなくて、ルトゥムの家に向かう。家に近付くと、子どもたちの声が聞こえてきた。今年で三歳になるルトゥムの子どもと、その友達だろう。立ち止まってみたが、彼らはマーラに気付いていないようだった。

「ヴーン、ヴーン」

何をしているのだろうと思って覗き込んで、ぎょっとした。自慢げに胸を張った子どもには、手足がない。

それだけではない。見ると、全ての子どもに身体の一部がなかった。

腹を抱えて笑っている子どもには、首から上がない。隣の土の上には胡坐《あぐら》だけが取り残され、奇声をあげて喚《わめ》いている。腕のない子どもも、近くで壊れたように笑い続けていた。彼らはわざと、自分の身体の一部を消しては面白がっているのだ。

薄気味悪くなって「ちょっと」と声を掛けた時、一人が「あ、マーラ姐だ！」と、ぱっと姿を消した。

「捕まえてごーらん！」

声を追いかけて、他の子もわあーっと宙に溶けていく。

追い合いという、一番初めに逃げた子を捕まえる遊びだ。草は乱雑に踏み荒らされ、虫《ケツタ》が次々に跳ね回る音は、火花が一斉に爆《は》ぜているのかと思うほど騒がしい。なのに大地には緑が満ちているだけで、真っ直ぐな地平の線には一つの翳《かげ》りも見当たらなかった。どこまでもまっさらな——変わり映えのない草の海の中で、風だけが、妙に生温かくて重たい。子どもが溶けた風だ。それが甲高い笑い声を巻き取りながら、こちらに向かって輪を狭《せば》めてくる。

怖気《おぞけ》が、肌の毛穴という毛穴を締め上げた。

この悲劇にしか思えない事態を、子どもたちは手放しに楽しめてしまうのだ。そして抵抗なく遊びの一種にしては、腹の底から笑うことが出来てしまう。遠い——なんと遠い感性なのだろう。その感性をもう、無邪気だとも純真だともマーラには思えない。

不意に、面白半分で触れてきた手が、マーラの放心をすっと冷ました。

「やめなさい」

低い声に、風はぱたりと動くのをやめた。戸惑いがちにこちらを見る姿が次々に現れて、虫《ケツタ》の音もやむ。

「もう、追い合いは終わり。……家の中に入って」

子どもたちは理由を聞きたそうにこちらを窺《うかが》っていたが、マーラは答えなかった。答える気になれなかった。——やがて子どもたちの跫音は、仕方なくと言わんばかりに、わざとらしい音を立てて家へと向かい始める。

「あれ、マーラじゃん」

そこに呑気な声が割り込んできて、空気は一気にゆるんだ。「ヤシュブ、追い合いしようよー」と、甘える声が彼の足許にまといつく。

「馬鹿野郎。怪我したら危ねえだろ。今、マーラに怒られたばかりじゃねえか」

ヤシュブは叱ったが「ええー、でもお」と子どもたちは聞かない。どこかで自分たちの仲間だと思っているヤシュブと、姐と呼んでいるマーラとでは距離感が違うのだろう。

「追い合いはもう駄目。分かったら家の中に入った、入った」

マーラがいつもの口調に戻って言うと、子どもたちはしぶしぶと消えていった。まっさらな草地に、その姿を漠然《ばくぜん》と思い描いていると、

「お前、大丈夫か？」

いきなり耳許で声がしたので、驚いた。

「脅かさないでよ」

声がした方を向くと、からっとした顔の彼が現れた。

「悪い、脅かすつもりはなかったんだけど。――んで、大丈夫？　顔色悪いけど、あいつらに何か言われたか？」

「大丈夫。ちょっと気分が悪いだけ」

マーラは、嫌な余韻をぶっきらぼうな声で誤魔化した。ヤシュブはがさつだが、こういうところは鋭いのでたまに驚かされる。

「それより、まさかとは思うけど馬に乗って来たの？」

彼の手から手綱が伸びていることに、今さらのように気付く。思えば、草を食む音も

していた。

「おうよ。三日もすればこの目にも慣れた。今じゃ駆歩《かけあし》だって乗りこなせるぞ」

「すごい」

純粋に驚いた。マーラは、ようやく馬に乗ることが出来るようになったというほどで、全力で駆るのはまだ怖くて試せていない。

「どうやってるの？」

「口じゃ説明できねえな。元々全力で走ってる時、俺あんまり周りを見ていなかったし」

言われて気付いた。確かにかつての目では、常歩《なみあし》や速歩《はやあし》で進んでいる時は周りの景色が目に入ったが、駆歩以上の速さになると、景色は見えないものだった。草は流れ、風は走るもので、今と見え方の違いに戸惑うことは、意外に駆歩の方が少ないのかもしれない。

「最初に目指す方向を決めたら、あとはそこ目掛けて駆《か》るだけ。目じゃなくて、足で馬を駆るんだ。視界から自分が消えると、身体がふわっと浮かんで溶けるような、変な感覚があるけど、持っていかれないようにだけ気を付ければ良い。慣れれば最高に気持ちいいぜ」

マーラは、この演手をしげしげと見つめ返していた。

「ヤシュブは、変わらないね」

何と順応が早いのだろう。まるで本当の獣みたいだと感じていると、ヤシュブは豪快《ごうかい》に笑う。

「別に今までと、俺たち、何も変わってなんかいないだろ？　皆の驚き方が大袈裟《おおげさ》なんだよ」

でも、確か彼は族長の家で——そう言いかけた時、「二人とも何してるの？」と、ルトゥムののんびりとした声が聞こえてきた。立ち止まっている彼女に手を振ったが、すぐにそれが彼女に見えないことに気付く。

「たまたまヤシュブと会ったの。子どもの相手をしてたら、疲れちゃって」

「そっかあ。あの子たちもやんちゃ盛りだからねえ。うちに上がって、茶《ツァセ》でも飲む？」

おっとりと言うルトゥムに、マーラは首を振る。視界が揺れた。

「ありがとう。でも、ここでいいや。日陰にでも行けば」

「そう？　じゃ、家の陰にでも移ろうか」

三人は並んで、ルトゥムの家の壁に背中を預けた。伸ばした足をくすぐる、ひんやりとした草の感触が心地よい。

目の前には、丸太で作った山羊の柵《さく》がある。今は出口として丸太が一ヶ所外され、地に転がっていた。

山羊の数を数えたり、家を留守にする時は、この柵の中に山羊を入れる。群れを柵の近くに追い込んでから、五人ほどの人間が距離を取りながら立ち、入り口に導くのだ。

群れに沿って進もうとしない山羊は、大きな布を振って脅かしたり、鞭《むち》で叩かなければならない。だが、柵追いと呼ばれるその作業を、異変が起こってからマーラはまだやったことがなかった。

「柵追いも、ね」

目の前の風景から連想したのだろう、ルトゥムが口を開いていた。

「昨日、やったんだ。親戚を家に呼ぶことになったから、鍋《フオルグ》を準備しなくちゃいけなくて」

「えっ、出来たのか?」

食い気味に訊いてきたのはヤシュブだ。

「もちろん、私の家族だけじゃ無理だったよ。人を呼んで、九人で何とか」

「九人? 多いな! それで、鍋《フオルグ》にする山羊は捕まえられたか?」

山羊を捕まえるには、一人が柵の中で走り、群れの最後尾の後ろ肢を捕らえる。だが、今は逃げている山羊の姿が見えない。どうやって捕らえたのだろうと、マーラも気になった。

「一匹に的を絞って、九人がかりで柵に追い詰めたの。輪の中で皆が手探りすれば、角《つの》を捕まえられるでしょ。そうして頭を固定させてから、一人が胴を抱き上げた」

柵が、陰った。陽が曇《くも》ったのだろう。ヤシュブが興奮気味に相槌を打つのが聞こえた。

「そういう方法があったか。賢いな! 実は俺んちでも柵追いやったんだけど、全然捕まらなくてさ。ま、結局一日掛かりで捕まえたけどな」

「さすがはヤシュブ」

褒めたマーラに「それが、もう！」と、彼は興奮気味に捲《まく》したてる。

「大変だったんだぞ。でも、山羊は人を避けて動くもんだろ？　だからまず柵の真ん中に人を立たせて、山羊を柵沿いに寄せておく。あとは、俺と弟がそれぞれ柵沿いを走って、山羊を一ヶ所に追い詰めるんだ。そんで走りながら闇雲に手を伸ばして、肢を探す！」

「へえ。よく柵が壊れなかったね」

話している間、ルトゥムが終始黙って俯いているので、マーラは初めてその顔を覗き込んだ。浮かない顔色をしていることに気付く。

「ルトゥム、どうした？」

「ううん。ごめんね、暗い顔しちゃって」

「何かあったの？」

「柵追いをね。……もうしたくないな、と思っちゃって」

「何で？　大変だから？」

不思議そうに聞き咎《とが》めたのは、ヤシュブだ。

「ううん。まあ、確かに大変ではあったんだけど。それ以前に、怖くて」

「怖い？　何で？」

「山羊を柵の近くに集めた時、まるで化け物みたいに見えたの」

彼女が、身体を硬く抱え込んだ。

初め、柵に沿って山羊を流し始めた時、群れは濃い雲のように見えたという。速く進むよう布を振って促すと、その雲は薄れて、疎《まば》らに透けたところから、柵の丸太がぼうっと浮かびあがる。さらにあちこちから山羊の顔が現れては、靄《もや》を引きながら濃霧に溶けた。その様が、無数の山羊を体内に飲み込んだ、巨大な化け物山羊のようだったと言うのだ。

「そんなの、気のせいだろ？　怖がることねえよ」

ヤシュブは軽く笑い飛ばしたが、ルトゥムの声は重いままだった。

「ヤシュブは気持ち悪くないの？　近付くと、ざあっと山羊が消えていくのも……」

「そりゃあ、不便だとは思うけど。何とかなるよ」

あっけらかんと笑う声に反して、彼の目も口も肌のなかに溶けきっていて、ぎょっとする。咄嗟に目を背けて、柵を眺めて気分を落ち着かせる。

「それに動きが見えなくなったのは、俺たちだけじゃないし。稲城《いなき》も同じだ」

「稲城も？」

思わず鸚鵡《おうむ》返しに聞いてしまう。

「何でそんなこと知ってるのよ」

「そりゃあ、直接聞きに行ったからに決まってるだろ」

ヤシュブは当たり前のように言ったが、マーラもルトゥムも、意外な思いを隠せなかった。

稲城民《いなきのたみ》は、ここから馬で二日ほどの農村で生活をしている。ここ百年ほどは戦もなく平和に棲《す》み分けをしているが、かつては何度か衝突した仲でもあった。連戦に悉《ことごと》く勝ってきたためか、アゴールの方は稲城に対してふくむところがない。必要だからという理由で、稲城の言葉も拘《こだわ》りなく覚えた。文字は読めないが、意思疎通に困難はないくらいには話すことが出来る。また、財産といえば家獣《ノフラ》だけだったアゴールにとって、稲城の通貨の存在は新しかったし、便利なものを齎《もたら》してくれる稲城を尊重もしている。

だが、稲城民の方にはアゴールに根強い劣等感があるようで、事あるごとに優位を示そうと躍起《やっき》になっている。だから、互いに災厄の時に頼りあうほどの親密さはないのだ。

「すごいねえ。私なんて、十何年も物を売り買いしている人にでも、家に上げてもらったことなんてないのに」

思わず呟《つぶや》くと「そういうもんか？」と、ヤシュブは意外そうに言う。

「ちゃんと話せば良い人たちだぞ。多少よそよそしいことはあるけどさ」

「それにしても、すごい。稲城に話を聞きに行こうだなんて、私は思わないもん」

ルトゥムもマーラの当惑に加わった。「そうかなー」と、ヤシュブは別に誇った風ではない。

「単純に、気になるじゃんか。一体何が起こってるのかってさ。——でさ、話を聞いたところだと、稲城の里も皆同じらしいんだよ。旅人も関係なく、誰も動きが見えないらしいぜ」

「そうなんだ……」

失望はしたが、驚きはない。むしろ、稲城民の目には異変がなかったと言われた方が驚いただろう。

「まるで地震みたいだね。皆が全く同じ異変を感じるなんて。……まさか、稲城民まで同じとは思わなかったけど」

「確かに。頭痛も、同じ時期に起こったみたいだしね」

マーラも賛同した。やはり、病という言葉ではこの現象は言い表せないと確信する。

ブブ、ブブブ——

蠅《はえ》の羽音が聞こえる。マーラは当てずっぽうに上空を手で払った。だが、羽音は消えない。腹立たしく腕を振り回した。

「これからどうなるんだろうね」

ルトゥムが零《こぼ》した。マーラは出来るだけ明るく言った。

「なるようにしか、ならないよ。〈乳のようにあれ。杯には茶に、皿には乾酪《アチェ》に〉っていうじゃない」

アゴールの諺《ことわざ》だ。自らを器に応じた姿にせよ、転じて、新しく住む土地の決まりには従えという意味だ。

「本気でそう思ってる？」

ルトゥムは疑うようにマーラの顔を覗き込んだ。思わず顔を歪める。ああ、この親友だけには気付かれてしまうのだなと思う。

ルトゥムの首が消える。

「私の顔が見えなくても、生き絵を続けられると思うの？」

マーラは返事に迷った。気休めを言うことは、親友を却って悲しませるだろうと思った。だが、うまい言葉が思いつかない。

代わりに、黙って消えかけた背を擦《さす》った。掌《てのひら》に、小さな震えが伝ってくる。

その甲にかつて広がっていた、真っ赤な皹《あかぎれ》を思い出す。

あの時——弟を失った大寒波の時は、痛いという感覚すらなかった。皹《あかぎれ》は、洗濯で水に手を浸すたびに裂けてひどくなったが、傷口は一瞬で凍って血も出て来ない。一日の終わりに眠ろうとしても、肌に沈み込んでくる冷気に目は冴え、何よりも草原に響く鐘の音が耳にこびり付いて寝つけない。

マーラが自分の皹《あかぎれ》を擦り、眠れない夜を過ごしている間に、弟は死んだ。こんな真っ赤な手の代わりに、せめてその背を擦ってやるべきだったと悔いたが、何もかもが遅い。

寒波さえ来なければ、弟は命を落とさずに済んだ。天が司る理《ことわり》が、気まぐれに変わらなければ。——何も、変わりさえしなければ。

今宵もまた、コォーン……コォーン……と、あの寒波の時と同じ音が、空を渡っていく。

†

災厄などの変事が起こった時の、アゴールの習慣だった。祭壇に吊られた、深い椀を伏せたような鐘を、布を巻いた棒で打ち鳴らす。そうすることで、大地を見守っている精霊に報《しら》せているのだ。〈天の理〉が動いたが、自分たちは上手くやっていると。さもないと精霊は、淵《オルル》という異界の割れ目からこの世に降りてきてしまう。彼らに悪気はなくとも、そうなるとさらにこの世の摂理が乱れてしまうのだ。

草原から音が聞こえてくると、一家の父親は鐘を打つ。そうして音はくぐもった余韻を引きながら、草原の中で繋がれ、唱和となっていく。

鐘が鳴る時間帯になると、マーラは早々に床に寝具を敷いて、耳に蓋《ふた》をする。自分たちは大丈夫だと、人々が精霊に繰り返し告げるこの音が嫌で堪《たま》らなかった。

どうして皆は、こんな理不尽な異変を受け容れられるのだろう。あの寒波の時と同じように、取り返しのつかないものを失うかもしれないのに。今、精霊に真っ先に伝えるべきなのは、助けて欲しいという哀願ではないのか。願ったところで、精霊はこの世界を見ているだけで、所詮《しょせん》何もしてはくれないだろう。でもせめて、元通りにして欲しいと、天に向かって祈ることは出来ないか。

――だが、周りの者は誰もそうは考えない。

音が止んだ後は、冷え冷えとした孤独が夜闇と共に身体に凍《し》みこんでくる。たまらず、布団を撥《は》ねのけて外に出てみても、満天の星に心安らぐどころか、むしろその上にもう見ることの出来ない流れ星を思い描いて、虚《むな》しさが募る。かつてのように、誰が一番早くそれを見つけられるかと、他愛もなく競いあうことはもう出来ないのだ。

「どうした、マーラ」

不意に、後ろから声が掛かった。重い跫音から父だと分かる。背の高い熱が、マーラの隣で不意に低くなった。横を見やってようやく、父が座ったことを確信する。

「眠れないか」

父の声は、静謐《せいひつ》な夜には不釣り合いに太い。黙って頷くだけでは伝わらないので、「うん」とマーラは答えた。

「気持ちは分かる」

言葉少なに、父は言う。

「だけど、明日も山羊追いをしなきゃいけないんだ。この目に早く慣れるためにも、そろそろ寝た方が良い」

マーラは眼を伏せた。

「そうしたいけど、無理だよ」

父が重い息を吸い込んだのが分かった。

「そう思うのも分かる。だけど、何かを恨んだところで元通りにはならない。第一俺たちには、恨むものすらないだろう。天に意思はないんだ」

マーラは思わず、膝の中に顔を埋めた。

「どうして、平気でいられるの」

話し出すと、抑えていた思いが溢《あふ》れそうだった。

「父さんだけじゃない。皆そうだ。愚痴を言いながらも、起こったことだからと異変を受け容れている。精霊にだってどうすることも出来ないのは、私も分かってるけど……父さんみたいに、平静な気持ちでこの目に慣れるしかないなんて言えそうにない。――どうして父さんは平気でいられるの」

父を真っ直ぐに見る。見返してくる父の瞳に迷いはない。

「この異変が、仕方ないことだからだ」

父の声は、おおらかで深い。

「俺も、山羊追いをするのに、動くものが見えなくなったのは不便だと思う。どうして俺たちがこんな目にという思いも、ない訳じゃない。だが騒ぎ立てたところでどうなる？ 〈天の理《ことわり》〉は、俺たちにはどうすることも出来ないじゃないか。人は理の中で生きることしか出来ない存在なんだ」

「それはそうだけど」

　マーラは言わずにはいられない。

「私はいつか、元通りになるって信じていたいよ。何かが変わるのは嫌だ。また、弟が死んだ時と同じ思いをするかもしれないんだよ」

　縋《すが》るように、父を見る。父には、弟が死んだことを、なかったことにはして欲しくなかった。確かにあの時と同じなのは嫌だと言って、一緒に苦しんで欲しかった。

　だが父は悲しそうな色を目許に残し、ひどくゆっくりとした口調で言い切った。

「一度見えなくなったものは、どんなに目を凝らしたところで、見えるようにはならないさ。死んでしまった我が子が、生き返らないのと同じようにな」

二章

甍《いらか》の波が連なる市街と、広々とした貴族の邸宅地の先に、その丘はあった。足首ほどの高さの草で覆われた頂上には、檜《ひのき》と白木で組まれた、堂々とした城が鎮座している。稲城《いなき》の国府であった。

稲之城《いねのしろ》と呼ばれる城の二階の一室に、十二人の官たちは集められていた。部屋の三方の襖《ふすま》は今は取り払われ、うららとした初夏の風が心地よく通り抜けたが、彼らの沈痛な面持ちは些《いささ》かも安らがない。

待ち侘《わ》びた人の来駕《らいが》を知らせる、銅鑼《どら》の音が鳴った。彼らは立ち上がり、組み合わせた両手の中に面《おもて》を埋めて、彼が玉座に座るのを待つ。

部屋の最奥《さいおう》、虎の絵の前に、稲城の王——禾王《かおう》は座った。

禾王とは、号である。天が固有の名を持たないのと同じように、王もまた、この国では名を持たない慣わしだった。

「面をあげよ」

少し掠《かす》れた独特の声を合図に、彼らは構えを解いた。玉座のその人は、生粋の稲城民《いなきのたみ》らしく、瞳の色は紫、縁《ふち》には僅《わず》かに金が入っている。ゆるく巻いた灰梅色《はいうめいろ》の髪は胸の前まで垂れ、普通の官吏よりも長い。耳より上を結い上げるのは慣習通りだったが、形には意匠を凝らしてある。

王の次席である改弦之長《かいげんのちょう》が、声高に請願《せいがん》をする。

「金頭之協議《きんとうのきょうぎ》を始めとうございます」

「良かろう。座るが良い」

許しを以《もっ》て、議は始まる。

法案は、国王が勅令《ちょくれい》として下すか、或いは、経・軍・警・祀の四省から上げられた案を、法を司る改弦易轍之省《かいげんえきてつのしょう》がさらに精査し審議した後、国王に報じられ決定する。このたびの議が開かれたのは、後者の流れによるものだった。

「喧月《けんげつ》の暁日《ぎょうじつ》、本日より三十日前に起こりました事変について、各省より奏上がありま す。ご天聴《てんちょう》の上、ご判断をお願いいたしたく存じまする。まずは、各省からご報告を――」

「待て。その前に」

いきなり言葉を遮られ、改弦之長は、戸惑いがちに禾王を見上げる。

「この異変について分かったことを、まずはその方《ほう》らに伝えてやろうではないか。既にとくと調べてあるのでな」

諸官は、初耳の情報にどよめいた。一体いつの間に、と左右を見まわしたが、知る者はいない。禾王が手足のように使っている側近らが動いていたのだろう。この王は、行動を起こすのが早いことで定評がある。

戸惑う諸官らの反応に、禾王は満足げであった。

「当然であろうが。変事に応ずるのは余の務めである。——聞いて驚け。喧月の暁日の頭痛と、視覚の異常を覚えた者は、稲城の首都の者だけではない。里の者も、旅の者も、ひいてはアゴールもまた、同じ事象にみまわれておる」

ざわり、と諸官に動揺が走る。互いに顔を見合わせようとするのだが、そのせいで次々に首が点滅していく。

「だが、奇妙なことに、国の外の人間には異常は見られない」

さらなる動揺が走った。官吏の一人が、堪《こら》えきれぬように禾王に問う。

「曄渡《ようと》や瑚穹《こきゅう》の者は、今まで通りの目を有しているのですか」

「まあ落ち着け。異変の及んだ範囲は、綺麗に国境と重なる訳ではない。我が国の南に位置する瑚穹の、北のごく一部には、同じ症状を訴える地域もある。だが概《おおむ》ね は、我が国の全域と言ってよい。喧月の暁日にその範囲にいた者は、身分の別を問わず、異変に襲われたという訳だが……それだけではないぞ。後に我が国に不正に入ってきた者たちも、同じ症状を訴えるという報告がある。——そうだな、破邪之長《はじゃのちょう》よ」

「御意」

領いた声に対し、諸官は動揺にざわめいたが「静まれ」との一言で、瞬時に声は収まった。

「無用な混乱が起こるため、このことは国内には絶対に広めるな。——反対に、国の外には大々的に伝えておけ。我が国に入れば異変に見舞われると知れば、他国も余の領土に野望を抱かぬであろう」

「御意」

一同は頷《ぬか》ずく。「さて」と、禾王は改弦之長を見下ろす。

「奏上があるのだったな。続けるがよい」

「は。——はっ」

不意に話を振られた改弦之長は、戸惑いを抑えながら進行を始める。彼に促され、四省のうち、三省より窮状《きゆうじよう》が訴えられた。

まず、市場を管理し税を徴収する経国済民之省《けいこくさいみんのしよう》から。荷車を引いての移動がままならず、市場では品薄が続いている上に、不安で買い走る人々が増えているため、米や青果などの値が高騰《こうとう》していること。さらには、土器や刀、硝子《ガラス》といった類が、生産が間に合わず不足していること。大工の落下が相次いで建築が滞《とどこお》っていることなど。

「まずは物の運び手と、次に、職人や大工を増やしとうございます。里から人を募り、街に集めてはいかがかと。また、彼らの労銀《ろうぎん》を国庫から補助いたしたく」

次に、軍事を司る星旄電戟之省《せいぼうでんげきのしよう》からは、国境を不法に侵す者が急増していると訴えがある。既にこの異変があったことは他国にも知られつつあり、ある境界を越えると自身も同じ症状に見舞われることを知らぬ者たちが、単純な興味や、良からぬ心根から、続々と国内に入ろうとするのだという。

「国境で交戦はしておりますが、中々意のままには参りませぬ。特に接近戦では敵いません。自由に動ける人間一人を取り押さえるのに、多くの人数を割く必要があります。あと一万ばかり数を増強していただきたく、奏上いたしまする」

あわせて、警吏や刑吏を擁《よう》する破邪顕正之省《はじゃけんしょうのしょう》からも、こうした邪《よこしま》な人間の流入により、綱紀が乱れて掏摸《すり》や暴行が横行していること、しかし、不埒《ふらち》な者の捕縛が今の人数では間に合わないことなどが報告された。

「街の警邏《けいら》だけではありません。囚人たちの脱獄も増えています。我々とて、これまで以上に細心の注意を払って監視にはあたっていますが、水を入れた嚢《ふくろ》に穴が開いたように、人が次々に辞めていくのです。怪我も絶えません。年が改まってまだ五月《いつつき》ですが、既に一年分の療治費としてお預かりしている額を超えています。人員の増強は急務です」

長官らが口々に窮状《きゅうじょう》を述べた後には、各省からの法案の添削を行った官と、法案を精査した改弦之長から、細《こま》やかな補足がある。

禾王は、じっと話に耳を傾けていた。官はやや意外そうな顔をした。気の短い主君のこと、途中で遮ってくるのを覚悟していたからだ。

説明が終わると、禾王はようやく口を開いた。

「つまりはどこも、人が足りぬ、金が足りぬと喘《あえ》いでいる訳だ」

禾王の口ぶりは、どこか楽しげでさえあった。恰幅《かっぷく》の良い身体には、四十の中ほどを過ぎた人間の持つ貫禄がある。纏った衣の翡翠《ひすい》の濃淡と、袖に縫い込んだ金糸が艶《あで》やかだった。

改弦之長が、進み出て言った。

「左様でございます。しかし、店を畳んだ者や、見世物で日銭を稼いでいた者が、国外に次々に流出しているのもまた事実。税の入りも悪くなるでしょう。全ての言《げん》を容《い》れる訳には参りませぬ。――どれを取るのが上策《じょうさく》か、ご判断を仰《あお》ぎたく存じます」

一同は、固唾《かたず》を呑んで王を見守る。非常に頭の痛い問題で、会議はさぞ紛糾《ふんきゅう》するだろうと思われた。

玉座から、馥郁《ふくいく》とした香がふわりと匂い立つ。ご自慢の、洒脱《しゃだつ》な扇を広げたらしい。

「急務は、警保だな」

一言のもとに断じた。

「まずは国軍を一万増強し、破邪之省に投じよう。その一万は、その方《ほう》らの案では里から募ることになっているが、それでは方々から不満も出る。既に兵を務める葉官《ようかん》の家から息子を出してもらうことにしようではないか。従軍の年齢は、二十から、十五――いや、十三に引き下げる。

そして、商人も旅人も、国に籍を持たぬ者の一切を追い出し、国境の封鎖を行う。新たに治安を乱す者を入れずにおれば、警邏《けいら》の負担もいくらか減るであろう。手工業の問題は、それが片付いてから取り掛かる。──異論はないな」

禾王の言は明快だ。彼には込み入った問題を即座に明断し、一言で方針を決める才がある。それ故に、夜を徹し紛糾する重臣たちの会議とは比べようもなく、国王の出る金頭之協議は常に短い。

「一つだけ、宜しいでしょうか」

進み出たのは、手工業と、市場の品薄の問題について言及した経国済民之省の長官であった。

「国境を封鎖するとの仰せですが、国境を塞げば、物の流れが滞ります。さすればます品薄に歯止めが利かなくなり、庶民が穀物を購《あがな》えなくなるのでは」

「右に同じく」

省を越えて、別の官も声を上げた。

「人心は今、乱れに乱れております。今まで通りに物が買えるというだけで、民の心は安らぐもの。まずは不安を和らげるためにも、国境の封鎖は見送るか、さもなくば国庫を開き、飢饉《ききん》のために貯えていた穀物を市場に流すべきでは」

「もっともな意」

別の官が反論するよりも早く、禾王は賛同した。

「では、国庫を開くことにしよう。大胆に、貯えの三分の一ほどを流してやろうか。ただでは配るな。安価でも構わぬが、必ず値を付けよ」

「無償で配った方が、民は喜ぶのでは」

不満顔の官吏もいたが、「否」と王の答えは短い。

「国庫とて無尽蔵ではない。何よりも、無償で手に入ったものを人は有難がらぬ。その上苦境がまた訪れると、今度も無償で米が貰えると考える。その期待に応えられなければ、却って不満を募らせるものよ。放出米に値を付けぬのは愚策だ」

それと、と王は付け加える。

「国境を塞げば物が滞るとのことだが、余はそもそも貿易を止めるつもりはない。商人どもは国の中には入れないが、ゆくゆくは国境に買い付け所を設け、経世之官らを置いて物の出入りを管理するつもり。――だがそれは、治安を正してからのことだ。異論はないな」

「はっ」

「御意」

一同はただちに額《ぬか》ずいた。禾王は扇を閉じると、「さて」と、改弦之長に向ける。

「先ほどその方《ほう》は、見世物に携《たずさ》わっていた人間が、国外に出て行っていると言ったな。仔細《しさい》を話せ」

「お答え申し上げます。首都棠翊《とうよく》では、今や見世物小屋のおよそ三分の二が閉められている模様です。奇術師や舞人《ぶじん》、大道の芸人は転身し、或いは国を後にしています。その数、およそ千とも」

「良くないな、それは」

王はつまらなそうに鼻を鳴らした。そして空を仰ぎ、慨嘆《がいたん》する。

「我が国の芸の道が廃《すた》れる。嘆かわしいことだ！　せっかく芸道大王《げいどうだいおう》たる余が、城で芸道衆を養い、民草にもその恩恵を広げていたというのに」

何名かは内心で眉を顰《ひそ》めた。

芸道大王とは、禾王が自称した号である。あらゆる芸術が爛熟《らんじゅく》すると言われる国、瞱渡への憧れが強いこの王は、我が国も瞱渡と競うほどの芸の国にすると豪語して、そのための政策ばかり打ち出してきた。本人も、政務より、瞱渡から名の高い美術品を買い集める方にご執心である。

だが、政務を片付けるのは速いし、頭脳は明晰《めいせき》にして果断、紛糾する会議をまとめあげる能力もある。官に見放され、誅殺《ちゅうさつ》の機を窺《うかが》われるほどの暗君ではない。故に官吏たちは内心で溜め息を吐きながらも、これも放蕩《ほうとう》のうちと諦めているのだった。

「陛下。宜しいですか」

一つ声を上げたのは、法を司る改弦易轍之省の者である。

「先ほど、我が国に籍を持たぬ者を排除すると仰いましたが――アゴールは含まれますか」

禾王に限らず、一同は渋い顔をする。

遊牧を生業《なりわい》とするアゴールは、春から秋の間だけ国土の北に移り住む。その戸籍は、稲城の国府が管理している訳ではないため、厳密には国民とは呼べなかった。だが、むやみに追い出そうとすれば、歴史を紐解《ひもと》くまでもなく、衝突するのが目に見えている。

「追い出して欲しいのか？」

試すように、禾王は問う。

「それも面白かろう。この国をほんとうの稲城国《いなきのくに》にするには、奴らは目障りではある」

戯《たわむ》れのように言う禾王に「恐れながら」と、生真面目にその官吏は述べた。

「今、彼らと戦をするのは、あまり上策とは言えますまい。国力の消耗が目に見えています。物が少なくなり、価格が高騰《こうとう》すれば、民からの反感も買いましょう」

だが、そう言う彼も複雑な表情ではあった。この国土の半分を、税を納めもしない遊牧民に奪われているような印象を、稲城の人々は共有している。

三百年ほど前、斧貂《ふちよう》という包圍《ほうえん》の国の一領主が六十万の民を率いて来たところから、稲城の歴史は始まっている。何度かアゴールと領土をめぐって争いになったが、手痛い敗北を喫《きつ》して、稲城民と彼らの共存は始まったのだった。

農地にも向かない寒冷な北の地を手に入れるために、何も無理をすることもない――歴代の禾王はそう自らの不満を慰めていたが、何度か定住を迫って戦を仕掛けたこともあった。今より四代前の禾王も、国境を跨《また》ぐ時に、アゴールに税を課そうとした。だが兵はたちまち蹴散《けち》らされ、激しい反発に恐れをなして、結局要求を取り下げざるを得なかった。――以来稲城の王は、野蛮な民族と内心では見下げながらも、腫物《はれもの》を扱うようにアゴールに接しているのだった。

「然《しか》り。アゴールを追い出すというのは、所詮は机上《きじょう》の空策よ」

禾王もそう溜め息を吐かざるを得ない。だがそこでふと、言葉を止めた。

「待てよ。存外そうではないかもしれぬ。これを潮《しお》に、奴らに定住を迫ってみようか」

一計を案じたような顔つきとなった禾王の首が、消える。自分の提案に、しきりに諾《うべな》う気配である。

「アゴールに移動を禁じる触れを出すこととする。国外に出るか、残るかは、選ばせてやる。国に残る場合は、街に住まわせ、戸籍を作ることを条件としよう。街に住むことになれば、奴らは山羊を売る。細くなっている市場も、それで一時は潤うであろうし」

諸官は戸惑いがちに、互いに顔を見合わせている。「異論はないな」という言葉にも、すぐには声を上げる者はいなかった。

「……恐れながら」

やがて、細い声が上がる。先ほど上奏しなかった四省の一、祭祀《さいし》などを司る、百花斉《ひゃっかせい》放之省《ほうのしょう》の者だった。

「戦にはなりませぬか。かつても定住を迫る試みはなされましたが、アゴールの兵力に翻弄され、失敗に終わりました。ましてや今は、戦が困難であるという奏上《そうじょう》もあがったことですし……」

「何。今までとは事情が違う。その方《ほう》は気付かぬか」

禾王はにやりと笑った。

「星旄之長《せいぼうのちょう》よ。この変事が起こってから、騎兵はどうだ」

「ええと……」

国軍の長は返答に迷う。

「聞き方を変えよう。騎兵が使い物になるか」

「は。——いいえ。馬を思い通りに操ることはおろか、乗った状態で戦うなど、とても出来ません」

「それ、考えてもみよ。歩兵や弓兵という発想を持たぬ奴らの軍は、全て騎兵ではないか。騎兵が使えない今、奴らに戦闘は全く出来ぬ。馬の使えない遊牧民など〈欠牙《けつが》の狼〉も同じであろう。恐るるに足らんわ」

古くから伝わる詩集の一節を引用すると、不穏な笑いがその口許に結ばれた。

「確かに——かの祖主《そしゅ》も、〈敵を打ち破るのはその牙を抜いてから為《な》せ〉と、仰いましたが」

先ほど進言した官吏も、別の節を引きつつ口ごもった。祖主とは、彼らの古い祖先である包圍を建国した王である。神のように崇められているので、名を口にするのを憚《はばか》って祖主と呼ばれている。稲城では絶対的な神というものを信じる代わりに、祖主の言行を重んじ、それに従って生きているのだった。

「然《しか》り、然り」

禾王は、まさにその一節を引いて欲しかったのだと言わんばかりに、喜色満面である。

「包圍を強大にしたのも、祖主の果断な判断あってのことだろう。考えてもみよ。破男《ハナン》の民を打ち破れたのも、祖主が天災にも志を折らず、弱った奴らの隙を逃さずに攻め落としたからであろうが。散々我らを悩ませていた騎兵を奴らが使えない今は、好機。逃すわけにはいかぬ」

更に故事を引く禾王に、先ほどの官吏は返す言葉もなく、「は――」と言って、下がってしまった。

「正直、余の国をちょこまか動き回られるのは、うんざりしていたのだ。今こそ歴代の禾王の渇望《かつぼう》を叶える時。余こそが、この国土に、真に禾王の威光を轟《とどろ》かせてやろうぞ」

禾王が漂わせた不穏な気配に対し、諸官の反応は様々だった。戸惑いがちに周りを窺《うかが》う者、心配顔の者、能面のように動かない者、喜色を溢《あふ》れさす者――うちの一人、改弦之長が進み出て言う。

「万一挙兵されたら、どうなさいますか」

禾王は少し考えた。星旄之次官《せいぼうのじかん》が、「真っ向から戦わなければ良いのでは」とおそるおそる進言する。

「その方《ほう》の言う通り、正面からぶつかれば、互いに動きが見えぬ者同士、混戦となるのは自明よの」

「はい。ですので、徹底的に隠れて戦えば良いのです。奴らの進路には穴を掘り、火薬を投げ込み、士気を低下させます。とどめには、我が民を予め避難させもぬけの殻にしておいた街におびき寄せるのです。その後、街の城門《もん》を閉じ、火を以て殲滅《せんめつ》させます」

おお、という声があがった。

「名案だ。火はこの目の味方」

「兵器や智謀《ちぼう》であれば、我が軍が奴らを凌《しの》ぐことは間違いなし。必ずや勝利に終わりましょう」

星旄之長《せいぼうのちょう》が言ったことで、話はまとまった。先ほど問いを投げかけた改弦之長も頷ずき、実行に向けた確認をする。

「して、勅令《ちょくれい》になさいますか。諮令《しれい》となさいますか」

王の出す命には二つ、勅令と諮令とがあるが、勅令が覆《くつがえ》せないものであるのに対して、諮令は、王の案を改弦易轍之省《かいげんえきてつのしょう》を含む五省に諮《はか》り、諸官が細かな修正を加えられる。そうして精査した後、再度王が目を通して法案となるのだ。

「一応、諮令としておこう」

「畏《かしこ》まりました。頂いたご提案、早速我が省で吟味させていただきたく」

しかし上機嫌だった王から、思わぬところで勘気《かんき》を受けた。

「早速とはいつだ」

「は……再度主上の許へお持ちできるまで、およそ、十五日ほどは頂けまいかと」

「長い！」

一喝《いっかつ》に、諸官は凍り付いた。

「遅すぎる。そんなには待てぬ」

「は」

「筆削之長《ひっさくのちょう》よ、一両日中には法案をまとめよ」

「御意」

指名された官は、間髪を容《い》れずに答えた。今の返答に間を空けてはならないことを、彼は経験で学んでいる。

「改弦之長よ。三日後には、改弦易轍之省の役人どもを掻き集めるのだ。さすれば五日後には触れを出せるであろう」

「五日後……」

指された改弦之長は息を呑んだ。通常法を決めるのは、どんなに急《せ》いても十日は掛かる。今禾王が簡単に言った会議とて、三日の内に準備を整えるのは大変なことだ。

玉座から、呵々《かか》と豪快な笑い声だけが降ってきた。

「そなたらは物を決めるのが遅すぎるのだ。この議が開かれたのも、変事から三十日も経った後であろうが。――諮議《しぎ》が面倒なら勅令にしてやっても良いが、余はそなたらを買っているのでな。この危急存亡の秋《とき》には、それくらいの力を発揮してくれるであろう」

「はい……」

「余は、この議が開かれるのを待つ間、三つの大事を済ませたぞ。一つは知っての通り、民草の心を安んじるために、派手な祭事を執り行ってやったことだ。

二つには、先に言ったこたびの奇禍《きか》の按察《あんさつ》よ。調べたのは、異変の及んだ範囲だけではないぞ。秘かに医術師百人を集め、千人の身体を診させていた。薬も何種か調合させ、飲ませたが……結果は思わしくなかったな。原因も分からぬままだ」

諸官から再び動揺が湧き起こった。一体いつの間にと、また互いの顔を見合わせる。

その反応に、禾王はさらに満足した様子である。

「さて、打てる手立ては全て打った。この後どうなるかは、祖主の導きに従うしかないであろう」

「恐れながら、主上」

年配の官吏の一人が声を上げた。禾王が今言った祭事を取り仕切った、百花之長《ひやつかのちよう》だった。

「こたびの奇禍《きか》は、医術などでは解明いたしません。これは地饰之界《ちさいのかい》の人心が乱れている証左です。増えすぎた悪しき魂を効率良く消し去るため、このような試練が与えられたのでは――」

「ええい、うるさい。一々言われなくとも、知っておるわ」

気の短い禾王が、長くなりそうな話を遮った。

「この世を理想の世に近付けるべく、余とて奮闘しておる。芸道を広め、瞱渡から美しい品々を買い集めているのも、その理想の世を追い求めてこそではないか」

官吏たちの一部は、微妙な顔をした。禾王の言った通り、芸術が、完全なる理想の世界を映す器だという考えはある。だがそれは稲城というより、瞱渡において馴染みの深い考えである。

瞱渡や稲城は、もとは包圜という国に起源を持つ。包圜や稲城では人に心を尽くし、それに謝せる良き魂だけが生まれ直しを繰り返すことで地飾之界《ちさいのかい》というこの世が良くなっていくと信じられている。一方瞱渡は魂の善し悪しなど関係なく、地飾之界《ちさいのかい》の理想の姿を見せることで、この世が理想に近付いていくと考える。だから彼の国では、どれだけ美しく、華美に理想の世を写し取れるかを競い、芸の技を爛熟《らんじゆく》させてきたのだ。

「芸の道ではなく、主上の徳をこそもって人民を薫陶《くんとう》し、学の道を興《おこ》して身を引き締めさすことこそ、こたびの奇禍の解決に繫がるのでは――」

他の官がそう言い差したが、「その必要はない」と禾王は遮った。

「既に手は打ってある。それが、余の成した三つめのことよ。こたびの試練は祖主のお導き故、正しく身を修めてさえいれば憂《うれ》うことはないと伝えた。これを読んだ訓導師どもは泣いておった」

柔らかいものが床を弾く音がして、諸官は床の上に視線を移した。半ば解けているそれは一篇《いっぺん》の巻物であった。紐解くと、禾王が今言ったようなことが、簡潔にして美麗な字句で書き連ねてある。そのまま詞華集《しかしゅう》にも載せられそうなほどの、名文であった。

「さすが主上。既に、人々の動揺を抑える手を打っておられたとは」

「それにしても何たる名文か。涙を誘われずにはおられない……」

どよめく諸官の声に、禾王は大得意である。

「余が少し筆を動かせば、このくらい当然よ。余の治める世が、平穏から遠のく訳がないであろうな」

愉快そうに、手を叩く音が響いた。

ともあれ稲城の方針はまとまった。あとは家臣たちが、身を粉にして働くだけだ。

†

五月後までに、国内に留まるか出て行くか選べ――前触れなくやってきた稲城の王の遣いが族長に伝えた通達は、たちまちアゴールの間を駆け巡った。

「馬鹿にしてる」

マーラの家に来るなり、ガイヤは憤懣《ふんまん》を露《あらわ》にした。

「長同士で話し合いもしないで一方的に決められたことに、アゴールが従うとでも思ってんの。稲城の奴ら、移動もしないで、年がら年じゅう同じ土とばっかり話してるせいで、考えまで凝り固まってんだ」

ずけずけとした物言いだが、集まっていた六人の演手《えんじて》たちも同意を示す。彼らは茶《ツアセ》を飲みながら口々に不満を打ち明けあっていた。

「カカイの草原に留まったら、岩凍りの季に山羊は死ぬ。かといって、今さら稲城に混《なじ》じって生活出来る訳ないじゃないか。畑なんて耕したことないし、第一奴らの里に馴染めない。アゴールというのを理由に馬鹿にされるよ」

普段は滅多に強く出ないラガムも、さすがに怒りが収まらないようだ。いつものゆっくりとした口調に剣呑《けんのん》な語気が混じる。

「畑を耕すかどうかより」

右の寝台の上に大きく胡坐《あぐら》を掻いて、口を挟んだのはヤシュブだ。

「山羊を捨てた瞬間に、俺たちはアゴールじゃなくなる」

「でも、ここを出てどこに行くっていうの?」

ヤシュブの正面に座っているルトゥムが、躊躇いがちに訊いた。

「もうあちこちで言われてることだから、私も繰り返したくはないけれど。でも、この目で山羊を連れた大移動は出来ないわ。置き去りにしない自信がないもの」

「でも、稲城の言うことに大人しく従うのは癪《しゃく》じゃないか」

ガイヤが強く反論する。

「山羊追いを捨ててカカイの草原に住むことこそ、奴らの思うつぼだ。奴らは私たちから税を搾《しぼ》り取りたいんだ。ついでにアゴールを従えて優越感にも浸りたい」

一瞬のことで見ては取れなかったものの、ヤシュブの空気が僅《わず》かに乱れたことにマーラだけが気付いた。

「稲城に限らず、優越感を感じたいという衝動に抗《あらが》うのは難しいよ」

マーラは口を挟んで、さりげなく皆の怒りの矛先を稲城からずらした。

「そういえばイラムのおじさんは、央弧《おうこ》市場から帰ってきたの？」

ルトゥムも気付いて、話を変えるのに手を貸した。イラムの父は六日ほど前に、首都の棠翊《とうよく》まで山羊を売りに行くのだと言って、家を後にしていたのだ。

「ああ。昨日帰ってきたよ。結構高く売れたってさ」

「いくらくらいで？」

「一匹二十瓠犀《こさい》」

瓠犀《こさい》は、稲城の通貨である。かつて奴隷の歯を用いたことからその名が付いたそうだが、名の通り形も歯に似ている。概《おおむ》ね箱形だが、上の面が少し凹んでおり、下からは四本の氷柱《つらら》に似たものが生えている。

山羊一匹は、普通なら十瓠犀《こさい》といったところだ。これで一人が一月食べる米の量と等しいから、イラムの父は二人を一月養えるくらいの金を手に入れたことになる。

「それはだいぶふっかけたね」と、マーラ。

「親父もちょっと調子に乗ったかな」

イラムの声も笑っていた。食料は、今はそれほど貴重ということだろう。誰もが先の不安に怯《おび》え、貯《たくわ》えを少しでも増やそうとしている。

「俺も山羊を売ろうかな。今のうちに稲城の通貨で貯えを作っておきたい」

言ったのは、生き絵で精霊役をやっていたアドゥだった。彼は入り口の近くで膝を抱えたまま、淡々と感情を交えずに話していく。

「稲城国に根を下ろすのも、ありだと思うんだよ。職人の手が足りないらしいから、街に行けば案外良い働き口もあるかもしれない」

「おい。お前、それでもアゴールか？」

真っ先にそう言ったのはヤシュブだった。彼と仲の良いラガムも、声を被せる。

「皆と離れても良いって言うのかよ」

ちょっと間延びしているかと思うほど、のんびりとしたその声を、アドゥは切って捨てる。

「共倒れするより、一人でも生き延びた方がましだ」

ラガムは怯《ひる》んだが、ヤシュブは「山羊追いを続けたからっていって、倒れると決まった訳じゃないだろ」と言い返した。

「何、むきになってるの？」

鼻で笑ったのはガイヤだった。最年少という気兼《きが》ねもなく、古参《こさん》のヤシュブに切り込んでいく。

「ヤシュブはどうせ、稲城民の味方だろう。さっさと仲間にでもなれば？　私は、あんな汚い土なんかに塗《まみ》れたくはないけどね」

「稲城民と仲が良いことと、同じようになりたいかは別だ。俺はアゴールでいたい」

「へえ。意外」

「アドゥ。お前、本気で稲城の街に行くつもりなのか？」

話を戻したのは、イラムだった。アドゥの顔がじわりと下に滲《にじ》む。頷いたのだと分かったのは、彼が平板な口調で話し始めてからだった。

「そうするつもり。山羊追いを続けたって、いずれ八方塞がりになるのが見えているから」

「生き絵はどうするつもり？」

刺々《とげとげ》しい声で聞いたのはガイヤだった。

「街に住んだら、もう一緒に生き絵なんか出来なくなる。それで良いのか？」

厳しい口調は、行って欲しくないという気持ちの裏返しだろうか。家具に透けている首を思い描いて、ぼんやりとそう思う。

「生き絵だって、きっと、近いうちに出来なくなる」

アドゥが、ぽつりと言った。

「呆《あき》れた。アドゥがそんなに淡泊だったなんて思わなかった。――ねえ。マーラも黙ってないで、何とか言いなよ」

不意に話を振られて、注目が一身に集まった。慎重に言葉を選ぶ。

「アドゥ、まだ早まらなくても良いんじゃないか。何も、目が治らないと決まった訳じゃない。今の生活を続けられるという希望を捨てることはないよ」

当てもない願望だったが「そうだよ」と、真っ先にヤシュブが賛同する。

「諦める必要なんかねえよ。決めんのはまだ早えって」

「でもさ」

アドゥは、ぽつりと言う。

「治るとは限らないよね」

急に静まり返った中で、気まずさを誤魔化すように、誰とも知れず茶《ツアセ》を啜《すす》る音が響く。

「確かになあ」

やがて言ったのは、イラムだった。ガイヤが聞き咎《とが》めたような気配にも、気付かずに続ける。

「治らないかもしれないもんな。ずっとこのままだったら、遠くまで山羊を連れていけないから、いつか食べさせる草も足りなくなる。そう考えたら、稲城の地に根を張ることも考えた方が良いのかもしれないな」

「何てこと言うの。俺は一生演手《えんじて》をするってこの前は息巻いてたくせに」

「本気で言ってる訳じゃねえよ。だけど、前ほど山羊追いが好きだって思えないんだ。正直うんざりしてる。山羊なんかほっぽり出しておきてえよ」

イラムは頭の後ろで手を組んで、ごろりと横になってしまった。「分かる」と小さく言ったのは、ラガムだった。

「余計な体力、使うよな」

「だよな。あーあ。世話なんてやめたいよ」

「おい、イラム。いつの間にお前もそっち側に行ったんだよ」

「別に俺、ヤシュブの味方だったつもりはないんだけど？」

「――やめて」

思わず、マーラは強い口調で話を遮っていた。

「この話はもう終わりにしよう。空気が悪くなる」

マーラの言葉で、皆は黙り込んだ。重くなった沈黙を力ずくで吹き飛ばすように、ガイヤが大きな溜め息を吐いた。

「あーあ。せめて生き絵が出来たら、こんな気分も晴れるのにな。気が滅入《めい》って仕方ないや」

悲しげな顔で黙り込んでいたルトゥムも、これには口を開いた。

「そうだね。皆にも生き絵を見せたいな。落ち込んでいる人が多いから、元気にしてあげたい。――普通の人に見せるには、族長のお許しが必要だけど」

非公認の絵師は人々を集めて自由に生き絵を見せているが、族長付きの生き絵司であるマーラは、族長の許しなしでは生き絵を披露することは出来ない。だから許しを貰おうというルトゥムの言葉に、ヤシュブが「それ、名案！」と声を上げた。

「族長ならきっと分かってくれるよ。俺、直接掛け合ってみようか？」と、何の衒《てら》いも

なく言える彼の単純さが、マーラには羨ましかった。

「マーラ。新しい生き絵を作ってくれよ。皆が絶対に明るい気分になるようなやつ」
「……考えておく」

盛り上がりに水を差したくなくて、つい、返事が濁る。万民に等しく希望を与える作品。……そんなものの存在を、マーラ自身が信じていないせいだ。

心に沈殿《ちんでん》しているのは、ラチャカのある言葉だった。

五年ほど前のことだっただろうか。マーラが部族内の〈火の集い〉で生き絵作りをするようになって、それが板についてきた時のことだ。

当時、部族の中では諍《いさか》いが絶えなかった。異国の商人と通じて一儲《ひともう》けをしたグイという男が傲慢《ごうまん》にのさばりだし、族長を侮《あなど》るような態度さえとったのだ。グイに反感を持つ人も多かったが、ザルグも族長になってから日が浅く、声を出せないことを理由に軽視する人も多かったために、族長に不満を持つ者はグイのもとに集い、派閥が出来た。ために、対立は部族を巻き込むほど大きくなり、小競り合いが絶えなかったのだ。

心を痛めたマーラは「私の生き絵で皆を改心させる」と息巻いて、作品を作った。生き絵で皆に影響を与えて、諍いを終わらせてみせる。そのために、争うことで生まれる苦しみや、悲惨な末路を生き絵の中に描き切った。その時は確信していた。これでグイは心を入れ替え、人々も平和を願って行動する筈だと。

しかしマーラの作品は、諍いを終わらせ、グイを改心させることは出来なかった。マーラの意気込みを知っていた大人たちは、奴らの心を動かすにはお前はまだ若すぎたのだと諭《さと》し、或いは、彼らには芸術を理解する心がないのだと貶《おとし》めて慰めた。だがマーラは、力量不足だったのだと自らを責めた。そんな時、ラチャカが「何、しょげた顔をしているんだい」と訊いてきた。

「面白かったという評判を聞いたよ。一体、何を落ち込んでるんだい」

マーラは力なく首を振った。

「ただ面白いと思われるだけじゃ、駄目なんです。皆の心を変えるために、あの生き絵を作ったのに」

「変えるだって？」

「そうです」

マーラは声を高くした。

「あの生き絵を見れば、今のくだらない争いを続けようとは誰も思わなくなる筈でした。グイにも自分の身を振り返って、行動を改めて欲しかった。

でも、グイは何も変わりません。グイだけじゃない。私の作品を面白いと言ってくれた人でさえ、何も変わらないんです。生き絵を見ている間はあんなに泣いていたのに、現実では、非道《ひど》いと怒っていた行動を繰り返している。

——それも、私の作品に、人を変えられるだけの強い力がなかったということでしょう。だから自分の無力さが、情けなくて仕方ないんです」

　話しているうちに、涙が滲《にじ》んできた。こんなことを師に打ち明けている自分が恥ずかしく、惨《みじ》めだった。

　ラチャカはしかし、意外そうに眼をしばたたいた。

「お前は芸術というものを、根本的に思い違えてはいないかい」

　え、と声を漏らして、マーラはその顔を見返した。

「どんなに素晴らしい作品が世に広まったとしてもね、社会はその意図通りに変わることはないものだよ。芸術が変えられるのは、人の心の温度だけさ。人の行動が変わることなんてほとんどない。変わる人間なんて、一人でもいたら多い方さ」

　問わずにはいられなかった。

「そんな小さな影響しか生み出せないんですか？　いるかいないかも分からない一人を変えるだけで、絵師は満足しなきゃいけないんですか」

「『小さいこと』と言うけどね。人は感動したからといって、簡単に自分の心を入れ替えたりしないし、ましてや行いを変えはしないものだよ。特に暗い方ではなく、前向きに変えるのなんてね。――だから、一つの芸術が世を改めるなんて、まずありえない」

　ラチャカは静かな声で言ってから、ふと、目を伏せた。

「もし、芸術が人の世を導く道が唯一あるとすれば、作品に心を動かされた一人が、世に影響力を持った時かもしれないね」

そのやり取りは、マーラの心に、未だに深く刺さっている。どんなに素晴らしい生き絵を作っても、人も、その営みも、絵師の思惑通りに変わりはしない。生き絵は、八方塞がりな現実への解決策になる訳でもなければ、集団を一つの思想でまとめあげる力がある訳でもない。

しかし、それが分かってもなお、マーラは生き絵をやめることは出来なかった。代わりにただの絵師ではなく、漠然《ばくぜん》とした憧れだった生き絵司を、はっきりと目指したいと思うようになった。より多くの人間ではなく、人の世に影響力を持つ人々――部族長や族長に生き絵を見せられる、生き絵司に。

カーン……と、甲高い音が草原に木霊《こだま》していく。一回鳴らされた後、連続して三回、さらに少し間をおいて六回の音が繋がる。マーラは薪《まき》をくべる手を止めた。族長からの指令だ。木の棒から布を外し、澄んだ響きとなったこの音は、精霊ではなく、人にこう告げている。ダーソカで〈火の集い〉が開かれる。六日後に集まれ、と。

続けて〈炎の集い〉を知らせる音が鳴った。これもまた六日後を告げる音だった。

「〈炎の集い〉と〈火の集い〉を同時にやるなんて、珍しいね。この前も集まったばかりなのに」

母は、乾酪《アチエ》にするための白いタネを型に押し込みながら言った。マーラは胡桃色《くるみいろ》の髪を高く結い直して、立ち上がる。

「私、族長の家に行ってくる」

そして、振り返りもせずに馬に跨《また》がった。「気を付けるんだよ」という母の声が聞こえてきたが、これくらいの距離ならば、馬を乗りこなすことが出来るようになった。

軋《きし》んだ音を立てて、マーラはその家の扉を開けた。

「ダーソカ・カカイ・ソンガル・マーラが参りました」

名乗りを上げると、右の寝台から三人分の視線を浴びる。奥から、前族長のゴーガス、族長、通訳が座っている。マーラは挨拶をしたが、族長は以前のように寝台から立ち上がりはせず、無表情でマーラが来たのを認めただけだ。

族長は手を動かさなかったが、代わりに、通訳が「よく来てくれた」と躊躇いがちに言った。

「ちょうど、呼び出そうと思っていたのだ。さすが察しが早い。まあ、まずは茶《ツァセ》でも飲みなさい」

許したのが、族長の通訳ではなくゴーガスであることに違和感を覚えながらも、マーラは卓《たく》に出された茶《ツァセ》を飲んだ。相変わらず、少し渋みのある味だ。

「集いの召集《しょうしゅう》を聞いて、駆け付けました。生き絵のお召しもあるのではないかと思って」

我が意を得たりというように、ゴーガスが声を高くした。

「そうなのだ。〈炎の集い〉と〈火の集い〉を同時に開くからな。お前にも、生き絵を披露してもらおうと思っていた」

　マーラは青ざめた。その間にも、鐘の音は人々の手によって遠くに広がっていく。

「普通は、生き絵の準備に二月のお時間を頂いていますよね」

「新しい絵を作れなければ、すぐに出来るものでも許してやろう。それとも、引き受けぬというか？」

　ゴーガスは不機嫌そうな気配を出している。マーラは長いこと躊躇ったが、やがて、徐《おもむろ》に口を開いた。

「私の生き絵を望んでくださることは、無上の喜びです。この仕事が私一人で出来ることなら、全力を尽くしてご期待に応えたいと思っています。……しかし」

　慎重に、言葉を選ぶ。

「しかし、私の一存で決めることは出来ません。演手にも生活があります。稽古をする間、家の仕事は出来ません。ましてやこんな混乱の最中……生き絵のために六日間、生活を放り出せなんて言えません」

　演手とて、生き絵だけをしていれば良い訳ではないのだ。生活もあれば、家族もいる。この前は、彼らも生き絵をやりたいとは言っていたものの、六日後と聞けばさすがに驚くだろう。家族に皺寄《しわよ》せが行ってしまうこと、或いは、演手たちが無理をすること。それを当然のように思われるのは、いくら前族長でも我慢ならなかった。

　全て偽らざる本心だ。本当にそれだけかい？　と、どこからか問い掛ける声があったとしても、聞く耳など持ちはしない。

ゴーガスは苦々しく言う。

「……そなたが無理だと言うならば、他の絵師に頼むまでだ」

マーラの表情は引き攣《つ》った。

「遠路遥々《はるばる》来た部族長を、楽しませずに帰す訳にはいかない。務めに応じられないようであれば、生き絵司は別の人間に譲《ゆず》ってもらうことにしようか」

「私とて、お力になることを拒《こば》んでいる訳ではありません。今が緊急の事態なのも分かっているつもりです。でもお引き受けするかどうかは、せめて、演手の意見を聞いてから決めさせてください」

熱を込めて言い切って、息を吐いた。天井の穴から落ちる陽が、少し翳《かげ》りを見せる。雨の気配がほのかに匂《にお》った。

ゴーガスは溜め息を吐いたが、隣にいる族長のザルグには、表情がないままだった。束の間、口許がぼやけたようにも見えたが、何かを言う気配はない。

どうして族長は沈黙を貫いているのか、マーラはもどかしい思いで見ていた。しかし、彼はマーラの視線に気付いたのか、いつの間にか顔を逸《そ》らしてしまった。

「では、返事を待とう。正式に断るなら早めにな」

ゴーガスの言葉には応えず、マーラは、黙って茶《ツァセ》を飲み干した。帰る前には、一杯を残さず飲むのが礼儀である。仮にもここは族長の家だ。

族長の方をちらりと見た。だが相変わらず彼は、何処とも知れない方角を見ているだけだ。

「族長」

別れの挨拶は、敢《あ》えてゴーガスの方を見ず、族長に向けて言う。

「この連日のご心労で、お疲れのことと思います。どうかゆっくりと、ご静養あそばして……」

強い気配を感じて、自然と言葉が止まった。族長の顔を見て、はっとする。その視線には激しい怒りが込められていた。

何が気に障《さわ》ったのか、問い質《ただ》すのも憚《はばか》られて、逃げるように家を後にする。自分の姿が景色に溶けるのが不気味で、目を瞑りながらがむしゃらに馬を駆った。馬上で震えが込み上げてくる。

族長は、厳しいところはあるが、器の大きい寛大な方だと口々に言われるような人だ。気安く他人を寄せ付けない雰囲気こそあれ、不当に誰かを冷遇することはない。そんな方から、あんな鋭い視線で刺されるほど憎まれてしまうとは。生き絵司に取りたてられ、初舞台を成功させて、名誉な言葉もいただいた。彼のもとでこれから絵を作るのだと、決意を新たにしたばかりだったのに。

(――やはり、余計なことを言ってしまったのだろうか)

後悔に襲われる。生意気な奴と思われたのかもしれない。しかし、演手を軽んじるようなゴーガスの発言は我慢がならなかったし……。

「マーラ様。マーラ様っ」

遠くの方から、名を呼ばわる声が聞こえてきた。マーラは目を開いて、馬を止めた。馬上の声は、マーラの姿を探してでたらめな方角に向かって進んでいる。

「ここにいますよー！」

馬を止めたまま叫ぶと、声の主がマーラを認めたのか、馬の跫音が近付いてくる。その姿が草地から浮き上がったのを見て、驚いた。族長の通訳だったからだ。

人の好さそうな眉が、下がっている。彼は、馬が動くたびに不安定に消えながら言った。

「良かった。先ほどは怖い思いをされたでしょう」

「いえ……」

どうして彼が追ってきたのか分からず、内心で首を傾《かし》げる。

「お許しくださいね。族長は今、気が立っておられるのです。決してあなたのせいではありません」

「そんな……」

マーラは眼を伏せた。気休めを言うためにわざわざ追い掛けてきたというのか。

実は、と彼は言った。

「族長は今、自分のお言葉を届けることが出来ないのですよ」

「――え？」

ほら、と彼は、肩から先の腕を消してみせる。

「今まで私と族長が言葉を伝えあっていた方法は、見えなくなってしまいましたから。族長の言いたいことを、私も汲み取ることが出来ないのです」

あ、と、マーラは小さく声を上げる。彼らは、手を舞のように動かして意思を伝えあう。それでは、族長の言葉は。

「一番族長の力が必要とされるこんな時に、自らの言葉を皆に届けることが出来ない。族長は孤独の中で、ご自分を激しく責めていらっしゃいます。だから、ご静養あそばしてと言われたのが、気に障ってしまったのだと思います」

「……私こそ、何て非道いことを」

喉の奥が塞がった。

そんなつもりで言った言葉ではなかった。彼に隠居を促《うなが》すつもりなど、毛頭ない。彼が一人で苦しんでいることなど、思いも寄らなかったのだ。

「言葉こそ伝えあうことは出来ませんが、族長の苦しみが、私にはありありと感じられるのです。どうか族長を恨まないでください。族長が人々から憎まれるのは、この身を裂かれるよりもつらいので」

馬が足を踏みかえたのか、彼の姿が束の間、掻き消えた。マーラは、彼がいる方の空に向かって言った。

「恨むなんてとんでもない。私の方こそ謝らないと。——今からでも、族長の許に戻りたいくらいです」

「有り難い申し出ですが、お気持ちだけで充分です。あなたに詫《わ》びられたら、族長は、動揺してしまいます。誇り高きお方ですから」

言われて思い至る。きっと彼は、マーラが今得た類の理解を示されることを、最も頑《かたく》なに拒んでいる。謝れば、却って彼に恥ずかしい思いをさせてしまうだろう。

「それでは、失礼を詫びていたと、あなたの口から簡単に伝えてください。そして、ダーソカ・カカイ・ソンガル・マーラは、何があっても族長に忠誠を誓うと——叶うことなら、あなたのもとで生き絵を作り続けていたいと言っていたと、伝えてください」

「分かりました」

通訳の彼の表情が、肌の上で曖昧に溶けた。笑ったのだと分かったのは、数拍後に彼の表情が浮かびあがってからのことだった。


六日後に生き絵を披露して欲しいと族長から頼まれた、と聞いた時、演手たちの反応は存外良かった。

「せっかく族長に頼まれたことなんだから、やろうぜ！」

「そうよ。私たちのことは大丈夫。族長のお役に立たなくちゃ」

彼らは口々にそう言っては、早速稽古をしようと言ってきた。彼らが乗り気になってくれたことに、まずはほっとする。

昔〈火の集い〉でやった生き絵の中で、今、ぴったりだと思うものがあった。早速その場で物語の内容を伝えることにする。

「役は前回と同じように、ルトゥム、イラム、ヤシュブの三人にしようと思う。――それじゃあ本番までに、あとはそれぞれで〈合わせ〉るように」

「〈通し〉はしないの？」

ルトゥムが聞いてくる。マーラは「うん」と答える。

「今回は時間もないし、それぞれの〈合わせ〉に任せようと思う。一度やったことのある生き絵だしね」

演手たちは納得してマーラの前から去っていったが、一人、無表情でその場に残った者がいる。先ほどから一言も発していない、アドゥであった。

「マーラ」

生き絵の外では、彼は本当に起伏のない声で話す。「何？」と問い返す声が、少し震えた。

「本当に〈通し〉をしないつもり？」

少し気後れしつつ、「うん」と答える。

「今回は時間もないから、あまり演手の負担になるようなことはしたくない。ただでさえ、慣れない身体で生活しているんだし」

「でも、大事な集いなんじゃないの」

答えに詰まる。

「マーラが、生き絵司として二度目の集いというだけじゃない。アゴールの危機に、族長が重大な発表をしようとしている。こんな機会、一生に一度あるかどうか分からない。その大切な場で生き絵を披露するっていうのに、〈通し〉すらしないなんておかしいよ。第一――」

アドゥの手が、自らの目を真っ直ぐに指す。

「見え方が変わっているのに、何の工夫もしないなんてマーラらしくない」

長い沈黙が落ちる。落ちて、しまった。

何かを言わなければと思うのに、言葉が出てこない。取り繕《つくろ》ったところで、彼には見透かされてしまう気がした。

「……今まで通りが、良いんだ」

そして気付けば、本音を零している。

「生き絵には手を加えたくない。まだ、異変が取り返しのつかないものだと決まった訳じゃないじゃないか。生き絵を変える必要があるとは思えない」

「でも」

アドゥは淡々と言う。

「もう見え方は変わったよね」

また、答えに詰まる。

「何をそんなに怖がってるの？」

見つめてくるアドゥの顔を、正面から見返すことが出来ない。顔を見るのが怖かった。

「異変が起こったことなんて、さっさと受け入れちゃえばいいのに。生き絵の変化と向き合うのがそんなに怖い？ どんなに避けたって、いつかは見ないといけないのに」

「……私は、天が振るう、理不尽な暴力が嫌いなんだ」

喉が詰まりそうになる。

「この前の寒波の時だって、一体何人死んだと思う？ 寒波は過ぎ去ったかもしれない。でも、一度死んだ人間は生き返りはしないんだ。この目が戻らなかったら、一体何人がアゴールの生活を手放さなくちゃいけなくなるのか……。そのうち、アゴール全体の存続だって危うくなるかも」

本当は、という声が、情けなく震えた。

「私だって、天に叫びたい。早く、全てを元通りにしてくれって。——生き絵を変えないのは、その、願掛けのようなものかもしれない」

アドゥは何も言わない。沈黙が苦しく、息がうまく吸えなくなる。

本当に身勝手だと思う。けれど、今の生き絵の見え方を想像しただけで、鼓動が妙に跳ねて、思考が先に進まなくなるのだ。何もこの手で変えたくはない。少しでも多くのものを今まで通りの形で留めておきたい。そんな思いに支配されてしまう。

アドゥは長い息を吐いた。

「マーラの好きにしたらいいよ」

相変わらず淡々とした口調だ。

「でも俺は、もうマーラの生き絵には出ない。……悪く思わないでね」

言い残すと、引き留める間もなく、彼の姿は草地に消えた。彼がいる筈の場所に向かって何かを言おうとしたものの、結局言葉を掛けることは出来なかった。


そして、集いの当日。

空には、低く垂れこめた雲が、羊の毛並みのように満遍なく敷き詰められていた。袖の短い服では、少し涼しいくらいの気候だ。まだ早い時間だが、部族内から、或いは部族の外から、男たちはぞくぞくと集まりつつあった。彼らは、時には立ち止まりながらも器用に馬を乗りこなしている。

通常、生き絵を見せてから饗宴《きょうえん》が行われる流れだが、今日は緊急の召集であるため、まず族長の話があってから宴会をして、その後で生き絵を披露するとゴーガスからは伝えられていた。そして、その話の場にいる許しを、マーラと演手たちは貰っていた。

莫蓙《ござ》の間を縫うように、山羊に芋、人参と玉葱、餅を煮て塩を振った鍋《フォルグ》がいくつも準備されていた。大人数の集まりには、山羊を丸々一頭使ったこの料理を供す決まりだが、二百人もの口を満たすには、三十頭ほどが必要になる。部族長らからの献上品がなければ、とても続けられない会であった。

今日は、珍しく〈炎の集い〉と〈火の集い〉を同時に行うので、客の数は倍である。族長の親族らが駆けまわるだけでは人手が足りなそうなので、急いで〈額〉の設置を済ませる。そして横たえてある山羊の傍《そば》に寄り、革の鞄から小刀を取り出した。

「これ、捌《さば》きますね」

手伝いましょうかという言葉では遠慮されると思い、敢えてそう言ったのだが、やはり親族たちは恐縮した。

「そんな。マーラさんにお手伝いさせる訳には」

「お気になさらず。何もしていないと手持ち無沙汰なんですよ」

気楽に笑うマーラに、親族らは恐縮していたが、宴の開始までに料理が出来ていないのはまずいと思ったのか、やがて「お願いします」「助かります」と口々に言った。

目の異変があってから、山羊を捌くのは初めてだった。食べられない四肢の膝関節をまず折って捨てると、慎重に、腹に一筋線を入れる。力を込めすぎると腹の嚢《ふくろ》まで裂けて、体液が吹きだして皮が汚れてしまう。丁寧に皮一枚だけを縦に裂くと、手を拳の形に握り、親指と人差し指を使いながら、皮を腹の嚢から引き剝がしていく。腹の嚢ごしに、筋肉や心臓が僅《わず》かに脈を打っていることもあるが、今はそれが感じられない。小さい頃は、山羊のとろりとした黄金の瞳を見て震えたものだが、躊躇《ちょうちょ》して手を緩《ゆる》めるよりも、手早く済ませた方が苦しみを長引かせずに済む。

皮を剝《は》ぎ終えると、マーラは右後ろ肢《あし》の皮に切れ込みを入れ、その間に左肢を通して、二つの肢を交差させた。こうすれば、手で肢を押さえていなくても、解体中にぶらぶら動かない。二本の前肢は胸の一部に切れ込みを入れて、その穴に交差させて通しておく。山羊はもう、暴れることも逃げ出すこともないので解体は楽だった。マーラは肛門《こうもん》から糞を取り終えると、黙々と内臓を取り出していった。

こんなに山羊が間近にいるのは久しぶりかもしれない、と思った。放牧の間、マーラが追っているのは音と熱の塊でしかなく、親しみを感じることはもうない。姿を見ようと思えば、山羊がマーラを感じないほど遠くまで離れるしかなかった。

離れた場所で、ぼんやりとした雲にも似た群れを眺めている間は、どんよりと徒労感が襲う。群れと並んで駆けていた頃の楽しさはもう、失われていた。

(生きている間は……)

彼らは、途方もなく遠かった。山羊の方はこの遠さを感じないことを思うと、余計に。でも、今目の前で横たわっている山羊に遠さはない。むしろ身近にさえ思える。もう山羊を追う必要はないのだ。この山羊はマーラの視線から逃れることはないし、消えてしまうこともない。その事実は、深い安心を齎《もたら》した。

同時に、ぞっとした。

この山羊には、もう命がない。命を奪ってしまったことに胸を痛めなければならないのに、どうして安心を感じているのだろう。

その感覚は、まるで自らが決定的に変わってしまった証左《しょうさ》のようで恐ろしかった。

（変わってしまったというのだろうか、私は……）

――変わりたくなどないのに。

マーラは力を込めて、腹の肉を断ち切った。

山羊の解体を終えると、宴《うたげ》の支度は程なくして整った。人を寄せ付けない雰囲気は、以前と変わらず〈額〉を中心に、半円状に座った人々の前に、族長のザルグは立つ。

――むしろ増していたから、それを覇気《はき》と仰《あお》ぎ見る者は多かった。しかし、人の表情をよく見ているマーラには分かる。彼の目が暗く濁り、以前の生気が失われていることが。

その族長の前にゴーガスが進み出て、話し始めた。

「皆の衆。大変な時に、よく来てくれた」

ゴーガスの声は明朗だった。だが、どうして族長ではなくゴーガスが話すのかと、訝《いぶか》る空気がある。咳払いをして、彼は続ける。

「私の言葉は、族長の言葉と思って聴いて欲しい。――皆の衆に集まってもらったのは、十日後に、稲城の王と会う約束を取り付けたからだ。知っての通り、稲城の王は我々に、この国に留まるか国の外に出るか選べと言っている。どちらを選ぶかは皆の衆に決めて欲しい。私はもう、アゴールという群れを同じ方向に導くつもりはない」

統率を取ることを放棄したとも聞こえる発言に場には動揺が走ったが、ゴーガスは無視して続ける。

「だが、私は稲城の王に、一つだけ言おうと思っていることがある。国内に留まる道を選んだとして、一体我々に何処に住めと言うのか、と。稲城の街に我々の住む場所はあるのか？　働く口は？　山羊を手放したところで、飢《う》えるのが関の山ではないか？　山羊追いをやめようと考えている者たちの中でも、そういう不安から決断に踏み切れないでいる者が多いことを私は知っている。――だから私は、アゴールの街を建てる許しを、稲城の王に乞うつもりだ」

ざわめきが場を満たした。まさか族長が定住を選ぶとは、誰も思いも寄らなかったのだ。

「街を作れば、働き口が出来る。我らによる、我らのための街だ。快適な住まいを作ろう、活気のある市場も作ろう、耳目《じもく》を楽しませる見世物小屋も開こう。そこで新しいアゴールの歴史を築こうではないか。山羊追いを続ける生活に不安を覚えている者たちは、是非、新しい街づくりに協力して欲しい」

ゴーガスが話をやめて一同を見ると、先ほどのざわめきは何処へやら、辺りは張り詰めた緊張で静まり返っていた。皆、互いの顔色を窺《うかが》うばかり。辺りには、鍋《フォルグ》を温める炎の音がただ爆《は》ぜてゆく。

「もちろん」

沈黙を遮《さえぎ》るように、ゴーガスは言う。

「繰り返しになるが、山羊追いを続けたければ、そうしてもらって構わない。別に引き留めはしない。だが国の外に出ることで、目が戻るのではないかという希望に縋《すが》るのならば、やめておけと言っておこう。目は元には戻らない。既に何人かが国の外に出たが、意味はなかった」

どよめきが広がった。既に知っている者もいるようだったが、多くの者にとっては初めて聞くことであった。

「その話を聞いたから、我らも腹を決めたのだ。皆の衆も、この目で遊牧を続けるか、街に住むか——自分の魂の中にいる先祖と相談して決めて欲しい」

ゴーガスはそう締めくくったが、一同は沈黙したままだった。困惑と驚愕と絶望と。あらゆる激情が宙吊りになったまま、人々から言葉を奪っている。

やがて一人が、ゴーガスの背後に向けて尋ねた。

「族長。アゴールが一つの地に根を生やしても構わないと、族長は考えているのですか」

その時族長の顔に浮かんだ表情は、捉えどころがなかった。長《おさ》らしく表情を引き締めなおしたようにも、怯《ひる》んで萎縮したようにも見える。だが、本当は無表情であっただけなのかもしれない。いずれにしても、人々に読み取られる前に消え去ってしまった。

ゴーガスが、苛立ち紛《まぎ》れに言う。

「私の声は、族長の声だ」

話せない族長の代わりにと、奮起《ふんき》して自分が采配《さいはい》を振るっていることを、蔑《ないがし》ろにされたような心地になったのだろう。怒りに触れた者は束の間怯んだが、ゴーガスの張り切りを野心だと捉《とら》えたのか、使命感を持って、言った。

「俺は、族長に聞いているんです」

族長は、表情の一切を消したまま黙っている。固唾《かたず》を呑んでいる一同の前で、いつの間にか、顔を通訳に向けていた。族長は何も所作《しょさ》らしい所作はしなかったが、通訳は言った。

「私の決断はゴーガスに一任している」

彼の声に、場は再び動揺に満ちかけたが――

「族長の命とあれば、従いましょう」

甲高い声が応えた。それを皮切りに、場は沸いた。新しい街作りをしようではないかという声が溢《あふ》れ、男たちは、興奮の熱を残して湯気のように消えてゆく。

隣のルトゥムにつつかれて、マーラはようやく、ゴーガスに呼ばれていることに気付いた。覚束《おぼつか》ない足取りで前に進み出ると、肩に手を置かれる。

「街の披露の式には、もちろん、この生き絵司が作った生き絵を披露する予定だ。皆も酒の肴《さかな》を持ってくるように」

マーラの肩を叩いたゴーガスの声に、場はさらに沸く。マーラの、茫然《ぼうぜん》とした表情にも気付かずに。

間違っても、笑顔を浮かべることなど出来なかった。異変が、取り返しのつかない場所に自分たちを連れていこうとしている――。嫌な予感で、胸の芯が煮えてゆく。

多くの視線の中心にいるのに、誰一人マーラの表情を気に留めない。誰も、この顔を見てはいない。そのことに寒気がする。

耳鳴りが襲う。辺りの喧騒が遠く剝《は》がれていき、コォーン……と、孤独を際立たせるように、鐘の音が鼓膜に震えた。

「さあ、鍋《フォルグ》を食べてくれ。その間に生き絵の支度を整えよう」

ゴーガスの声で、マーラははっとした。茣蓙《ござ》を見たが、演手たちの姿がない。後ろから「マーラ」という声があって、振り返った。彼らはもう立ち上がっていたらしい。マーラは慌てて駆け出し、そのせいで前が見えなくなって転びかけた。

宴《うたげ》が終わり、一変した空気の中で、生き絵の幕は上がる。今日の題目は〈優しさの正身《そうじみ》〉――優しさの正体についての物語である。

†

家を描いた〈額〉の中に、二人の男女が向き合っていた。

一人は、目の周りと頰に赤紫の文様を施し、珊瑚《さんご》色《いろ》の衣をまとったルトゥムである。対するのはイラム、頰には薄群青色《うすぐんじょういろ》の線が伸びている。頭には黒鳶色《くろとびいろ》の布帯、手首には重い銀の腕輪を幾重《いくえ》にも巻いている。こちらも遜色《そんしょく》ない美しさだ。

二人は恋人で、仲睦《なかむつ》まじく話し始める。だが、違和感にマーラは眉を顰《ひそ》めた。何かが、決定的に嚙み合っていない。ルトゥムの演技力は頭一つ抜けている筈なのに、どうも表情が曖昧で弱く、本当に会話を楽しんでいるのか不安を誘われた。

イラムの表情も不自然だ。唇に笑みを纏っているのに、声は不安そうだったり、肝心なところで表情が濁ったりして、迫真の演技から遠ざかってしまう。そのちぐはぐさが気に掛かって、会話の内容が頭に入ってこなかった。

彼らの表情と、言葉が、ズレている。それは些細《ささい》な、だが、決して無視出来ないズレだった。指の腹に刺さった棘《とげ》のように、常に心に引っ掛かってしまう。

観客の間にも、無言の戸惑いが広がっていく。彼らを置き去りにして、物語は進んでいった。

自分のどんなところが好きかと問うた少年に、優しいところだと少女は答えるが、彼は、自分は優しくなどないと言う。少女は、彼が優しいと思った理由を幾つか挙げていくが、少年は悉《ことごと》く否定した。

弟に作りたての乾酪《アチエ》を譲るのは、実は乾酪《アチエ》をあまり好きではないからだということ。率先して山羊の世話をするのは、家族の負担を減らすためではなく、単純に山羊が好きだからだということ。弟に布団を泥まみれにされても怒らないのは、優しいからではなく、泣かせると後が面倒なのだということ。

「この人は、〈優しい〉訳じゃないのかもしれない……」

少年が去った後、一人残された少女は茫然と言った。その顔は衝撃に打たれている筈だが、肌の色の中に霞《かす》んで失われていた。やがて現れた目だけが、空《くう》を見つめている。

「きっとそうだ。あの人は優しくない。私はあの人の中に、自分の見たい姿を見ていただけだったんだ」

一人、〈額〉の中で呟く少女の気付きに重ねるように、幕の色が変わる。この場面でマーラが描きたかったのは、紺青の花が美しくそよめく景色だった。薄闇を思わせる幕に、袖から差し伸ばされた花束が舞う光景は、少女の嘆きをいっそう鮮やかに引き立たせる筈だ。だからこの演出は外さず、今まで通りにやるようにと伝えていた。

だが今、彼女の背後で振られている花束は、花というよりのっぺりとした帯だった。青い帯は、輪郭をだらしなく乱しながら風を引っ掻いては、気まぐれに消える。時折花の残像が断片的に現れたが、次の瞬間にはどろりと青の中に溶けた。観客も、美しい――と見惚《みと》れるよりも、ぎこちないと目を見開いてしまう。

「でも一体、どんな人が優しいっていえるんだろう……」

少女の姿は束の間、幕に溶ける。顔を掌《てのひら》で覆《おお》う姿が現れる前に、あっという間に場面は展開してしまう。

少女はそれから、少年に別れを告げて旅に出、今度は、ヤシュブ演じる一人の青年と出会う。〈額〉の中は、白百合が咲き誇る崖の上だった。

青年は少女の全てを受け容れ、彼女に〈優しく〉する。初めは少女は、これこそが本物の優しさだと感激するが、次第に、青年が尽くせば尽くすほど、青年を遠ざけるようになっていった。

「この人は、私に振り向いて欲しい一心で優しさを装《よそお》っているだけ。私を手に入れたら、優しさは消える。——そんなの偽物だわ」

そう思った少女は、青年の前から去ってしまう。別れの場面もまた、物語の見せ場の一つだ。青年は悶《もだ》えながら、一人、少女への思慕《しぼ》を募らせる。

今、暗い幕を背景に、青年の姿が浮かび上がっていた。その身体は霞《かす》み、首は尾を引いて、鬼火《おにび》のように怪しく乱舞した。

「僕に振り向いてくれない君なんて、何処かに行ってしまえば良いんだ。もう顔も見たくない。ああ——違う。やっぱり忘れられない」

青年の嘆きは観客に届いてはいなかった。彼らは目まぐるしく現れては消える首に息を呑み、圧倒されていた。青年が訴える愛に敗れた哀しみも、観客にとっては、呪われた首の吐く悍《おぞ》ましい呪詛《じゆそ》でしかない。

「どうか戻ってきてくれ……」

観客を置き去りにして、青年の切ない声が響く。堪《たま》らず、マーラは眼を覆いたくなった。観客は静まり返ってはいるが、決して絵の世界に引き込まれている訳ではないのだ。

彼らはこの場面を、もう物語の一部として見てはいない。ただ、目の前の不気味な光景に戸惑っているだけだ。

青年の首はふっと立ち消え、手首と同時にまた現れる。いつの間にか、頬の化粧が一筋、僅《わず》かに剝《は》げていた。

ぞっとした。

これは、いつも気丈で優しい顔しか見せなかった青年が、初めて、強い感傷を露にした場面だった。かつてこの絵を披露した時は、青年の思いの強さに心を打たれ、思いが少女に届かないことに観客は涙した。

だが今や、留まることなく滑る青年の涙は、誰にも気付かれずに消えていく。涙の痕跡は、薄く剝がれた化粧に残るだけ。この目が追いかけられるのは、彼の感情ではなく、ちりぢりになった体の断片だけだ。彼がどんな切ない叫びをあげようが、観客が共感を覚えることはもうない。

(——そうか)

人の表情の微妙な変化を、この目は読み取れない。だから青年の感傷も不自然な箇所で浮かび上がり、物語が湧き起こしたい感動を阻む雑音に埋もれてしまうのだ。

彼の表情は動かなくとも、動かぬ思いは、ここにはない。揺るぎのない強い思いは、移ろっていく多彩な表情の中に宿るものなのだ。

マーラが呆然《ぼうぜん》としている間にも、少女は花畑を歩き、少年の家を目指す。再会した少年は、蟠《わだかま》りを忘れたように彼女を優しく迎え入れる。恐縮する少女に対し、「そんなことより一緒に茶《ツァセ》でも飲もうよ」と促した。

少女の笑顔が肌のなかに埋もれた。

「あなたって……優しいのね」

言い終わった時、ようやくその笑顔が肌の上に現れる。

「君にそう言ってもらえると嬉しいよ」

対する少年の表情は、笑ったまま変化がない。まるで人形のような不気味さだ。本当なら、こんな時にも穏やかに笑える彼は、人々が感動するほど優しい筈だったのに。

「だって、あなたは……何も変わらないもの。私は身勝手な理由で別れて、身勝手な理由で戻ってきたっていうのに」

少女が驚いていることに、言い終わった後で初めて気付く。声色からそうではないかと分かっても、実際に表情が見えるまで確信が持てない。

「私のことを責めないの？」

「責める？　そんなことするもんか。君は結局、僕のところに帰ってきてくれたじゃないか」

少女の顔が緊張に強張った。と、直後、少女は顔を覆う。感動に咽《むせ》んでいるのだろうということは分かるが、妙に冷めた気持ちで眺めてしまう。

それはきっと、青年の言葉からの時間差のせいだった。彼女が顔を覆うまでの数拍の間《ま》が、欺瞞《ぎまん》のせいで生まれたもののように思えてしまうのだ。実際には、動きが止まるまでに生じる、必然の間隙《かんげき》だったとしても。

（——ああ）

マーラは、この目の致命的な欠陥を悟った。

この目は、動作も、表情も、何もかもを動きが固まるまでの間消し去ってしまう。そのせいで、実際の世界と目に見える世界の間に、時間の隔たりが生じているのだ。数拍だが、決して埋められない隔たりが。

（この目が見ているのは……常に、過去だ）

空恐ろしい予感と対照的に〈額〉の中では、少女が「これが本当の優しさだった」と、感激に声を震わせている。

「あなたはやっぱり優しい人だった。優しい人は、自分のことを優しいなんて言わないだけなんだ」

納得した少女と対照的に、マーラは打ち震えた。

この物語を描いた時は、今の場面に感動を見出していた。己の見た世界と、現実の世界が一致する快感。その美しさは、観客を震わせる筈だった。

だが、実際には違う。目で見える世界は、時間の断絶によって埋めようもなく実世界と離れている。皮肉なことに、浮き彫りになったのは、物語が描き出したかったのとは正反対の姿だった。

どうして今まで気付かなかったのだろう。思いを馳《は》せて、はっとする。

（今まで、人の顔をあまり見ていなかった？）

会話をするたびに表情が消えてゆくのが不気味で、知らぬ間に顔を背けながら話していた。それでも、声色から聞き取れる情報だけで充分に会話は成立したのだ。

だが生き絵は、顔を見ることを人に強制した。――生き絵が、見なくてもよい現実を人々に突き付けたのだ。

茫然《ぼうぜん》とし――やがてじわじわと、布が水を吸い上げるように、何かが胸に広がっていった。

それがせめて哀しみであれば、美しい余韻や感動だと錯覚することも出来ただろう。

しかしこのちぐはぐな生き絵には、僅《わず》かな希望すら残ってはいなかった。

広がったのは、淀《よど》み尽くした沼のような、虚《うろ》だったのだ。

強張っていた四肢から、急速に力が脱《ぬ》けていく。

もうこの目は、生き絵を見られなくなってしまった。見えるのは、理不尽な天の暴力によって切り裂かれた絵の残骸《ざんがい》だけだ。

（――生き絵は、死んだ）

冷え切った確信が、突如、マーラの心を打ち割った。

三章

「──面白くもない」

吐き捨てられて、男は身を硬くした。手にしていた扇が、だらりと下がる。

「は……」

「その方《ほう》。余の目がどんな悲劇におうたか、分かっておるのか？」

禾王《かおう》の声は怒りに震えている。詰《なじ》られた男は、言葉もなく項垂《うなだ》れた。年のころは二十の中ほど。若い団栗《どんぐり》のような色の髪は肩の長さに切り揃《そろ》えられ、耳より上を結い上げている。白藤《しらふじ》色の衣が上品な優男だった。しかしその顔には、今は影が落ちている。

稲之城《いねのしろ》、禾王が芸を鑑賞するために用意した、最上階の一室だった。やわらかな綿の詰められた椅子に腰掛けて男を見下ろしているのは、禾王その人。項垂れる男の前には、腰ほどの高さの机と、色とりどりの筒が並べられている。床に散った紙吹雪の残骸が、彼の奇術の痕跡だった。

後ろに控える他の芸道衆たちは、固唾を呑んで二人を見守っている。楽人や舞手が大半を占めていたが、男と同じ奇術の使い手もいた。

この二月近く、さしもの芸術好きの禾王も国難のせいで政務に追われ、満足に芸を鑑賞する心のゆとりが持てずにいた。芸は腰を据《す》えて堪能《たんのう》すべし——というのが信条の彼である。忙しない日々をこじあけ、無理に宴を開くことはしなかった。

この数日になってようやく待望のお楽しみの時間を取れるようになったので、自らの手で選《え》り抜いた芸道衆という集団を一堂に集め、さて見もの、と目を開いていた訳なのだが。

「余の誇る芸道衆の技とはとても思えんな。技の肝要なところが見えぬのでは、興が削がれるであろうが。——あまり余を失望させてくれるな」

禾王は、翠緑玉《すいりょくぎょく》の指輪を顎の下に宛《あて》がう。華やかな黄の衣を着流した姿は、洒落者を自称するだけあって、墨の月が登る絵の前で映えていた。

男——苟曙《こうしょ》は、言い返そうともせずに俯いたままだった。

(苟曙様、どうして黙っていらっしゃるのですか)

後ろの芸道衆たちは、はらはらしながら様子を見守っていた。彼が一方的に責められている様に心を痛める者もいた。

苟曙は奇術の腕前だけでなく、心根《こころね》の善《よ》さと、感情を察するに敏《びん》なところが気に入られ、禾王に愛されてきた。彼が禾王を不機嫌にすることなど滅多にない。むしろ苟曙は、他の芸道衆らがうっかり禾王の逆鱗《げきりん》に触れた時、その気配にいち早く気付いて、取り返しがつかなくなる前にさらりと怒りの矛先を逸《そ》らすのが上手かった。

芸道衆たちは、気付かぬうちに庇《かば》われたり、彼の人柄に接していくにつれ、苟曙を自然と慕うようになっていた。だからこそ、彼が禾王に責められているところを平静な思いで見ていられないのだった。

（苟曙様は、よくおやりになったではありませんか。先ほど掌から花を出した時などは、指が一本も動いていないように見えました。寝食を惜しんで芸を磨き直しているという噂は真《まこと》だったと、私は瞠目《どうもく》いたしました）

（惜しい哉《かな》——いや、奇術の宿命と言うべきでしょうか。奇術の肝と言うべき瞬間を、この目で見るのは無理というもの。しかしこれは苟曙様がどんなに精進されたところで、どうにもならぬこと——）

（苟曙様お一人を責めるのは、おやめになってくださいまし）

声にならない思いはあったが、肝心の苟曙が黙ったままなので、禾王はつまらなそうに「もう良い。下がれ」と言った。

「萎《しお》れた顔など、見たくもない。気分が落ちる」

「は」

「その方の技は、最も至高の域に近いと信じておったのに……下手な工夫のせいで、芸の質も落ちたな。残念至極だ」

大仰《おおぎょう》に嘆く禾王を前に、芸道衆たちは顔を見合わせている。苟曙が黙って道具を片付け始めたのに気付いて、ついに一人が口を開いた。

「あの。お、恐れながら」

「何だ」

不機嫌な王の鋭い視線を浴びて、楽人の一人は声を震わせながら、それでも言った。

「変事が起こってから、まだ五十日ほど。生活に慣れたとはいえ、芸を完璧にこなせるほどには、身体の感覚は馴染んではいません。お怒りもごもっともではございますが、苟曙《こうしょ》様が新しい奇術を披露できないのも、また無理もないことかと……」

「……」

苟曙が微かに口を開けて、後ろを振り返っていた。縁に金の入った紫色の瞳には、彼を案じる色が浮かんでいる。そんな直言をして、彼に火の粉が降りかからないかと気を揉んでいるのだ。

「ふむ。慕われたものだな、苟曙よ」

禾王は、面白そうに二人を見守っている。

「しかし五十日というのは、一つの技を会得《えとく》するのには充分な時間ではないか？　余なら詩集の一冊でも覚えられようぞ。余が笛の技を体得したのも、七つの頃、僅か三十日の練習でのことだった」

楽人が言葉に閊《つか》えた。返事に、間が空いてしまう。

「それは主上が擢《ぬき》んでた才をお持ちだからです」

芸道衆の一人が、助け舟を出した。返答に窮《きゅう》していた楽人は、ほっと肩の力を抜く。

「ははっ、そうか」

禾王は急に機嫌を直した。

「確かに凡人には無理よの。しかし——余は、ここに集った者を凡人とは思うておらぬ。そなたらを、凡人と同じ尺度で測るのも業腹《ごうはら》であろう。かの祖主《そしゅ》もまた〈大器は小智を以て測るべからず〉と言い残した。のう、その方もそうは思わんか？」

真っ直ぐに見つめられ、問われた楽人は「はい」と答えざるを得ない。

「ということは、この男もまた、ある程度の時間があれば奇術の道を再興できる筈であろう。そうだな。八日、時間をやろうか。これで変事が起こってからちょうど六十日。それだけあれば、再び奇術の道を興すことも出来よう。——出来なくば、芸道衆に足る才がないということ。芸道衆から抜け、何処へなりとも去るが良い」

ざわりと、空気が揺れた。「何という……」と思わず漏らしてしまった舞手は、禾王の一睨みに遭い、身を竦《すく》ませて後の言葉を飲み込んだ。

「い、今一度、お考え直しを」

躊躇いがちに声を振り絞る者もいたが、禾王が口を開く前に、別の声が割って入った。

「——それだけは、お許しください」

当の荀曙だった。気持ちが先走って、言いたい言葉が形にならないのだろう、息ばかりの声が漏れていた。禾王はせっかく良くした機嫌をまた損ねて、「異論があるというのか」と、硬い声で言った。

「この苟曙《わたし》、必ずや主上のお気に召すものを作り上げてみせます。ですからどうか、お見捨てにならないでください」

彼は懸命に懇願《こんがん》し、挙句には苦しそうに咽《むせ》んだ。日頃穏やかで、あまり激しい感情を出すことがない彼にしては珍しい、切実な訴えだった。

苟曙《こうしょ》の背後でも、押し殺した啜《すす》り泣きの声がする。苟曙の身を案ずるとともに、いずれ自らもと将来を不安に思っているのだった。

だが、禾王の声は厳しかった。

「余とて、その方を城から出す処遇は本意ではない。その方が言葉の通り、余の目を見張らすようなものを見せてくれさえすれば、これ以上ない厚遇を約束しよう。——しかし余は、愚かな温情に囚《とら》われて不要なものを囲い続けるほど、酔狂ではない」

そして、どよめいている一同を無理矢理下がらせてしまう。一人になった禾王は甚《はなは》だ楽しまない顔で、溜め息を吐いた。

苟曙は、自室に下がった。

（……一体どうして、こんなことに）

溜め息を吐いても、答えは出ない。繰り返し汗ばんだ掌を握っては閉じたが、頼りなく消えるのが分かっただけだった。

苟曙が城に来たのは、ちょうど五年前のことだ。禾王は即位して十年あまり、その政権も芸道衆の地位も確固たるものとなっていた。

秋霜烈日《しゅうそうれつじつ》の字を取って、秋烈の君と呼ばれていたほど厳格な先王が崩御《ほうぎょ》してからというもの、憚《はばか》るものがなくなった禾王は、かねてからの夢であった芸道衆という集団を擁《よう》し、名のある楽人や舞手らを侍《はべ》らせた。せっかく先王が倹約して肥やした国庫が涸《か》れるのではと諸官は懸念したが、杞憂《きゆう》に終わった。禾王は財を増やしつつ、民から反感を買わない方策を採ったのだ。市街に新たに劇場を設け、高い観覧料と引き換えに、市民にも芸道衆の芸が見られるようにしたのである。

城での芸事は王が独占するのが常であった中、それは新しい試みだった。高い金を払ってでも芸道衆を一目見たいと思う者は多く、あっという間に人気を博した。さらには、絵や彫り物についても、芸道衆の作品の裏に禾王が評を書き加えて市場に流したが、これもまた高値で取引された。

芸道衆の立場を確固たるものにすると、禾王はやがて、楽人や舞手、謡手《うたいて》や画匠だけでなく、民草で流行っている芸事にも手を広げていく。首都棠翊《とうよく》きっての見世物小屋の奇術師だった荀曙の名声は、やがて芸術狂いの王の耳に入った。国王の前で芸を披露する機会を得た彼は、幸いにも気に入られ、芸道衆に列せられた。

荀曙の擢《ぬき》んでた腕前は、芸道衆の中でも一目置かれていた。特に、左手に匙《さじ》の柄《え》を持ち、その先端から次から次に、花や傘、竹や鳥などを取り出していく〈匙使之技《さじつかいのわざ》〉と呼ばれるものは至高の域である。さらには、奇術の中で最も難しいと言われている〈蛇舞《へびまい》之《の》技《わざ》〉——手玉を進化させた曲芸で、何と二匹の毒蛇を宙に飛ばし受け止めるという奇抜な技すら、難なくこなした。

禾王は苟曙が新しく奇術の技を生み出すよりも、腕前を完璧に高めることをより好んだ。だから彼は、より派手に、華やかに見えるよう、同じ技を磨き続けた。やがて苟曙の芸の技は霊妙《れいみょう》な美しさをまとうようになり、人々は目を皿のようにして、遂に神がその指に宿ったかと口々に噂した。

——何もかもが一変する、あの異変が起こるまでは。

闇に沈んだ横顔の向こう、襖《ふすま》越しに「苟曙様……」と囁《ささや》く声がある。「入っても宜しいですか」という言葉の後に名乗りを聞くと、さきほどの楽人や舞手たちである。

「構いませんよ」

声を掛けると、襖が滑る音がする。訪れた者は十人ほど。城下に住んでいる彼らより、小なりとはいえ城の中に一室を与えられている苟曙は、位では上である。まず平伏する彼らに、「顔を上げてください」と苟曙は力のない声で言う。身分の高低にかかわらず、敬語を使うのはこの男の常だった。

「今はお一人になりたい時かもしれませんが……。どうしても気になって、来てしまいました」

先頭の女が控えめに言う。後ろにいた舞手の一人も「諦めないでください」と、声を震わせている。

「あの主上を唸《うな》らせるのは容易なことではありませぬが、他ならぬ荀曙様のことです。気を強く持ってくださいまし」

「いざという時は、私たちからも主上に進言いたします。荀曙様がおやめになるなら、私たちも芸道衆から抜けると」

さめざめと泣きながら訴える彼らに、荀曙は不意を突かれたような顔をしていたが、やがて苦しそうに顔を歪《ゆが》めた。

「そんなことはしなくて良いのですよ。あなた方だって、死ぬような思いで摑んだ立場ではありませんか」

「でも、荀曙様を放ってはおけません」

「私の身ばかりを案じている時間はありません。以前と同じように楽を弾けるようになるには、大変な練習が必要でしょう。技を磨いておかないと、主上からお叱りを受けますよ」

穏やかな荀曙の声に、彼らはいっそう涙を誘われる。

「主上も非情なお方です。あんなに目を掛けていた荀曙様を、あっさりと手放そうとなさるなんて」

恨めし気に言う一人に、荀曙は諭《さと》す。

「どうか主上を恨まないでください。主上は温情で目を曇《くも》らせることを、最も嫌うお方なのですよ」

「それでも、あんまりではありませんか」

「主上がそういう方だからこそ、芸道衆は、縁故や賄賂《わいろ》とは無縁の世界で、質を落とさず高い水準を誇っていられたのです。主上に見放されたということは、私の芸がその水準から落ちたということ。私の分も、どうか、皆様には――」

途中で、声がくぐもる。何も言えなくなってしまった苟曙に「苟曙様」「苟曙様」と、慰めの手が差し伸べられた。

「苟曙様のお力になれることであれば、何でも言ってください。全力でお助けします。ですからどうか、諦めないで……」

口々に言う人々に「ありがとうございます」と、苟曙は弱く笑んだ。

「まずは一人で何とかしてみます。お力が必要だったら、また相談させてください」

微笑む苟曙に、一同は、これ以上掛ける言葉を見つけられない。

「さ。夜も遅いことですから、もうお休みなさい。あなた方が来てくれたおかげで、元気が出ましたよ」

「ほんとですか」

顔を窺《うかが》った者に「勿論ですとも」と、浮かべられた笑顔がある。

楽人たちが帰っていくと、部屋は途端に静かになった。苟曙はふと目を伏せる。我が身を案じて訪ねてくれた人々の存在は心を温めてくれたが、それでも不安を芯から消してくれはしなかった。

机上には、硝子壺、長さの違う匙、懐紙《かいし》、折り紙、鈴、小袋などが几帳面に並んでいる。この、片手で持ち運べるほどの小さな机が、彼の舞台の全てだった。この手に掛かれば、全ては世の理《ことわり》を外れた神器に変わったものだ。――かつてならば。

彼は立ち上がって、長い匙の一つを摘まみ上げた。その丸い先端の背後に、広げた掌を翳《かざ》す。

「今からお見せいたしますのは、匙使之技。この小さな匙からあら不思議、大輪の花が咲き誇る、咲き誇る……」

口上を述べながら、左の指で匙を弾《はじ》く。たちまち匙は床の木目に吸い込まれ、軽快な音だけが部屋に残る。消えた匙を中心に、大きな赤い花が、床の上に少しずつ増えていった。赤い点が、一つ、二つと。

彼はある時は匙を固く握りしめ、ある時は指で先端を弾くのをやめて、そのふくらみから花を出した。しかし――小さなふくらみの中から花がぶわりと広がる肝心の瞬間が、どうしても見えない。見えるのは、花が匙の先からこぼれ、床に落ちた姿だけだ。

音を立てて、匙が足許に跳ねた。取り落とした手で、彼は閉じた瞼《まぶた》を覆った。

彼の操っていた幻術は綻《ほころ》びた。奇術が見る者を驚嘆させていた世界は、終わってしまったのだ。

青い闇の中に、城下の光は泡のように浮かんでいた。見下ろす一室の奥には、玉座が設《しつら》えられている。真上には、稲城《いなき》の守り主である梟《ふくろう》の像が鎮座し、梁《はり》に彫られた金の稲穂が炎の光で輝いていた。

今、その部屋にはアゴールの四人の客人が通されている。それは正式な客間の一つではあったが、玉座の禾王が、横並びに座る客人を見下ろす格好になる。アゴールに対し、敢えてこういう形の部屋を選んだのは、野蛮な遊牧民が、稲城の王の威信に服している体《てい》にしたいという思いの表れでもあった。

しかし肝心の客人の方は、稲城の風習だと受け入れていて気にする風でもない。老女以外の男三人は、座布団の上でも構わず慣れた胡坐で座ったが、眉を顰《ひそ》められているとは思いも寄らないのだった。

禾王は少し面白くない面持ちで、閉じた扇で膝を打った。

「街を作りたいというならば、好きにするが良い」

たった今、アゴールから告げられた要求を、まずは吞む意図を伝えてから――

「だが、その方《ほう》らだけで住むというのは宜しくない。我らは同じ国を分かつ民。こちらの里からの移住も自由にして欲しいものだ」

と難をつけた。左右の官も諾《うべな》う風がある。しかし年嵩《としかさ》のアゴールの男は訝《いぶか》しげな面持ちになる。

「稲城民が、移住したいと言い出すだろうか」

彼らは稲城の言葉で言った。しかし稲城の君主は、蛮族《ばんぞく》の言葉を使わない。

「いる。その方らが思う以上に、我々は北の地に憧憬《しょうけい》の思いを抱いているのだ。移住の話を聞けば、我も我もと手を挙げる者が殺到するであろう」

口ではそう言いつつも、禾王は内心で別のことを考えていた。

アゴールが定住を始めること自体は、願ってもない提案だった。禾王としても、どんな政策でも御《ぎょ》せなかった彼らを手許に置けて、ようやく宿願が叶った心地である。

街を作らせること、これも良い。交易の拠点が増え、移動も簡便になる。今まで、北には宿場《しゅくば》も馬の替え所《どころ》もない草原が広がるばかりだったので、国境沿いの道を使って遠回りしなければ、商人も旅人も首都に来られなかった。彼らが央北《おうほく》と呼ぶ草原に街道を通すのもまた、歴代の禾王が受け継いできた悲願だが、気の荒い騎馬民族に戦の口実を与えたくなくて、着手出来ずにいた。それを向こうが自ら工事をすると言い出すのだから、諸手《もろて》を挙げて歓迎したいくらいの心境である。

だが、一つの街にアゴールだけが住むのはまずい。それでは、管理が行き届きにくい状況は今とさして変わらなかった。さらに悪い想像をすれば、アゴールが結束を固めて、最早稲城に与《くみ》する必要なしと独立の狼煙《のろし》を上げるかもしれない。だから禾王は、何としてでも新しい街に稲城民を入植させ、支配下に置くための手立てにしたいのだった。

しかし、話をしている年嵩《としかさ》のアゴールの方は、禾王の政治的な意図に気付く様子もない。心底不思議そうに尋ねる。

「何故募る必要がある？　我々だけでも、数で四十万はくだらない。これ以上住人を増やす必要があるとは思われないが」

四十万という数を聞いて、禾王の顔色が肌の色の靄に隠れる。短い沈黙があった。

「我々は長い間、違う場所に住み分けてきた。せっかく新しく都市が出来るというのだから、これを機に今までの蟠《わだかま》りを解消したいのだ。二つの民族が一つの土地を相分ち、新しい都市を我々の共存の証として、広く万世に語り継ぐことこそ最良の道ではないか」

聞こえの良いことをさらさらと言ってから「そのために、考えて欲しい条件は三つ」と、間髪を容れずに言った。

「一つは、新しい街に稲城民も住まわせること。その数、街の人口の三割とする」

三割、とアゴール側は息を呑んだ。

禾王の顔色は渋い。本音ではもう少し数を増やしたいところだが、あまり強いても自国の民から反発を招く。この辺りが妥当な数字であった。

「二つめ。建設する都市は、十に分散させること」

首都の棠翊《とうよく》さえ、人口三十万という規模なのである。首都の地位がひっくり返されるような危険は潰しておくのが妥当だ。

「そして最後に。稲城の主要都市と新都市との間を、街道で繋ぐこと。これを守れば、街は好きに作ってくれて構わない。——もちろん」

と、彼らの懸念《けねん》を先回りする。

「街作りには協力しよう。その方は、街を作った経験などないであろう。こちらで全て、役所や市場、宿場なども設計してやるし、上水を引き下水を通し、街道を敷く方法を教えてやろう。知識を惜しむことはせぬ。我らは一つの国の中にあるのだからな。祝いの気持ちとして人夫も都合してやろうぞ」

禾王は、アゴールにとっての好条件と、こちらの利益を程よく織《お》り交ぜた話をした。向こうが呑めば、街を自然な形で稲城式にすることが出来る。何よりアゴールに戸籍を作らせる好機であった。

年嵩の方が、若い方の顔色を窺《うかが》った。俺は構わないがどうする、と尋ねるように。若い族長は、すっと、腕を傍《かたわ》らの通訳の背に宛がった。傍目《はため》にはその手は透けて、何をしているのか分からなかったが、彼は通訳の背を一定の手つきで叩いているのだった。

族長が指を離すと、通訳は口を開いた。

「有り難い提案だ。是非、受けよう」

「おお、さすが話が早い。——さて。それでは早速街の場所を決めようか。どの辺りにするのが良いかな。まずは地図を広げて……」

官に命じようとすると「その必要はない」と、族長が遮る。

「失礼ながら、そちらが央羽川《おううかわ》と呼ぶ以北の地については、我々の方が熟知している。新しい繁栄の地を築くのに相応しい場所は、近日中に、太陽に占い、地の声を聞いて決めよう。その後、追って伝える」

「いや、しかし。せっかく街道を敷設するのだから、瞱渡《ようと》への交易の便が良くなるようにしたい。馬の替え所や宿場となる街は、均等にあった方が」

「それはそちらの都合だろう。我々は我々の街を作るということを伝えに来ただけなのに、稲城民まで住まわせてやり、十に分けろという訳の分からぬ要求まで聞き届けてやるのだ。これ以上希望を容れる義理はない」

（こやつ……）

終始黙っているから所詮《しょせん》お飾りの頭《かしら》なのだろうと思ったが、初めに喋っていた男よりも一枚上手のようだ。譲っても構わぬところと、譲れないところを分かっている。

禾王は不機嫌が顔に出る。忌々《いまいま》しそうに「人が親切で言っていることを、さように突っぱねるとは」と、嫌味を言った。

「もう一度言う。街を何処に建て、道をどう敷くかは、我々が決めさせてもらう。許さないというのなら、難しい顔で黙りこくってしまった。

禾王はついに、難しい顔で黙りこくってしまった。

（この小僧、大人しく聞いてはいたが、内心では相当腹を立てていたな）

あまり機嫌を損ねられると、アゴールの定住も草原を貫く街道も、全て水泡に帰してしまう。禾王が頷かない限り、交渉が決裂するのは目に見えていた。

引き際を察して、禾王は腹を括る。

「よかろう。我らの共存を祝して、今宵は宴と行こう」

そして、この話題を締めくくった。後の指示は早い。卓を持って来させ、料理を運ばせ、族長らも椅子に座らせて、玉座のあった場所に楽団を呼ぶ。十人ほどの集団が、先ほどまで禾王がいた上段の間に座り、準備を整えた。

「余の育てた芸道衆の楽《がく》の音でも肴《さかな》に、祝杯を上げようではないか」

片手を上げる禾王の声を合図に、二つの盃《さかずき》はかち合う。互いに油断なく見交わし合ってから、中身を呷《あお》るのだった。

宴の始まりに楽が掻き鳴らされる。箏《そう》や小太鼓、笛、木琴の類が、軽やかに場を賑わした。年配のアゴールなどは、顔を赤くして手を叩き、芸の出来を口を極めて絶賛した。

「これだけの技を持つ者たちがいれば、どんな来賓を呼んでも恥ずかしくないだろうな」

この言葉に禾王も機嫌を直して「当然であろう。我が国随一の腕の者を集めたのだ」と、水準の高さを誇った。

国を統《す》べる者同士の会合では、互いの誇る芸を見せ合うのが慣わしだった。芸事の聖地瞱渡《ようと》で興《おこ》った風習だろうが、各地に伝播《でんぱ》して、アゴールも含めたこの地の文化として根を張っている。

アゴールの方も、芸を披露する者を準備させた。

「それでは、今度はこちらから。我々アゴールの誇るヤトゥーガの音色を披露しよう」

族長の通訳の声を合図に、老女が床に座る。彼女の前にあるのは、木彫りの山羊の背に弦を張った楽器、ヤトゥーガだ。彼女は僅《わず》かに皺《しわ》の入った指で、優雅に奏で始めた。

「ほう。これは、雄大な大地を思わすような音色よの」

禾王でさえ、満足げな顔色になった。そしてふと、椅子の上から姿を消す。

「互いに持ってきた芸は、楽か。悪くはないが、時の移ろいを感じるな。今こそ旧き芸への執着を捨てて、新しい芸の道を極めるべき時なのか……」

族長は顔を上げた。無言の視線に気付いて、禾王は声から感傷を振り払った。

「こちらの話だ。どうにも夜は、物思いに誘われる」

†

荀曙《こうしよ》は、城の廊下をゆっくり歩いていた。廊下は階に応じて三段、城の外側をぐるりと囲う回廊になっている。荀曙がいるのは一階の南、先を一つ左に折れると出口に通じていた。

かつて何処までも続くように思われた廊下だったが、今はその終わりが見え始めている。夢かと見紛《みまご》うほど華やかだった日々は、本当に夢のように溶けてしまった。

左手で襖《ふすま》を擦《す》って歩きながら、苟曙は座り込みたくなるのを堪えていた。

こうして芸道衆を追われるのは、何も彼一人ではない。二百もの芸道衆の中で、舞や奇術、見世物を得意としていた百もの人間が城を追われた。

禾王の判断を非道いと訴える者もいたが、苟曙は抗議する気にはなれなかった。認められた時には禾王の審美眼《しんびがん》を喜んだというのに、見放されれば恨むというのは、身勝手だと思うからだ。

だが、乱れた気持ちはなかなか静まってはくれない。

（――これから、どうしようか）

気前の良い王から降るように下賜《かし》された金銀が懐にはあったから、ひとまず生活には困らない。だからこそいっそう、何をして生きれば良いのか見当が付かなかった。

風の当たる廊下が、夏の光を吸って熱い。触れた足の裏が、爪先から焦がされていく。首を横に向ければ、空と地続きになったような淡い青が、城の立つ小高い丘を埋め尽くしている。小ぶりながら、八重咲きの花弁が可憐《かれん》な、儚蓮唐草《もうれんからくさ》という花だった。蕾《つぼみ》は透けた雲のような白で、綻《ほころ》びかけてから次第に青の色が濃くなってゆき、満開の時は夏の空のような青になる。今は花の盛りで、やわらかい青に白を折り重ねながら、地上に空の続きを描いていた。

かつて見世物小屋から見上げた時、この丘の上に聳《そび》える城は、天空の一部のように思えたものだった。城へと続く道を上っていった日も、天宇之界《てんうのかい》へ足を踏み入れるような、厳《おごそ》かな緊張を抱かずにはいられなかった。

思えば稲之城に初めて来た時も、夏だったのだ。案内役の扈従《こじゅう》からは、儚蓮唐草《もうれんからくさ》にまつわる色々な話を聞いた。少しでも枯れて灰がかってきたものは、毎日摘み取って回っているのだとか、微妙に時期をずらして咲かせる工夫がされているので、長く楽しめるようになっているのだとか。何よりも荀曙を驚かせたのは、この花が、一度植えれば何年も年ごとに咲く種《しゅ》ではなく、枯れたが最後、翌年に蕾を付けることは二度とないということだった。

果たして毎年どれだけの庭師が働き、膨大な数の種《たね》をこの広大な丘に蒔《ま》き直しているのだろう。夏のひと時の間、稲之城を天空の城にするためだけに——。それを成し遂げられる一国というものの大きさに、打ちのめされ、圧倒された。

風が吹いた。

ざあ……とあたりを搔き乱す音と共に、美しい青が土の中に溶ける。青は、打ち寄せる波のように再び現れると、また土の中に飲まれる。まるで風が、人が地上に掛けた幻術を吹き消していくかのようだった。人の夢は抗うように幾度も姿を現したが、自然の力の前で潰《つい》えていく。繰り返し、繰り返し。

荀曙はしばし立ち止まって、その光景を無言で眺めていた。

暑い日差しが、草原に隈《くま》なく降り注いでいた。いよいよ草原は夏を迎え、大気にも熱がこもる。

この一帯には大人の腰ほどの高さの断層が走っているため、小川も折れて、ちょっとした滝のようになる。七歳くらいの頃、マーラはこの川べりを全力で駆け抜けて友人と馬の技を比べ合ったものだが、人がいるからやめろと父に呶鳴《どな》られた。父が言ったように、この小さな滝は洗いものに都合が良いので、女たちが集まっていることが多い。

マーラが食器を抱えてやって来た時は、誰も近くにいなかった。洗い始めてしばらくすると、不意に断層の上から言い争いの声が聞こえてくる。思わず手を止めた。

首を伸ばすと、五歩ほどの幅の川の対岸に、馬の茶色が二つ並んでいるのが見えた。人影はちらちらと消えたが、声からガイヤとルトゥムだと分かる。他にも、ガイヤの弟くらいの齢の子どもが三人いるようだ。

「ひどくなんてあるか。自分で見た訳でもないくせに、勝手なこと言うな」

ガイヤの声は常よりも刺々《とげとげ》しく、冗談にも取れる軽さがない。対する子どもが、声を高くする。

「でも父さんが言ってたもん。あの出来はひどいって。もうあんなの、見たいとは思わないって」

はっと、断層のそばで身を縮めた。生き絵の話だとすぐに分かった。ここにいることに気付かれてはならない、と咄嗟に思う。

「自分で見た訳じゃないって言うならさ、俺たちに見せてよ。一回見せてくれたら、違ったって父さんに言えるじゃん」

「そうだよ。言われっぱなしで良いのかよ。このヘタレ――いたっ」

「ガイヤ、やめて。別に良いわよ」

剣呑になった空気に、別の穏やかな声が割って入る。ルトゥムだった。

「皆の言い分は分かるけど、私たちが生き絵をするには、族長のお許しが必要なのよ」

しかし、ルトゥムの取り成しに子どもたちは納得しない。

「そんなのすぐに取ってこられるだろ。お願いしてくれれば良いじゃないか」

「そうだよ。族長だって嫌だとは言わないよ」

「でも……」

「ふん。どうせ見せるのが怖いだけだろ」

一人が、小馬鹿にするように囃《はや》し立てた。

「自分たちがちやほやされなくなるのが、嫌なだけなんだ。そんなんじゃ、族長からもいらないって言われちまうぞ」

他の子どもたちが「そうだ」「そうだ」「いくじなし」と沸きかけた時「黙れ」と、どすのきいた声が割った。

「人に舐めた口利いて良いのは、冗談と区別が付く時だけなんだよ。その区別も付けらんないガキは、黙ってな」

声に圧《お》されて、子どもたちは押し黙った。空気は、息も苦しいほど重たくなる。

「もう良いわよ。生き絵の反応が良くなかったのは、本当のことなんだし」

ルトゥムは、どことなく疲れた声を、無理やり奮い立たせるように話す。

「でもね、面白いって思ってもらえなかったものを、もう一回やるのはつらいの。分かってくれる?」

「そうかもしれないけど」

「でも」と、一人が言う。納得出来ないと言わんばかりの口調だった。

「生き絵のせいで皆の元気がなくなったから、何があったのか、俺たちもちゃんと知りたいんだよ」

とうに止めていた息の下で、動悸が跳ねた。

「生き絵のせいとは限らないだろ。族長から重大な発表だってあった」

ガイヤが言い返すと「でも、父さんは街に住むことには賛成してた」と、その子はむきになってやり返す。持て余した怒りを、何処にぶつけていいのか分からないのだろう。

もう良いよ、と最後の一人が言った。こちらは諦めたような様子だ。

「生き絵を見せてくれって言ったって、どうせやってくれないって。それより、街に住む準備でもした方が有意義だよ。稲城みたいに、馬車を使ったり、通貨を作らないといけなくなるのかもしれないし」

彼は、街に住むことを受け入れているような様子だ。「まあ、良い機会だったんじゃないの」と、妙に大人びた口調で言う。

「俺の父さんも、あの生き絵を見て、諦めが付いたって言ってたし。どうせ目は元通りになんかならない。皆も、早く気付いた方が良いよ」

絶句した二人に向けて、「ルトゥムも、ガイヤも」と、彼は続ける。

「生き絵に拘るの、もうやめたら？　誰も面白さが分からなくなったものを続けてたって、意味がないでしょ」

呼吸《いき》が凍りそうなほどの、沈黙が降りた。

押し殺した息が、胸に溜まって苦しい。動悸が、音を立てて耳まで響いてくる。気を緩めると、彼らにも聞こえてしまうのではと不安になるほどだった。

「私には、生き絵しかないんだよ」

ガイヤがやがて、溜め息と共に声を吐き出した。その声からは、先ほどの荒《すさ》んだ激しさはすっかり脱《ぬ》けている。

「私は、ひねくれた口を叩く以外に、人との関わり方が分からない。でも生き絵にいる間だけは、真っ当な人間になれるんだ。普通の人と同じように、泣いて、笑えて……私から生き絵を取ったら、胸を張れる場所なんてどこにもないんだ」

日頃勝ち気な女にしては、あまりにもか弱い声だった。全てをくだらないと見下しているように振る舞うガイヤが、生き絵をそんなに大切に思っていたことが、マーラには意外だった。

私は、とルトゥムも言った。

「私はマーラが生き絵を続ける限り、続けるわ。演手《えんじて》がいないせいで、マーラが仕方なく生き絵を諦めるなんてことがないように」

思わず腰が浮きそうになった。

「マーラ次第ってこと？　自分の意思はないの？」

呆れるような声に対しても「そう思われても、別に良いわ」と、ルトゥムの声は柔らかい。しかし、言葉を翻《ひるがえ》す気がないのは顔を見ずとも分かる。

「私はマーラの生き絵が好きなの。マーラが生き絵を描く限り、私は演手をやめない」

（ルトゥム……）

彼女の言葉は、甘い水のように、萎《しぼ》んでいた心の襞《ひだ》に沁み入った。

挫《くじ》けていては駄目なんだと強く思った。早く何もかもを認めて、生き絵と再び向き合わなければ。それがどれほど耐え難いことだったとしても。

焦りが、全身を揺さぶっていく。

カーン……と高らかな音に呼び出され、マーラは急いで族長の家に向かっていた。

本来ならば、頻繁に生き絵の求めがあることを喜び、新しい物語の構想を練りながら向かうところだが、とてもそんな気分にはなれなかった。この前の生き絵のことを思い出すだけで、自然と気分は湿っていく。

族長の家に着くと、待っている人に怒りの気配がなかったので、まずはほっとした。マーラが座ると、族長は通訳の背に触れ、彼の口を通して「呼び出しに応じてくれたことに礼を言う」と言った。

マーラは、族長が意思を伝えられるようになっていることに驚いた。

何という胆力だろう。尋常《じんじょう》の人だったら、自分の身に降りかかったさらなる不幸を嘆き、塞ぎ込んで人前には出なくなるところだ。しかし彼は、たとえ絶望しても、それ以上の力で前に進める人なのだ。——この人が、声を出せないということを言いがかりに侮《あなど》ってきた男たちを、自然と敬服させてしまったのも分かる気がした。

「近日中に、また〈炎の集い〉を開こうと思う」

族長から真っ先に伝えられた言葉は、予想通りのものだった。後に続く言葉を避けるように、マーラは早口で尋ねる。

「稲城の王との話は、まとまったのですか」

「ああ」

「街を……本当に、建設するのですか」

信じられなくて、確かめるように訊いてしまう。返事に間が空いたが、隠しても仕方ないと判断したのか、族長は言った。

「する」

　絶望が深くなった。

「しかし、膨大な費用を用立てるのも、容易なことではないのでは……」

「街に住む者は山羊の大半を売る筈だから、その対価の幾らかを我々に収めてもらうことにする」

「職は？　山羊を手放したら、どうやって暮らしていけば良いんでしょう」

　何かに蓋をするように、立て続けにマーラは尋ねた。同じようなことを誰彼なしに聞かれ続けているのだろう、族長は淡々と答えていく。

「稲城で不足しているという木の什器《じゅうき》や置物、衣服などを作って売るつもりだ。他にも、寒冷な地でも育つ作物を植える。あとは紙を作って、睚渡《ようと》に売ろうと思っている」

「紙？　使ったことすらないのに、作れるものなのでしょうか」

「稲城が、職人を送ってくれるそうだ。だが何も、稲城だけに売ってやることもない。睚渡にも紙を売れば、稲城の連中に足許を見られることがなくなるだろう」

　確かに売る相手が二国であれば、理不尽な値を突き付けられても呑む必要がなくなる。商売の経験はなくとも、族長は自ら考えて、こういう方策を思いついたのだろう。

　だが、族長が語る生活はあまりにもマーラの実感から遠かった。

「それで、睚渡との交渉が上手くいけば、決めたことを部族長らに告げねばならぬのだが」

ついに族長が本題を切り出した。生き絵の求めだ——と思うと、気持ちがぐぅっと縮まった。その一方、緊張が、胸の中で割れそうなほど膨れ上がっていく。

「生き絵は、せずとも良い」

想像に反した言葉を告げられて、緊張が弾けた。

「え?」

族長の顔を凝視するが、彼は常よりも深い静寂をまとって動き出す気配もなかった。

「言葉の通りだ」と、代わりに隣のゴーガスが言葉を引き継ぐ。

「集いにはヤトゥーガの演奏を披露する。だからお前は来なくて良い」

言葉が、うまく、心に入ってこない。しかし、とか、でも、とか——言いたい言葉の冒頭だけは泡のように浮かんだが、言葉にならなかった。

「その——生き絵は」

これから、どうなるのか。かろうじて口に出来たのは、今後を問う言葉だけだった。

だがそれも皆まで言えないうちに、ゴーガスに「信じられない気持ちも分かる」と勝手に引き取られてしまう。

「だがこの前の生き絵は、評判が良くなかったのだよ。まああれをきっかけに、生き方を変えるしかないと考え始めた者が増えたのは、逆に有り難かったが……」

彼は否応なしに、目を背けたかった事実を突きつけてくる。マーラは、知らず自嘲の笑みを浮かべていた。誰よりも世の変化を拒んでいる人間が、人々に生き方を変える決断をさせるきっかけを作ったとは、何という皮肉だろうか。

「お前も生き絵司に任じられたばかりなのに、何故と思う気持ちもあるだろう。部族長の集まりに生き絵を披露するのは長い間の伝統だったし、我々とて伝統を変えるのは本意ではないのだ。だが何しろ、集いにはもてなしという意味合いが強いのでな。皆が気兼ねなく楽しめるものが求められるのだよ。伝統も、変わらなければならない時が来ているということだ。時代の変化、我々の変化とともにな。何も、生き絵をやめるのは、お前が出る〈炎の集い〉だけではない。〈火の集い〉を任せている絵師にも、同じことを伝えている」

慰めようとしているのか、やたら饒舌《じょうぜつ》になるゴーガスの言葉はしかし、マーラの耳に入っては来なかった。彼の、見えない唇やぼやける目元ばかりに視線を奪われた。景色の全てが遠く、理解と結びつかなかった。

少し前までこの身体を支配していた、生き絵を見せるのが怖いという気持ちすら、どこかへ吹き飛んでいた。残ったのは、ただ、放心だけだった。

何も言わないマーラに対し、ついに掛ける言葉もなくなったのか、ゴーガスが黙る。そうして沈黙が落ちて、何かを言わなければという気持ちがようやく胸に浮かんできたが、どんな思いも靄《もや》のように曖昧に漂うばかりで、言葉の形を取ってはくれなかった。

それでも何かを言おうとして、マーラは立ち上がる。族長に向かって、その唇を開きかけた。

だが、その前に。

「――すまない」

族長の一言で、呼吸《いき》が止まる。

彼の顔に浮かんだ表情が、目に映る間もなく霞《かす》んでいくのを、マーラは茫然《ぼうぜん》と立ち尽くしたまま見つめていた。


「急に集まるなんて言い出して、どうしたんだろう」

常歩《なみあし》で馬を歩かせながら、ルトゥムは呟いた。すぐ隣から「また、族長からのお召しでもあったんじゃないかな。この前も急だったから」と、イラムの軽い答《いら》えが聞こえる。

「そうだと良いけど。それにしては、元気がなかったような」

元気がないというより、昨日ルトゥムの家にやって来たマーラの顔には血の気がなかった。どうしたのと訊いても上の空で、明日家に来てくれと伝えただけで、花の香のように消えてしまったのだ。

何か良くないことが起こったのではというルトゥムの心配に、イラムも同意する。

「最近のマーラは確かにおかしかった。普段は何かあっても顔に出さないくせに、妙に思い詰めているような」

「そうねえ。一人で抱え込んでいないと良いんだけど。――マーラは私たちの相談には乗ってくれるけど、自分からは滅多に相談をしてくれないから」

ルトゥムは溜め息を吐いた。マーラは周りに心配をかけるのを嫌う節がある。怪我をしても絶対に黙っているし、困ったことがあっても一人で乗り切ろうとする。ルトゥムたちがそれに気付くのは、いつも解決した後のことなのだった。

「ま、マーラのそういうとこ、尊敬はしてるけど。悪く言えば、意地っ張りなんだよね。打ち明けて助けを求めちゃえば、楽になれるのに」

イラムにも溜め息が移った。沈みがちだった会話も、自然と途切れてしまう。イラムは間《ま》を誤魔化すように馬を止め、「えーっと。こっちであってるっけ」と、方角を確認した。

「そういえばイラムは、これからどうするか決めたの？」

ルトゥムは無理やり声色を明るくして、話題を変えた。

「どうするかって何が？」

「街に住むか、山羊追いを続けるか」

「ああ。俺は街に住むつもりだよ。山羊を追い続けるのも無理があるし、どうせ街に住む人が大半だろうしね。皆と離れてまで山羊追いを続けたいとは思わないかな」

イラムは割り切っているように振る舞うものの、内心では未練は残るのか「まあ、皆が国を出て行くなら、俺も山羊追いを続けたかもしれないけど」と言い添える。

「ルトゥムは？　出るの？」

「私？」

ルトゥムの顔が濁る。

「夫が街に住もうと言い始めたから、山羊は手放すことになるんだと思う。それが最善の選択かは分からないけれど」

「そうだな。この前ヤシュブの奴が、街に住むって言ったアドゥに食ってかかってたけど、あの時とは状況が真逆だし。族長が街を作るって言ってるんだから」

イラムの美しい声を余韻《よいん》に、彼らは沈み込んだ。ちょうどその時、目的の家に辿り着く。家の中に入ると、左の寝台に座ったマーラの姿が目に入った。マーラは背筋を伸ばしたまま顔だけを俯けていたが、次の瞬間目が合う。

飴色の瞳に浮かんだ深い沈痛に、ルトゥムはどきりとした。マーラはルトゥムの顔を見ても、表情をゆるめることもない。黙って茶《ツァセ》が机の上に出されただけだった。

気詰まりな沈黙が漂う中で、演手たちは続々とやってくる。全員が集まると、寝台や机の周りが埋まって、家が途端に狭くなった。先代の生き絵司であるラチャカの顔もある。

全員が揃うと、マーラは立ち上がった。

「いきなり集めてごめん。どうしても話さなきゃいけないことがあって、今日は来てもらった」

重苦しい声色だった。一同は固唾《かたず》を呑んで、次の言葉を待った。

「この前、族長に呼ばれた。近日中にまた集いが行われて、稲城の王との会合で決まったことについて、部族長らに正式な通達がくだるそうだ」

淡々と話すマーラは、感情を圧し殺しているのか、そもそも何も感じていないのか、分からなかった。彼女の表情は石のように固まっていて、変化に乏しい。

「だけどその集いで、生き絵が披露されることはない。この前呼び出された時、生き絵はもう必要ないと族長から言われた」

動揺が、一同の間を走り抜けた。嘆息が漏れ、驚きが満ちる。どうしてという声を、そんなという悲鳴がかき消していく。

「嘘だ」そう声を上げたのは、ラガム。

「何かの間違いだろ」と言ったのは、ヤシュブ。

「今回だけの話だろう？」と聞き返したのは、老女のカイ。

「残念だけど、その可能性は少ない。族長たちは、これからはヤトゥーガを披露するつもりだ」

「じゃあ、新しい街が出来たら、祝いの席で生き絵を披露するっていう話もなくなったってことかよ」

声を荒らげたラガムにも、マーラは平板な声で答えた。

「そういうことになる」

「そういうことになるって……お前……」

ラガムの言葉は途切れたが、皆、後に続けたい言葉は同じだった。マーラはその決定に、きちんと異議を申し立てたのか。マーラ自身は何とも思ってはいないのか。

しかし思い詰めた様子のマーラに、誰もそう問うことは出来なかった。

「コレルは？　あいつも同じことを言われたのか？」

〈火の集い〉で活躍している別の絵師の名を挙げたヤシュブに「多分」と、気まずそうな声が答える。ガイヤだった。

「族長に呼び出された後、気分が落ち込んだとか言っていきなり姿を消したんだ。コレルの演手たちは、族長のお召しを放棄したって思って怒ってるし、途方にも暮れてる」

皆は黙りこくった。「何も言わずにいなくなるなんて、ひでえ……」とラガムは言ったが、誰も話を広げようとはしない。

「それで、お前はどうするつもりだ？」

マーラに問いかけたのは、ラチャカだった。気色ばんだこの場で唯一、静けさを伴った声に、一同はしんとなる。

「……私は、生き絵を作るのをやめようと思う。皆にはすまないが、生き絵を続けたいなら、他の絵師のところに付いて欲しい」

そんな、と真っ先に抗議したのは、果たして誰だったのか。辺りは、狭い柵に無理やり山羊を押し籠《こ》めたように騒がしくなる。特にヤシュブが「信じられねえ。考え直せ」と、繰り返し迫ったが、マーラは何も答えないでいる。

「一度呼ばれなくなったくらいで、諦めてしまうの？　この前の生き絵のどこが駄目だったのか、皆で考えようよ」

ルトゥムはそう言ったし、演手たちも同じような思いを次々に口にした。まだ諦めるのは早い、もう一度生き絵を作って族長と交渉するべきだ、と。

「族長とマーラがそう決めたなら、仕方ないけどさ」

イラムは、半ば共感を見せながらも言った。

「こんな状況になって、暗いことばかり考えてない？　確かに俺だって初めは落ち込んでたけど、元々目が見えない婆さんからは笑われたよ。私にとっての世界は、今までと何も変わらないってね。何をあたふたしてるんだい、お前たちは色や形が見えるだけましじゃないか、って。しかも包丁で人参切りながら言うんだ。驚かなくても、これくらいお前たちも出来るようになるさって笑ってさ。俺たちだって、婆さんみたいに思える日が来るかもしれない」

イラムの声に、マーラの表情はぼけた。

「有難う、イラム。それに皆も。……皆がこんなに生き絵を好きだって分かって、心を打たれた」

じゃあ、と皆は言う。

「考え直してくれた？」

「まさか、本気で族長の決定を受け容れちゃいないよね」

「受け容れてはいない。でも、拒む気持ちもない」

弱々しい声に、一同はまたざわつく。

「どうしてそんなに弱気なんだよ。また族長の気だって変わるかもしれないじゃないか」

身を乗り出すヤシュブにも目を合わせず、マーラは悲し気に言うばかりだった。

「駄目なんだ」

どうして、と誰かが問う前に、マーラは叫んだ。

「あなたたち演手がどんなに求めてくれても、観客が見たいと言ってくれなければ駄目なんだ。観客が求めなくなったものを、私はもう作れない」

誰もが、返す言葉を見つけられずに黙り込んだ。先ほどの怒りは溶けて、戸惑いと失望が空気を重くする。

ルトゥムだけが唯一、縋りつくように言った。

「観客が生き絵を見たいと言ってくれたら、戻ってくる？」

束の間、マーラは怯《ひる》んだように見えた。それから泥のように、一つ一つの言葉を無理やり吐き出す。

「観客が生き絵を求める日が来るなんて、私はもう思えないんだよ。しかも、どうすれば生き絵が甦《よみがえ》るのかが、私には分からない。だから皆には、私を待たないでいて欲しいんだ」

しんと冷えた彼らに向かって、マーラは「ごめん」と押し殺した声で言う。その言葉が、全ての答えだった。

——演手は、解散を告げられた。


雨が、降り始めていた。肌にやわらかい冷たさが次々に走って、ようやくそのことに気付く。

マーラはぼんやりと空を見上げていた。眩《まばゆ》い曇天は、どこまでも途切れなく広がっている。見上げた眼が、どこにも見えない雨粒を浴びた。髪が解《ほど》けて、頰の上を雨が流れていく。

だが、マーラは外で立ち尽くしたままだった。

「マーラ」

不意に聞こえてきた声に、はっと身を竦《すく》める。演手たちはとうに帰ったと思っていたのに、ヤシュブの声が後ろから聞こえてきたのだった。

「ごめん、驚かせて。——もう一回、ちゃんと話したかったからさ」

声からは、先ほどの激情は脱《ぬ》けていた。すぐ隣に彼の姿が現れたので、思わず顔を背けて草地に視線を落とす。

「何を話すって言うの」

「お前の本音だよ」

「本音?」

「感情的になって気付かなかったけど、馬に乗ってひとっ走りしたら、頭が冷えてきてさ。お前、何か俺たちに隠してるんじゃねえの？」

動きが止まる。沈黙が、そのまま答えになってしまった。

「――どうして、そう思ったの」

「だって、お前らしくないもん。普段のお前なら、族長に断られたとしても、努力くらいするのに。たった一回の失敗で投げ出すなんて、らしくねえぞ」

思わず振り返っていた。初めて、ヤシュブと目が合う。顔を揺らがせた彼に向かって、マーラは言っていた。

「どんな時も変わらないその人らしさなんて、ある訳がない」

「マーラ、おい」

「そんなものが仮にあるとしたら、逆にそれは作り物だよ」

雨音が、激しくなった。足を踏み出そうとした時、手首に熱の輪が巻き付いた。

「離して」

手を振ると、雨粒が散る。振り払おうとしたが、ヤシュブの手は頑《かたく》なにびくともしなかった。

「ちゃんと話してくれるまで、離さねえ」

「呆《あき》れた。こんなに頑固だったなんて」

「頑固で言うなら、お前も同じだろうが。――昔のお前も、そうやって俺に向き合ってくれてたじゃないか」

マーラは動きを止める。

「俺を演手に誘った時、俺以上に頑固だったのを忘れたのか」

遠い記憶が、溢《あふ》れるように甦《よみがえ》ってきた。

昔――。彼は今のように、素直に思いをぶつけられる質《たち》ではなく、むしろひねくれ者だった。ラチャカが族長に認められる前、子どもたちを相手に小さな生き絵を披露していた時には二人とも観に来ていたから、互いに顔馴染みではあった。よくちょっかいを出され、喧嘩になったものだ。

――そんな快活な彼の、生き絵に向ける眼だけが寂しげだと気付いたのは、いつだろうか。

つまらないという訳では、多分ない。彼は毎回、必ず足を運んでいたからだ。だというのに、普段は人一倍うるさい彼が、生き絵の間だけはどこかぼんやりしていて、皆がどよめいている場面でも静かなままだった。

一体どうしてそんなふうなのか気になって、ある日、思い切ってヤシュブに話し掛けてみた。

「ねえ。本当に面白いって思ってる？」

ヤシュブは意外そうに言った。

「思ってるよ」

「じゃあ何で、いつも悲しそうな目で見てるの」

訊くと、ヤシュブはびっくりした顔で、マーラを見つめ返した。そして少し怒った。

「人の顔、あんま見んなよな。趣味わりい」

「ごめん」

「お前には関係ねえだろ。ほっとけ」

しばらくそんなやり取りばかりで、彼はなかなか理由を話そうとしなかったが、いつの日か「何でお前、そんなに俺のこと聞いてくんの」と、ぽつりと言われた。

「だってヤシュブが、悲しそうに見えるから」

「はあ？」

「悲しい人を放っておいたら、悲しくなった自分の気持ちも、一緒に無視することになるでしょ。そんなの嫌だ」

マーラは譲らなかった。彼もついに折れて、口を開く。

「別に、生き絵をつまんないって思った訳じゃなくて」

いつもの甲高い声に似ず、風に消え入りそうなほどか細い声だった。

「生き絵に出られる奴らを、良いなって思ってただけ。でも俺、派手じゃないし、台詞《せりふ》もあんなにぽんぽん出て来ねえし、無理だなって思って、それで……」

彼の声は、途中からすっかり消えてなくなってしまった。マーラは意外で、思わず大きな声で「そんなことないよ」と言っていた。

「ヤシュブは、誰よりも運動が得意じゃん。それに、喧嘩でも相手を言葉でやりこめるのが上手だし。演手になる素質、あるよ」

ヤシュブは心底驚いた顔で「……そうかな」と言った。ちょっとだけ、声が弾んでいた。

「そうだよ。私が将来生き絵師になったら、絶対ヤシュブを取り立てる」

「へえ。お前、そんなのなれんの？　どんくさいのに」

ヤシュブはニヤニヤ笑ったが「ま、お前が言うなら考えてやるよ」と、満更でもなさそうだった。その声は傍目《はため》にも明らかに浮ついていて、分かりやすい奴だなあと子どもながらに呆れたものだ。心の芯がくすぐられるような記憶だ。

「悲しい人を放っておくなんて、自分が納得できないだろ」

大人になった彼は、あの時マーラが言ったことを繰り返す。彼が記憶し、彼のものとなった言葉で。

心が動いた。彼に聞いて欲しい、と思った。

「――分かった。話すよ」

正確に言葉に出来る自信はなかったが、マーラは口を開いた。

「あの生き絵は、異質だった。面白いかどうか以前に、感想を抱くことも出来なかった」

幕が下りた後、残ったのは放心だけだった。観客は、一つの物語が終わった時にするように、肩の力を抜くことも、表情を現実に引き戻すこともなかった。失望の溜め息もなく、感嘆の拍手も起こらなかった。ただ、絡まりきった糸くずのような吐息だけが、その場に淀《よど》んだ。

茫然とした顔のまま、やがて彼らは少しずつ消えていった。——まるで何も見なかったかのように。

「そもそも、話の内容なんてまるで頭に入ってこなかったんだ。物語の筋を追おうとしても、ちぐはぐな会話と、噛み合わない表情が引っ掛かるばかり」

あの場にいる誰もが、気付かざるを得なかった。もう生き絵を見ることは出来ないと。同時に、今までそのことに気付かなかった理由にも。

「こうなってから、皆、人の顔を見ることを無意識に避けていたんだと思う。表情が曖昧になるのが不気味だから。……それなのに生き絵は顔を見ることを強制した。そのせいで、人の表情がどんなに見えないのか突き付けられて、観客は打ちのめされていた」

ヤシュブの表情が、ぼける。いや、ぼけたのはこの視界の方だった。その濁りを、マーラは瞬きで追い出した。

「そんなこと、気付かなくても良かった。声だけの会話でも感情は伝わるし、辻褄《つじつま》は合う。皆はそうやって、見えなくなったものを想像で補って、出来なくなったことの数を無理矢理減らして、絶望が大きくなるのを避けていたんだと思う。——でも」

込み上げてきた煩悶《はんもん》を、奥歯で磨《す》り潰す。認めがたいことだった。マーラも決して、現実を受け容れてはいない。けれど。

「どんなに誤魔化しても、〈天の理〉は元通りにはならないのかもしれない」

もう、多彩な表情から心の綾《あや》を読み取ることは出来ない。流れる涙を見ることも、そこから心の動きを感じることもない。首を一つ振るだけでほのめかされた哀しみも、震える肩に表される怒りも分からない。激情が脱けた後の茫漠とした表情から、思いの残り香をかろうじて知るだけだ。

「生き絵は、そんな現実を突きつけてしまった。生き絵の会話は、普段の会話と違って感情の移ろいも激しいし、表情一つで思いを伝える場面も多い。何よりも、観客を夢中にさせて幻の世界に引き込まないといけないのに。……生き絵にはもう、そんな力なんてないんだ」

全身を打つ雨が弱まる中で、涙の雨はいっそう激しさを増していく。それを夢中で拭っているマーラの透けた腕が、不意に、ヤシュブに摑まれて鮮明になった。マーラの震えが、腕を通じて彼に伝わっていく。

震えが収まると、マーラは、肩の力を抜いた。ヤシュブは変わらず、黙ってマーラを見下ろしている。ふと顔をあげた。彼の顔に、自分と同じ哀しみが広がっていないことを不思議に思った。

「お前が何に悩んでいたのかは、よく分かったよ」

声が思いがけずあっさりしていることに違和感を覚えながら、マーラは彼の顔を見つめていた。表情が動くのを期待して、何度も目をしばたたいて。

だが次に彼の口から出てきたのは、衝撃的な言葉だった。

「でも、それが何だって言うんだ？」

マーラは、少し開きかけた唇のまま、固まった。

「異変の後に生き絵を見たのが初めてだったから、違和感があっただけだろ？　いつか慣れるよ。現に俺、お前とこうして会話が出来てるもん」

いや、と、嗄《か》れた声でマーラは言った。日常の会話と生き絵の会話は違うのだと、先ほど彼に伝えはしなかったか。

「それは、普段の会話が想像で補えるからで。でも生き絵の会話は、違う。何となく伝われば良いんじゃない、観客を別世界に引き込めないと、意味がないんだよ」

しかしヤシュブの首は「そうかなあ」と傾いていて、まるで真剣みがなかった。

「だから、それも工夫次第なんじゃねえの？　俺は絵の中にいる間、何とも思わなかったし。観客がそうじゃなかったって言うなら、想像しやすいように、言い方を工夫したり、表情を大げさにすれば良いんじゃないか」

「そんなんじゃ補いきれないよ。刻一刻と表情が変わるのに、その表情が固まるまで観客には見えないんだ」

ちぐはぐな絵に没入など出来るものか。そう伝えたかったが、じゃあ、とヤシュブは言い直す。

「見えないところは、想像してもらえば？　それこそ慣れなんじゃないの。お前が言うように、普段の会話で人が相手の顔を見ないなら、生き絵だって表情が追い付くのが多少遅れても、こういうもんなんだって思えるようになるよ」

マーラは答えるのをやめた。

会話が、想像で補わなければ欠落だらけだということなど、誰が望んで知りたいと思うだろう。だから、その事実に正面から向き合わされる生き絵は残酷なのだと言った。

しかし彼は、そんなものは慣れで解決すると言う。

彼は観客に、世界を誤魔化すことを強いようとしている。生き絵の世界では、その誤魔化しが解《ほつ》れてしまうと言った筈なのに。

（――伝わらない）

目の前にいるヤシュブの姿が、急速に遠退いていくのを感じた。どんなに言葉を投げても、彼の世界に届く気がしなかった。

「考えすぎなんだよ」

その一言が、決定的な絶壁となった。

絵の中にいる間、何とも思わなかったという。それが、彼の中の何かが麻痺してしまったからなのか、彼のもとからの気質なのかは、最早《もはや》確かめる術《すべ》はない。

ただ一つ、明白なことがある。――彼とは、同じ絶望を分かち合うことは出来ないということだ。

「でも」

マーラは、祈るような気持ちでヤシュブを見つめた。

「たとえ慣れたとしても、ズレたことが引っ掛かった瞬間、生き絵の魔法は解けるよね」

彼は揺るぎのない声で答える。

「大丈夫だって。生き絵には現実を忘れさせる力があるんだから、ズレなんて気にならなくなるさ。そんな小さな理由で生き絵がなくなったら、俺たちは何を楽しみに生きれば良いんだよ」

マーラは遂に、彼から眼を逸《そ》らして、草原に視線を落とした。敗北の瞬間だった。

これ以上言葉を尽くしたところで、彼に伝わることはない。むしろマーラが必死になればなるほど、ヤシュブはむきになって言葉を返してくるに違いない。

たった一つだけ、理解した。

彼もまた、出来なくなったことの数を減らしたい人なのだ。そのうえ、自分が目を背けていることを自覚するのを拒んでいる。だから、互いに言葉が交わらないのだ。

彼は今まで通りの生活をすることで、何も変わっていないかのように装えると信じている。だから生き絵を続けたがる。そして何が失われても、失われたという事実そのものを頑《かたく》なに否定し続けるだろう。

黙り込んだマーラに、何を思ったのか、ヤシュブは声を和らげて語り掛ける。

「自信失くすなって。お前には才能があるんだから。今までだって大変なこともあったけど、結局、すごい生き絵をたくさん生み出してきたじゃねえか。不安に思うことなんてねえよ」

ヤシュブが、力強くマーラの肩を摑んだ。目を疑う余地もないくらい、何の屈託《くったく》も曇《くも》りもない顔だった。溢れるほどの活力が、摑まれた肩から、身体に流れ込んでくる。そしてマーラは、彼の力が這入り込んだ分だけ、己の中に虚《うろ》があることを知った。

力なく、顔を伏せる。彼の明るさも希望も何もかもが眩しすぎて、直視することが出来なかった。

「お前は立派な生き絵司だよ」

「ありがとう」

口は独りでに礼を零していたが、言葉通りに心を動かそうとしても、声には、堪《こら》えきれない涙が混じる。身体に這入り込んだ不純物を、外に出そうとするかのように。

もし涙に音があれば、マーラの目から零れたものには、新雪を踏みしめた時のような軋《きし》んだ音がしただろう。脆《もろ》いものが、ぎこちなく壊れていくような音が。

それをヤシュブは、感動の痕跡のように受け取ったらしい。手に力を込め「そうだよ」と声を高くした。

「俺、練習を続けるからさ。だから一緒に頑張ろうぜ。族長もきっと分かってくれるって。諦めさえしなければ、道は開けるんだから」

マーラは彼を見上げた。どうせこの瞳も、彼には見えていないのだろうと思った。あふれる涙のせいで、絶えずゆれ続けているだろうから。

彼が見ているのは、一体誰なのだろうか。己の言葉で活力を取り戻す生き絵司だろうか。だが、それは彼の見たいものであって目の前のマーラではない。

ああそうか、と思った。彼は、己の願望と会話をしているのだ。

彼はこの茫洋《ぼうよう》とした絶望を見て取るには、あまりにも無邪気で明るすぎる。マーラの抱いている今の感情は、一言で説明出来る訳でもなければ、理解しやすい訳でもない。だからそれを知らない者は、単純で分かりやすい想像を上から被《かぶ》せて、埋めてしまうのだ。

その方が良いのだ。不自由な眼を凝らしたところで、見つかるのは、自らの思い込みとこの世の落差だけだ。

マーラはふっと鼻から息を吐いた。それはまるで、微笑みの気配のように二人の間に漂う。

彼が顔を綻《ほころ》ばせていることは見ずとも分かった。――だから直視しないで、薄まっていく曇天《どんてん》を眺める。霧のような雨は、止んだのか続いているのか、光の中に溶けていた。

四章

地平に沿って僅かな雲が這う他、何もない空だった。下には、見渡す限りの草原があるばかり。からりとした大気に降り注ぐ夏の日差しが、剝き出しの肌に痛かった。

日がな一日馬に乗っているが、どこまで行っても、景色は一向に変わらない。次第に、同じ場所を繰り返し彷徨《さまよ》っているような心地になってくる。まるで、群れから逸《はぐ》れた仔山羊のように。

——山羊追いを続けないか。

父からそう言われた時、マーラは初め、驚いた。だが父は、この生活を変えたくないというマーラの意思と、街には住みたくないという母の気持ちを汲んで、山羊を連れて国の外に出ることを決めたと言う。

「ウルガの部族長が、国の外に出るアゴールを集めているそうだ。母さんとマーラが山羊追いを続けたいって言うなら、ダーソカを抜けて、ウルガの部族長に付いていこうと思う。——近いうちに親戚を集めてそう告げるが、構わないか？」

問われて、思わず言葉に詰まってしまった。頷きはしたが、迷いがなかったといえば嘘になる。

街に住むか、山羊を追うか。どちらを選んだところで、変化を強いられることは同じなのだと今更のように気が付いた。ただ、見知らぬ人の中に紛《まぎ》れれば、生き絵をしてくれとせがまれることももうなくなるのだろうとだけ思った。

そうしてマーラは今、絞めた山羊を三匹、馬の尻に括《くく》り付け、小ぶりな革の鞄を肩から引っ提げて稲城《いなき》の市場に向かっている。これを売ってまとまったお金を得て、古くなった台車《くるま》を新調したら、いよいよ旅立つ準備をすることになる。

何処へ向かう心積もりなのかは、分からなかった。まずは南の瑚穹《こきゅう》で、冬とは違う草地を探すのだろうか。夏の間は、山羊の好む草よりも雑草の方が逞《たくま》しく育つから、群れの腹を満たすにはより広い範囲を動く必要がある。或いは曄渡《ようと》を目指して北に行くのか。曄渡には別の遊牧民がいると聞いたことがある。彼らが友好的かは分からないから、同じ場所でやっていくのが難しいようであれば、西にある小国のいずれかか、東のユリダウロスという強大な国を訪ねるか。

馬を立ち止まらせる。二重に見える地平を見回して、稲城の里がある方に当たりを付けた。

（……稲城の城下に行くのも、久しぶりだな）

城下の央弧《おうこ》市場へは、馬で三日ほどかかる。二日は草地を歩いて、一日は稲城の里を歩く。稲城の人々は、馬に乗ったまま畔《あぜ》を歩かれるのを嫌ったから、里の中を歩く時は馬を降りなければならなかったが、街道に入ったら馬を使える。

一日目、二日目と、アゴールの家は一つも見かけなかった。街に住み着く者は族長のもとで働くことになったから、皆、家を畳んでしまったのだろう。

しばらく進むと、川沿いで馬を休ませてやる。馬が水を飲む傍《かたわ》ら、マーラは足を投げ出して、山羊の干し肉と、干して黄ばんだ乾酪《アチエ》を頬張った。乾酪《アチエ》は、噛むとほろほろと口のなかで酸味が砕ける。大人が馬乳酒《ラウワ》を飲む時によく好むつまみだ。

草は、伸ばした足が埋まるくらい長い。山羊を遠くまで放牧出来なくなったせいで、草が伸びすぎた場所とそうでない場所が斑《まだら》になっているのだ。

替え馬のない旅なので、休憩の時間はたっぷり取る。暗くなると、荷物を包んでいた布を広げて寝具の代わりにした。夜空の星の数を数えているうちに眠ってしまった。

なだらかな草地をさらに進んでいくと、やがてぽつぽつと林が現れ始める。稲城の里が近付いてきた証だ。小さな丘にある雑木林を抜けると、眼下に一面の水田が広がった。汗が熱気を孕《はら》んだ風を浴びる。

里では田植えも終わり、丈の短い稲が、空を映した水田から顔を出していた。堀で、水車《みずぐるま》という大きな車輪を踏んで田に水を入れたり、雑草を取っている人々がちらほらと見えては、絵の具で上から塗り込められたように消えていった。

畔《あぜ》を進むと、土を擦《す》る音が前から聞こえてくる。マーラが立ち止まると、音はすぐ横をすり抜けていく。畔の上には、三本、爪で掻いたような痕が残っていた。

すれ違いざま持ち主が立ち止まったので、音の正体が分かる。それは風変わりな杖だった。長い棒の先端には、それぞれ左、右、正面を指す短い棒が、地面と平行になるように取りつけられている。三本の棒の先には石が結ばれているので、石が地を擦るように歩いていれば、畔を落ちずに済むのだろう。稲城民《いなきのたみ》はこういう便利なものを発明するのが得意なのだ。草原では使えないことを惜しく思った。

稲が満ちた田を見回しながら、あまりの変わり映えのなさにマーラは拍子抜けしていた。

(何だ。今までと、何も変わらないじゃないか)

異変に襲われた後とは思えない。田畑で働く人々ものんびりとしていて、困っている気配はない。同じ異変に襲われたというのに、山羊を放牧するアゴールと、動かぬ稲が相手の稲城民では、こうも苦労の仕方が違うというのか。

純粋な驚きが、複雑な感情で濁っていく。彼らは稲作をやめる必要がないのだ。面倒な異変が身体に起こったというのに、何不自由なく今まで通りの生活を続けられる……。

思うと、稲城の人々がひどく羨ましくなった。

やがて里を抜けて、黒い石畳の敷かれた街道に出る。馬に跨《また》ろうとして、おやと思う。路傍《ろばた》にずらりと並んでいた水櫻《すいおう》の木が、全て切り倒されているのだ。水櫻は、春になると華やかに薄紫の花を咲き誇らせる。稲城の人々はその花びらを水に浮かべ、一年の幸福を祈願しているという。歌にも詠まれ、子の名前にも付けられ、大事にされているものだと聞いていた。その木がどうして切り倒されているのか気に掛かったが、周りの人を呼び止めて訊くほどのことでもない。

城門《もん》を抜けると、首都の棠翊《とうよく》に入る。真っ先に広がるのは職人街で、白い壁と紺色の甍《いらか》が延々と連なっている。正面には白木の城も小さいながら見えた。今はちょうど昼を回ったくらいだが、ここから央弧市場まではゆっくり歩いても日暮れ前には着ける。

何処からか響く槌《つち》の音と共に、喧騒や人の匂いが濃くなっていく。馬を降りて左右を見渡した。

それは、奇妙な光景だった。

黒光りする街道には、人の姿が何処にも見つけられない。街道は何物にも遮られず、無表情に遠くへ延びていくだけだ。時折人が現れても、次の瞬間には火花のように弾けて消えてしまう。

しかし、肌には、耳には、喧騒や賑わいを濃厚に感じる。道の上にも、熱気が川のように流れていた。子どもの笑い声も走ってゆく、それを止める親の声もする。ただ、それが見えないだけだ。

人の熱にぶつからないように、マーラは道の左側を歩き出す。かつて溢れかえっていた騒々しい車輪の代わりに、例の杖が石畳を滑る音だけが、静かに通りを行き交っていた。露店はあっても動き回る店主の姿はなく、声と気配だけが取り残されたように漂っている。らっしゃい、らっしゃいという客引きの声も、マーラの横を虚しく隙間風のように通り抜けた。

彼らはマーラを引き留めたくて声を掛けているのではない。誰もいないかもしれない空間に向かって、いるかもしれない誰かに呼び掛けているのだ。その眼に、街道に敷かれた黒い光だけを眺めながら。

地面が揺らぐような、奇妙な感覚を覚えた。

この場所は、本当に実在しているのだろうか。人の存在の方が錯覚でないと、どうして言えるだろう。もしや、何百年も前に捨て置かれ、朽ちるのを待つ遺跡の上に、かつて満ちていた賑わいの幻が重なっているのでは——

その時、背中に何かがぶつかった。思わず、声に出して呻《うめ》く。

「何ぼさっとしてる!」

声の主はマーラを叱りつけるや、姿も見せずに何処かへ行ってしまった。「すみません」と呟いて、マーラは再び表情を引き締めて歩き出した。


ようやく背丈の三倍はあろうかという央弧市場の大門が見えると、マーラはほっと息を吐いた。

大門の左右には、巨大な稲穂の像が打ち掛かっている。以前は籾《もみ》を模した色とりどりの風車《かざぐるま》が吊り下げられ、風が吹くたびに美しく回ったものだが、今は風車はどこにも見当たらなかった。見えないだけかと思ったが、そうではなく取り外されてしまったようだ。穂先はただ下を向いて垂れている。

大門の手前に延びた大通りの向かいに、一つ空き地があった。経営の厳しくなった店の主が、取り壊して出て行ったのだろう。手綱を引いて、マーラはその硬い土の上に腰を下ろす。身体と頭が重かった。

大門を抜けたら央弧市場だ。一息吐いたら馬を厩《うまや》に預け、山羊をいつもの店まで売りに行こう。そう思ったが、山羊三匹を一人で抱えるのが億劫《おっくう》で立てなくなった。家を出る時、父が一緒に行くと言ってくれたものの、残される母が倍の仕事をしなければならないのが不憫《ふびん》で、「大丈夫だよ」と一人で出てきてしまったのだ。

馴染みの店に持っていったとして、果たして山羊は売れるだろうか。今、街に住むために山羊を手放すアゴールは多い筈だ。イラムの父が山羊を売った時とは違って、市場には山羊が溢れかえっている。かなり安い値でしか買い取ってもらえないかもしれない。

……そんな当たり前のことに気付かなかったことに、歯嚙みした。

通りから若い男の声が聞こえてくる。

「さあ、寄ってらっしゃい見てらっしゃい。今からお見せいたしますのは〈蛇舞之技《へびまいのわざ》〉。何と不思議、毒蛇を手玉のように投げ回します。さあ、立ち止まってご照覧あれ……」

顔を上げる。男はちょうどマーラの目の前で口上を述べていた。常の奇術師のような軽快な声ではなく、話術家も務まりそうなほど、気品のある落ち着いた声だった。それでも奇術師らしく、金の縁取りのついた小さな四角い帽子を頭に被《かぶ》り、袖の広がっていない身軽な服を纏《まと》っている。影のある優男というふうで、思わず足を止めたくなるような、得も言われぬ魅力がある。

男は竹で編んだ籠を取り出すと「ここに入っている毒蛇、今から出して御覧に入れましょう」と言った。

え、と思った。確か奇術の一つで、毒蛇を投げる技があるのは聞いたことがある。だがこの不自由な目になってもなお、そんな危ない術を続けているとは。

「大丈夫。逃げ出したりは致しません」

男は得意気に、竹籠の蓋に手をかけた。

「やめてっ……」

思わず、手綱を緩めて腰を浮かした。男と目が合う。

「毒蛇なんて抛《ほう》ったら――」

危ないと言い掛けた、その時。

隣で風が動いて、馬の高い嘶《いなな》きが響いた。重い風がマーラの前を駆け抜けていく。驚く人々の声がその風を中心に波のように広がって、馬の跫音が入り乱れる。

一体何が、と思って、はっとした。手綱がない。宙を手で探ったが、薙《な》いだのは風ばかりだった。

何が起こったか理解して、慌てて駆け出す。見えない人の壁が進路を阻《はば》んで、尻餅をついた。尻の埃を払う間にも、馬の声ははっきりと遠退いていく。姿が見えない以上、分かるのは盗人がいる大まかな位置だけ、人相も風体《ふうてい》も分からなかった。あの蹄音を見失ったら、取り戻す手段がなくなってしまう。追うしかない。立ち上がろうとした時、不意に声を掛けられた。

「一体何事です？」

先ほどの奇術師の声だった。まともに見る余裕もなく、叫んだ。

「馬が盗まれたんです」

男は瞬時に状況を理解したのだろう。マーラの服の袖を摑んだ。

「追うなら、こっちです。路地の方が、先回りも出来る」

言われるがままに、袖を引く力に従って駆け出した。そのまま知らない男と一緒に馬の姿を探したが、再び街道に出た時、マーラの馬は売る筈だった山羊と共に幻のように搔き消えてしまった。

「……見失ってしまいましたね」

男が荒い息の下で言った。大門は遠く背後に流れ去っており、右手には稲之城《いねのしろ》が、天空に高く聳《そび》えていた。職人街とも違うらしく、家の一つ一つには白い槿《むくげ》の花と朝顔とが咲き乱れた生け垣が巡らされている。花が巻き付いている垣と、竹の骨組みだけが残っている垣とが、特に規則性もなく道の端まで並んでいた。

「迂闊《うかつ》でした。まさか馬を奪われるなんて夢にも思わなくて」

動くものが見えないのは皆同じ筈だという、気の緩みもあったのだろう。男は「心中、お察しいたします」と同情した。

「しかし、この目に慣れてきた者も多いのです。悪しき心を持つ者は、どんな時世にもいるもの。棠翊《とうよく》の治安は、異変が起こってから悪くなる一方です。掏摸《すり》や暴行など、日常茶飯事になっているのですよ」

マーラは、見知らぬ男に半ば食い下がった。

「何とか馬を取り返せないでしょうか。あれには、売ろうと思っていた山羊まで一緒なんです」

しかし男は、答えにくそうに言うばかりだった。

「本当なら、破邪顕正之小省《はじやけんしょうのしょうしょう》で届を出せば、盗人を探してもらえる筈です。ですが……今、訴えは増え続けているのに人手が全く足りないので、省の機能はほとんど止まってしまっています。取り次いでもらうには、人死にが出るほど大きな事件となるか、或いははたんまり賄賂を用意するしか……」

「そんな。ほとんど無一文になったのに、賄賂なんて出せる訳がありません」

アゴールにとっての何よりの財産は、山羊だ。稲城の通貨は米と交換する時くらいしか使わないから、そうたくさん持っている訳ではない。肩から提げた革の鞄に入っているのも、行きの旅費分を使ってしまった二瓠犀《こさい》でしかなかった。馬で帰るならまだしも、歩いて帰るとすれば五日は掛かるし、草原に出るまでの宿代と食費を思うとても足りない。

途方に暮れるマーラに、男は、心底同情の籠《こも》った眼差しを向ける。僅かに金色に縁取られた紫の瞳が、磨き抜かれた石のようだった。他の稲城の人間と同じ色だが、込められた情の深さか、引き込まれるような魅力がある。

「あの時、私に向かって何か言い掛けはしませんでしたか」

躊躇いがちに男は尋ねた。

「ああ。そういえば、毒蛇なんて抛《ほう》ったら危ないって言おうとしましたけど」

言ってから、ふと警戒心が呼び覚まされた。この男と盗人が仲間だという可能性も捨てきれない。男の奇術で気を引いている間に、客のものを盗むという手口かもしれない。

「ということは、馬を盗られてしまったのは、気を取らせてしまった私の責任でもありますね。――申し訳ありません」

疑った直後に、頭を下げて謝られたものだから、意表を突かれた。思わず戸惑いがちに答えてしまう。

「別に……あなたは悪くありませんよ」

「しかし責任を感じます。申し訳ありません」

素朴に項垂《うなだ》れている男の姿に、警戒心が薄れていく。男の発言は、ややもすればだったら責任を取ってくれと、金品を迫られる言いがかりにもつながりかねない。だというのに、マーラがそうする可能性を疑いもせず、正面から詫びてくれたのだ。——悪い人間ではない。

「本当に、あなたは何も悪くありませんよ。奇術なんて注目を集めるためにやっているものでしょう。気にしないでください」

「そうは言っても……」

男の声色は沈んだままだった。マーラは話題を変えることにする。

「ずっと、あそこで奇術をしているのですか？」

動かなかった男の表情が、ようやく少し解れる気配がした。

「いいえ。信じてはいただけないかもしれませんが、実はつい七日ほど前まで稲之城にいたのです。主上の許で、芸道衆の一人として働いておりました」

話には聞いたことがあったが、驚いた。まさか禾王に仕えている、選りすぐりの一人だったとは。——思って見てみれば、男は着ているものは庶民とそう変わらなかったが、風体にも卑しくないところがあるし、街の奇術師にしてはどことなく気品があった。

「そのあなたが、どうしてここに？」

聞くな、と心の声がする。どんな答えが返ってきたところで、慰めになどならないと分かっているのに。——それでも、聞かずにはいられなかった。

「主上に暇を出されたんですよ。奇術など、もう見ていられないとね。せめて、見られるように工夫をしろと。――でも、叶わなかった。だから城を出てゆけと言われたんです」

現れた彼の口許には、僅かに自嘲の笑いのようなものが残っている。

思わず、口を開いていた。

「――私も」

マーラは喋り出した。アゴールには、部族長に生き絵を披露するという文化があるということ。そこで生き絵司という職に就いていたが、先日解任されたこと。何もかも喋った。この男に打ち明けなければと思った。

「何と……つらい目に、遭われたんでしょう」

男の紫の瞳は、いつしか同情で歪んでいる。

「そんなにつらそうな顔、しないでください」

「すみません。とても平静な心では聞けなくて。あまりにも悲しいお話だったので」

男は、マーラ以上に悲しんでいる様子だった。袂《たもと》にでも入っていたのか、小さな鈴がちりん、と鳴る音がする。

「おつらいとは思いますが、心を強く持ってください。腐らず正しく生きていれば、きっといつか報われる日も来ますから。どうか落ち込まないで」

言葉自体はありふれていたが、込められた真情の深さが心に沁みた。本気でマーラの心の傷を案じてくれているのだ。

この人と話すと、清らかな水に洗われているような心地がする。言葉の一つ一つが真っ直ぐで、嘘の臭いがしなかった。

「ありがとうございます。お優しい方ですね」

ふふ、と男は笑った。

「そう言ってくださると、嬉しいです」

「あなたにも、同じ言葉を返しましょう。どうか心を強く持ってくださいと」

「私ですか？」

男は意外そうに問い返した。

「ご心配なさらなくとも、私は平気ですよ」

マーラはその表情に目を凝らした。男の顔に浮かんでいるのが強がりなのか諦めなのか、それとも別の何かなのかは判然としなかった。

男は重ねて言う。

「私が悲しんだら、見ている人が悲しむでしょう。誰かが悲しむことはしたくないんです」

ただ強がっているようには聞こえなかったからこそ、マーラはすっと顔色を変えた。

「自分の感情を、他人の二の次になんてしないでください。あなたに忘れられたら、その感情は死ぬしかありません。悲しいことは、素直に悲しんでおかないと」

男は、驚きを顔に貼りつけていたが、やがて笑みを浮かべた。

「ありがとうございます。まさかこんな風に気遣ってもらえるなんて、思っていませんでした」

「すみません。出過ぎたことだったかもしれませんが……」

「良いんですよ。でも私は平気です。――人を喜ばせることで、私も共に幸せになれるんですから。己の悲しみに溺《おぼ》れるより、その方がずっと良いでしょう？」

男は鷹揚《おうよう》に答える。

「そう思っているなら、良いのですが」とマーラは息を吐いた。

「それで、これからどうされるつもりですか。馬もないのでは、家に帰ることも出来ないのでは」

男の言う通りだった。マーラには今、家に帰る方法がない。持っているものといえば、鞄に入った僅かな旅費だけ。出来れば新しい台車を買って帰りたかったが、徒歩で帰るにも旅費が足りないという状況だ。

「お金を貸しましょうか」

「とんでもない。そんな好意に甘える訳には……」

「でも、このままあなたを見捨てることなど出来ません」

「私は大丈夫です。六つになると、馬と一緒にほっぽり出されて、家に帰れるかどうか試すような慣習の中で育った女ですよ。これくらい何てことありません」

強いて笑みを浮かべてみる。

「盗られたものは稼いで何とかします。……こういうお願いをするのは気が引けるのですが、働き口を紹介している場所を知りませんか。五日分の旅費と、新しい台車を買うくらいのお金を稼ぎたいのです」

「本気ですか。ここで暮らしながらだと、少なくとも半月は働かないといけませんよ」

半月。――言われてみると長い。しかし、この国を出るまであと三月はある。両親に置いていかれることはないだろう。

「仕方ありません。さすがに馬を身一つで稼ぐのは無理ですが、台車を買わないと、せっかく棠翊《とうよく》に来た意味がありませんし」

「ご両親も心配されるのでは」

「馴染みの肉屋に言伝《ことづて》を頼んでおきます。山羊を売りに来たアゴールに伝えてもらえば、私の家まで事情を伝えてくれるでしょう」

「そんなことをするくらいなら、いっそアゴールの誰かを頼って、一緒に馬に乗せてもらえば良いのでは。事情を話せば食事だって恵んでもらえるでしょう」

マーラはきっぱりと首を振った。

「市場に来るのは、これから新しい街に住むための貯えを得に来る人たちです。何もなしに甘えて、彼らの貴重な財産を減らすようなことは出来ません」

男は複雑な顔でマーラを見下ろしていたが、心はもう決まっていた。

「働いている間の宿はどうするのです」

「この辺りを探してみます。安いところがきっと見つかる筈です」

「宿を見つけたとしても、宿代が払えないではありませんか。稲城の給与は、日払いではありませんよ。一月の終わりにまとめて渡すのです。給与が出るまでの間、一体どうするのです」

言葉に詰まった。

「事情を話せば……」

「融通を利かせてくれると？　日払いにするのは、雇い主にとっても負担なのですよ。そもそも途中でいなくなられたら困るから、月払いにしているのです。信用のない人間に日払いで金を渡してくれるとは思えません」

男の言うことはもっともだった。そもそも稲城の中で、アゴールが働くということに無理があるのだ。

「こうなったのも何かの縁です。微力ながら、職を探すのを手伝いましょう。私の住まいも、使っていただいて構いません。無論、卑しい手出しなどはいたしませんから」

マーラは仰天した。

「本気ですか。アゴールは手癖が悪い、すぐにものを壊すなどと、謂《いわ》れのない偏見を理由に、店の敷居も跨《また》がせてくれない主人もいるのに」

「そう考える人間もいるかもしれませんが、あなたが望むなら、家に来てくださって結構です」

呆気《あっけ》に取られた。思わず、試すように聞いてしまう。

「私が荷を盗んだら、どうするつもりですか」

「あなたはそんな人間には見えませんが。別に盗まれても構いませんよ」

「さすがに、それは――」

「なに。本気で良いと思っているのですよ。あなたに金品を盗まれたところで私の尊厳は傷付きませんが、あなたを見捨てれば、私の心根は歪んでしまいます。そうなるくらいなら騙された方がましです」

男は気持ちが良いくらいきっぱりとそう言い切った。マーラはその顔を見つめ直す。

男の人の善《よ》さに、驚きを感じていた。

しかし、だからこそマーラは躊躇ってしまう。

「でも……あなたがもし、変な罪悪感からそう言っているのだとしたら、やっぱり、甘えることは出来ません。あなたは罪の意識なんて感じる必要はないんですから」

罪悪感が下敷きになった善意など、受け取れない。――そう言おうとしたが。

「罪の意識なんかじゃありませんよ」

彼は大事なことを打ち明けるように、そっと声を潜めた。

「私は、私に関わったことで、人が笑顔になることが何よりも嬉しいんです。出来ればあなたにも、偶然知り合ったのがこの男で良かったと思って欲しい。だから私に出来ることがあれば、いくらでも手を差し伸べたいんです」

真摯《しんし》に言われると、その親切が身に染みた。

「この御恩は必ず返します」

マーラは遂に、深々と稲城式に頭を下げた。言葉を待っていた男の顔が、すっと笑顔に切り替わる。

「はい。むさくるしい場所ですが、笑わないでくださいね。あなたが描いた生き絵というものについても、是非教えてください」


男の家は、貸家が櫛比《しっぴ》する職人街にあった。どこも三階建てだったが、男の話では、上の方が街道の喧騒が聞こえにくいので快適なのだと言う。代わりに火事になれば逃げられないし、崩落の危険があるので賃料は安いらしい。崩落と聞いて少し不安になった。

細い段梯子《だんばしご》を登っていく男は、苟曙《こうしょ》と名乗った。この国の生まれなのだという。家族はと問うたが、「家など、とうの昔に出てきてしまいました」と言ったきりだった。奇術を続けようとする彼と家族の間で、何かの蟠《わだかま》りがあったのかもしれないと、勝手にそう推測する。

歳はマーラとそう変わらないように見えたので、家に妻がいるのではと気兼ねしたが、嫁はいないと言う。娶《めと》る気も、あまりないようだった。

「宮廷にいたら、誘い掛けてくる美女も多かったんじゃないですか？」

からかうように言ったが、苟曙は微笑んだだけだった。

「奇術のこと以外には、とんと興味がありませんでしたので、そのうち呆れられてしまいました」

彼の口調には、別段それを惜しむ気配もない。

「一体、どんな経緯で芸道衆に？」

彼の狭い家に上がってからも、好奇心からあれこれ聞いた。嗅ぎ慣れない藺草《いぐさ》の匂いがする荀曙の住まいは、横滑りの戸を隔てて二つの部屋が並んだだけで、どちらの部屋も一人がようやく寝返りを打てるほどの広さしかない。彼が奇術用の机を壁に立て掛けてようやく、マーラの分の床が出来る。彼は寝具を譲ると言ってくれたが、マーラは頑《がん》として床で寝ると言い張った。

そして二人は肩より下を戸で隔てて横になり、夜が更けるのも忘れて話し続けた。

「見世物小屋にいた時、城から声が掛かったのですよ。奇術は下々《しもじも》の芸と思われることも多いですが、あのお方はその種の偏見はお持ちでない方でしたので」

荀曙の口調には、切ないほどの懐かしさが滲《にじ》んでいた。月は高く、部屋の青い闇に差し込んで、その横顔を照らしている。隙間風があるのか、どこからかぬるい空気が足許をくすぐっていた。冬になれば、冷えて耐え難くなるだろう。かつては城の一室を与えられていたことを思うと、この住まいの侘《わび》しさにいっそう胸が痛んだ。

「いきなり芸道衆に抜擢《ばってき》されて、さぞ戸惑われたでしょうね」

「初めは、そうでした。でも、誇らしいという気持ちの方が大きかったです。……母の反対を振り切って奇術を志した時から、ずっと夢見ていたことですし」

意外に思った。どこまでも穏やかなこの男が、そんな激しい情熱を持っているとは。

「マーラさんが生き絵司を目指したのは、何故ですか」

興味を持ってくれたのか、彼も色々と尋ねてきた。マーラは懐かしい気持ちになりながら語った。

「幼い頃から生き絵が好きだったんですが……。初めて師匠が作った生き絵を見た時、弟を亡くして強張っていた心が、ほぐされていくような心地になったんです」

こんなものを作れるようになりたいという、鮮烈な思い。――自分の手で、誰かの心を動かしたい。世界に、影響を与えたい。

あの時の情熱を、今でもありありと思い出せる。

「師匠が族長の生き絵司に抜擢《ばってき》されてからは、弟子にしてくれとせがみました。他にも弟子は多かったんですが、何処へ行くにも付いていって、仕事ぶりをずっと眺めていたのは私くらいでした。初め何も教えてくれなかった師匠も、次第に考えていることを打ち明けてくれるようになりました」

「それは、どんなことを？」

「そうですね……。たとえば、演手《えんじて》たちの稽古の方法ですね。生き絵を披露する予定がない期間は即興劇の稽古をやるんですが、劇の演目を決めるのは生き絵師の仕事なんです。たとえば〈喧嘩〉という題だったり〈昼の川べりで〉というように、時間と場所を指定して、演手が即興で関係を作る力を養います。稽古を終えたら、絵師がそれぞれの演手に評を下すんですが……」

言い掛けたが、ふと自分が師に教えられたのと真逆の方法を取っていたことに気付いた。師のことは尊敬していたが、演手の評し方はマーラと師が唯一折り合えなかったところかもしれない。

「師匠は、優れた方《ほう》を、どちらにもそうと分かるように褒めろといいました。褒められた方は目をかけられたことでやる気を出すし、褒められなかった方は奮起するから、双方にとって良い刺激になるのだと。でも私は、そのやり方が好きにはなれませんでした」

荀曙は意外そうに問い返した。

「一体、何故？」

「演手たちの亀裂《きれつ》の原因になるからです。褒められなかった方は劣等感を抱きますし、必ずしもその気持ちは、自分の成長へ向かうとは限りません。——誰が優れているかなど、演手たちが自分の肌で感じ取れば良いことです。その方が、よほど成長に繋がります」

でも、とマーラは付け足した。

「良く出来たのに絵師から褒められないのも、やる気を削《そ》がれてしまうでしょう？　だから私は、人前では皆平等に接しておいて、後でこっそり一人一人に声を掛けたんです。

それぞれに、目をかけているというようなことを言って」

人は、人前で言われた言葉よりも、自分一人だけにこっそり掛けられた言葉の方を真実のように感じるものだ。だからそこで前向きなことを言えば、演手の心の底からの活力に繋げることが出来るとマーラは考えた。

思い出して語ると、日々の全てが懐かしく、恋しかった。演手たちはマーラが無名の頃から、飽きもせず稽古を重ねたものだ。

「あなたはさぞや、演手の気持ちが分かる生き絵司だったのでしょうね。あなたの生き絵を、一度、見てみたかった」

弱い笑顔に、胸がつきりと痛む。

彼に生き絵を見せられることはないだろう。たとえ稽古の一端でさえも。どのみち稲城の人なのだから、アゴールの生き絵を見る機会はないだろうとは、思うことは出来なかった。

「……運命が少し違えば、我々は稲之城《いねのしろ》で顔を合わせていたかもしれませんね」

彼がぽつりと漏らした世界は、まるきりの夢想ではないのだから。

二人は民を統《す》べる者の下で、芸の道を極める者同士だった。もしもこの異変さえ起こらなければ、二人の長は、それぞれ奇術と生き絵を宴で披露していたかもしれない。

だがその想像は、思うだけで悲しかった。あまりにも、今の現実とかけ離れている。

何の前触れもなく理不尽に襲ってきた異変を、嘆かずにはいられなくなる。

嗚咽《おえつ》が漏れた。彼が垣間見せたのは、あまりにも美しく、あまりにも残酷な、あり得たかもしれない未来だった。

「城の宴でお会いできれば良かったですね。最高の舞台で、互いの技を見せ合えれば」

苟曙《こうしょ》の言葉に頷くことが、マーラには出来ない。薄い壁で囲まれた部屋の中、隣に住む者を憚《はばか》って、声を殺してただ泣いた。


紺色の甍《いらか》が、朝の光でほんのりと輝き始めていた。

段梯子を下りて少し湿った生温い空気を吸い込むと、つんと薬草を燻《いぶ》したような匂いが鼻に付く。肉屋でよく焚いている虫除けの香だ。家屋の並ぶ一帯なのにこんなに焚きしめる必要があるのだろうか——と思っていると、離れたところから「行きますよ」という声が聞こえて、慌てて歩き出す。

「どこか行く当てでもあるのですか」

あまりにも迷いなく進もうとする苟曙に問うと、彼は立ち止まって説明してくれた。

「雇ってくれるかもしれない職人に心当たりがあるのです。当てが外れたら、その時は市場で別の働き口を探しましょう」

「本当に……ありがとうございます」

丁寧に頭を下げる。「それでは行きましょうか」と苟曙は再び歩き始めようとしたが、マーラは少し躊躇っていた。

「どうかされましたか」

「あの。……急ぎでなければ、央弧市場に行っても良いですか。両親への言伝《ことづて》を、早めに頼んでおきたいので」

荀曙はうっかりしていたという顔をした。

「もちろんですよ。──そうだ。市場に行く道すがら、朝餉《あさげ》でも食べましょうか。お腹は減っていますか?」

「少し。我慢できないほどではありませんが」

「別に我慢しなくて良いんですよ。それじゃ、近くの花焼《はなやき》の店にでも行きましょう。塩もよく効いていて美味しいんですよ」

彼は央弧市場の方を向いて「迷子になるといけませんから、私の服の裾でも引いていてください」とマーラに裾を持たせようとしてきた。言われるまま、白藤色の裾をつまむ。

荀曙は、例の杖──〈三つ指の杖〉というらしかったが──の先端から短い棒を外している。何故外すのかと訊くと「人通りが多いところでは、他の人が足を引っ掛けてしまうかもしれないので、危ないでしょう」と杖で道を打ちながら答えがある。

香ばしい香りがしてきたと思うと、不意に荀曙の背が現れた。すんでのところで立ち止まると、人混みがあることに気付く。焼きあがるのを待つ人と、熱々のそれを齧《かじ》っている人で辺りはごった返していた。彼らの手許を見るに、花焼とは、花の焼き印が中央に捺《お》された餅らしい。丸い形で、中にはとろっとした蜜が入っているようだ。

三組ほど待ってから、苟曙が「四つください」と声を掛けた方を見て、マーラはぎょっとした。店主の顔が塗り込められたように真っ白だったからだ。目と口の辺りだけ、穴が刳《く》り貫《ぬ》かれて覗いている。仮面をつけているのだと分かったが、理由を聞くことは出来なかった。

よく見ると、花焼を食べ終えた人の中にも、小脇に抱えていた面を顔に付け、すぅっと道に溶けていく者がいる。それも一人や二人ではない。

苟曙が焼き上がった餅を手渡してきて、はっとする。

「いつの間に。お金、払います」

「お気になさらず」

「でも、甘えてばかりいる訳には」

「良いというのに。随分と遠慮深い方ですね」

なおも躊躇っているマーラを見て、苟曙の顔にふっと笑みが漂った。

「それでは私を喜ばせると思って、受け取ってくれませんか。誰かが喜ぶところを見るのが好きなんです」

差し出された花焼をマーラは黙って見ていたが、やがておずおずと受け取った。

「ありがとうございます」

餅を顔に近付けると、蒸気で頬が火照《ほて》った。頬張ると、塩気とともにふわりと甘い香りが鼻を抜ける。匂いに、かすかだが嗅ぎ覚えのあるような気がした。少し酸味があってすっきりした匂い。記憶を辿る。

「この中に入っているのは石榴《ざくろ》の蜜ですか？」

荀曙は驚いた顔をした。

「そうですよ。よく分かりましたね」

言われてみると不思議だった。特に鼻は良い方でもなかったので、料理の匂いを嗅いで材料を言い当てられたのは初めてだ。あの異変以来、嗅覚《きゅうかく》が鋭くなったのかもしれない。

「甘じょっぱくて、美味しいですね。初めて食べました」

「それは良かった」

荀曙の口許は、肌の色の中に溶けてしまっている。だが、彼が美味しそうに花焼を食べているのが、顔の空白に想像できた。

†

荀曙《こうしょ》は花焼を頬張る娘を眺めていた。

随分と肝が据《す》わっていると思った。知り合いもいない街でほとんど無一文になったというのに、取り乱しも騒ぎ立てもせず、淡々と乗り切ろうとしている。焦っても仕方ないと、どこか割り切っているふうだった。きりりとした眉からも、意志の強さが滲《にじ》み出ている。女にしては背が高く、口調も男っぽいところがあったが、目を伏せた時など、女らしく見える時もある。長い睫毛《まつげ》が印象的だった。

初めて見た時は、物静かで思慮深い娘だと思った。だが親しくなるとよく話すし、潑《はっ》溂《らつ》としたところがある。特に生き絵の話をしている時、顔が輝いていた。

（アゴールの族長の下で働く、生き絵司……か）

苛曙はアゴールの社会には詳しくなかったが、それは相当に高い身分なのだろう。この娘にも、良からぬ心から近付く者も多かったのではないか。苛曙もまた、禾王《かおう》に気に入られているという理由で多くの人間から声を掛けられたが、野心の透けた愛嬌を振りまかれるのは、正直なところ苦手だった。

「力のある人のもとにいると、色々な心根の人が近付いてきますよね」

昨日はそう娘に零したが、彼女は意外そうに首を傾けた。

「あまりそう感じたことはありません。生き絵司になったことは皆から喜ばれましたけど、それ以外のことは何も。――稲城では違うのでしょうか」

「違いますとも」

「というと？」

「貴族にとっては、芸道衆と親しくなれば様々な旨味があるのですよ。自分を宴席の場に加えてもらうようにと、芸道衆から主上に取りなしてもらうことも出来ますし、主上の許しこそ必要ですが、自宅に芸道衆を招くことも出来ましたから。有名な芸道衆を家に招けるというのは、貴族にとっては大変な名誉と誇りになるのですよ」

だから苟曙も、競うように声を掛けられた。当初は嬉しく思ったものだ。自分の技が求められ、たくさんの人に見てもらう機会があることに張り切って、一つも断ることなく顔を出した。

だが彼らが、純粋に苟曙の技に魅せられているのではなく、禾王《かおう》に目を掛けられている奇術師を呼べることに喜んでいるのだと気付いた時、気持ちの何処かが萎《な》えた。

禾王は苛烈《かれつ》なところのある方だが、世間の評判や名声に目を曇らせず、自分の審美眼を信じる人だった。だからこそ禾王に褒められた時は本当に嬉しかったし、この人のために力を尽くそうと思ったのだ。

思い出した時、懐かしさと同時に、そんな人から見放されてしまったのだという実感で息苦しくなる。非情な方だと人からは言われていたが、苟曙は追い出されてもなお、敬愛の念を捨てることは出来なかった。

しかし禾王が、実行に移そうとしている計画——儚蓮唐草《もうれんからくさ》の咲き乱れる丘を眺めていた時、不意に襖越しに聞いてしまった話を思い出して、背筋が寒くなった。

花焼を食べ終え、包み紙を丁寧に折り畳む娘を見ながら、苟曙は考えていた。族長と親しい立場にあるというこの娘と出会ったのも、天のめぐりあわせと呼ぶべきなのかもしれない。あの話を伝えろということなのかも。

しかし荀曙はそっと、その思いを胸に仕舞い込んだ。娘の人柄を疑う訳ではなかったが、打ち明ければ禾王を裏切る行為にもなりかねない。やはりそれは出来なかった。

気付けば辺りには朝の光が隅々まで満ちて、人々の仮面が鏡のように白く輝いていた。所々で点滅を繰り返す人の波を眺めて、荀曙はマーラの方に微笑みかけた。

「行きましょうか。ここから央弧市場は、そう遠くありません」

†

風車が外された稲穂の像が打ち掛かった大門を潜《くぐ》ると、想像していたよりも喧騒が大きくて驚いた。相変わらず人の姿は見えなかったが、人の気配は手で触れられるほどありありと感じられる。

市場の中央は大通りが貫き、そこから格子状に細い道が延びている。市場の店は通りの店とは違って、足首まで下がっている暖簾《のれん》の代わりに、腰丈ほどの木戸が付けられている。店の奥行きも深い。以前と違って、商品に覆いを被せたり、商品同士を紐で結ぶところが増えたのは、治安が悪くなった影響かもしれない。

山羊肉を吊るした店や香辛料を扱う店、壺を扱う店、家具が並んだ店……雑多に並ぶそれらを眺めながら、見覚えのある店がないことにマーラは気付く。たとえば陶器《すえもの》を商っていた店は木の什器《じゅうき》にとって代わられていたし、魚を扱う店もなくなっていた。商品を肩に担いで歩き回る、振り売りの姿も見かけない。代わりに、どういう訳か履物の店や本屋などがやたら増えていた。

馴染みの肉屋の店主は、アゴールにも分け隔てなくよく喋ってくれる人で、マーラは好きだった。無言で山羊肉を捌いているところに「ごめんください」と声を掛ける。

店主は訝《いぶか》しそうな顔をする。

「手ぶらとは珍しいね。そこの兄ちゃんの付き添いかい？」

「いえ。実は、山羊を売りに来た訳ではないんです。ここに来たダーソカ部族のアゴールに言伝を頼みたくて」

マーラが事情を説明すると、店主の顔が「ああ……」と納得に切り替わる。

「そりゃあ気の毒になあ。気の毒だが、この辺りじゃそう珍しいことでもねえ。稼いだ金も掏《す》られないようにな」

「気を付けます」

「それで？　親御さんには、事情のほかに伝えることはないのかい。心配するなって言われても、俺だったら飛んで来ると思うがね」

「必要ないと伝えてください。自分の身に降りかかったことくらい、自分の力で何とかしますから。両親《ふたり》だって、山羊追いや家事を放り出すわけにはいきませんし」

ただでさえマーラが不在にすることで仕事を増やすのだ。これ以上迷惑になるようなことはしたくなかった。

「立派な心掛けだなあ。俺が両親だったら泣いちゃうね」

店主は目許に手をあてる真似をした。「それに」と、マーラは言葉を重ねる。

「親切な人と出会えたおかげで、何とかなりそうなんです。だから大丈夫だと伝えてください」

ちらっと苟曙《こうしよ》の方を振り返る。苟曙は面映《おもは》ゆそうに、頰を緩めていた。

「それで、あんたの家っていうのはどこにあるんだね」

「カカイ・ソンガルと聞けば、ダーソカ部族の者ならすぐに見つけられます。私の家は、族長の家のすぐ東にありますので」

「おうよ。もし親御さんから言伝をもらったら、あんた——マーラだっけ。マーラに伝えるよ。たまに、うちに顔を出すと良い」

マーラは深々と頭を下げる。災難の中で差し伸べられる手は、いっそう有難く身に染みた。

市場を出て職人街に戻ると、苟曙は小さな工房の前で足を止める。入り口は、一見すると普通の家かと見紛うほどの大きさしかない。昔から建っているのか、白く塗られた壁はくすみ、罅《ひび》われていた。

「ごめんください」

苟曙に続いて扉を潜ると、胡粉《ごふん》と木屑《きくず》のむんとした匂いに思わず咳き込んでしまった。そこまで強い匂いではなかったのに、やはり鼻が過敏になっているようだ。

雑多な作業場だった。奥行きは広く、突き当たりは庭のようだ。壁際の机には、まな板や溜池のような形をした硯《すずり》と、削りかけの木の板がいくつも置かれており、しみの付いた手拭いが垂れていた。

机の前には、背の高い老人がいる。髪は灰に近い白、黒の作業着は木屑と絵の具の染みにまみれている。何人かが忙《せわ》しなく動いている気配はあったが、見えたのは老人一人だけだった。

老人が消えたと思ったら「苟曙さんか」と、嗄《しやが》れた声が聞こえてくる。苟曙の姿も消えた。マーラは床に散らばっている丸太を踏み越えながら、彼の跫音《あしおと》を追いかける。

「来てくれて嬉しいよ。さあ、掛けて」

机の前に二つの丸椅子が出現する。苟曙がその一つに腰を掛けた。マーラもまた、おそるおそる腰を落とす。

「まあ、まずはこれでも付けて」

言ってきた老人の顔を見て、ぎょっとした。いつの間にか顔に白い仮面が張り付いている。

腰を引いたまま固まったマーラは、老人の笑い声を聞いた。仮面にもうすら笑いが張り付いているから不気味だった。

「娘は、アゴールかね？　畑道之面《はたみちのめん》を見るのは初めてか」

「はたみちのめん？」

「畑道は、畑と畑の境にある道だよ。人の顔も、畑を区切るように、この面で区切ろうってこと。さ、つけて」

説明の意味は分からなかったが、言われるがままに差し出された仮面を取った。手触りはなめらかで、丁寧な作りだ。付けると、額から顎《あご》まですっぽりと覆われる。

「街でもこのお面を付けている人を見かけましたが、流行りなんですか」

話すと、吐いた息が籠って少し息苦しい。老人は「流行り。そうだねえ」と考えた。

「俺はもう、付けていないと不安という感じだけどねえ。そういう人が多いってことなんじゃないかな。おかげで儲かってるけどね」

老人は話を終えてしまったが、今の説明では何も分からなかった。同じく面を付けた荀曙が隣から補足する。

「人の表情って、話すと動くから見えにくくなるでしょう。そのせいで、めっきり目を背けて話すことが増えてしまったんです。そこに仮面を付ける風習を広げたのが、この久鋳《ひさい》という方なんですよ」

「風習を広げたなんて大層なことはしてねえよ」

久鋳と呼ばれた老人は、照れて謙遜している。稲城でそれほど仮面が流行っているとは知らなかった。いかに街中で人の顔が見えていなかったかを痛感する。

「街で出回っている面は、全て久鋳さんが？」

「まあ、ほとんどはここで作ってるけどよ。中には別の連中が作っているのもあるよ？

さすがに最近は手が追い付かなくてね」

「繁盛《はんじょう》しているんですね」

マーラは言葉に迷いながら言った。正直なところ面を付けて会話をするのは不気味だと思ったが、老人に向かって言う訳にはいかない。

「やっぱり商売を転換して、正解だったよ。苛曙さんのおかげだ」

「私は何もしていませんよ」

「いやいや。轆轤《ろくろ》を踏めなくなってから、こりゃ進退窮《きわ》まった、一体どうやって生きていこうって悩んだが、苛曙さんに会えてから希望が持てるようになったよ。仮面を作ってみようかって思ってからも、陶物《すえもの》一筋でやってきた俺が、今更木を彫るなんて出来ねえって躊躇ってた。けど苛曙さんに励まされたから、この齢で一から違うことを始める踏ん切りがついた。ありがとうよ」

老人は力強くそう言った。面を付けた苛曙から、照れ笑いの気配が漂った。

陶器を作っていた職人が、転身して木彫りの仮面を作り始める——。人生の終盤でそんな決断を強いられるなど、異変の前は思いもしなかっただろう。だが襲ってきた逆境を乗り越えて、こうして逞《たくま》しく生きていく人もいるのだ。

「そこで、お願いなのですが」

苛曙が切り出した。

「この方を雇っていただけないかというご相談なのです。実は昨日、この方は馬と山羊を盗まれてしまい、家に戻れず困っておりまして。——ここで、帰れるだけのお金を稼がせてはくれませんか」

「お願いです。雑用でも力仕事でも何でもします」

荀曙と一緒に、マーラも頭を下げた。緊張で心臓が波打つ。内心、厄介事が舞い込んだと思われてはいないだろうか。

「それは大変だなあ」

老人の声からは、実感の深さが読み取れなかった。終始口調が穏やかなせいで、感情が動いていないのか、彼なりに同情してくれているのかが分かりにくい。

「荀曙さんに頼まれたからには、何とかしてやるよ。見たところ随分と健康そうだし、機転も利きそうだ。こういう人は重宝するよ」

マーラはほっと顔を緩めた。

「ありがとうございます」

「一月で六十瓠犀《こさい》だが、それでも構わんかね?」

マーラは答えに詰まった。出来れば日払いにしてもらいたい。そうでなければこの街で暮らしている間の食費が出せない。だが、いきなりそんな要求をするのは不躾《ぶしつけ》だろうか。

躊躇っていると、何を言いたいのか察したのだろう、荀曙が口を開いた。

「無理を言っていることは承知なのですが、日払いにしてもらうことは出来ませんか。

万が一何かがあった時、全ての責は、私が負いますので」

マーラは驚いて苟曙の方を見た。

「うーん。日払いするほどの余裕はあまりないんだが、他ならぬ苟曙さんの頼み事だ。ここは一肌脱ごうじゃないか」

「本当ですか。ありがとうございます」

苟曙は頭を下げたが、あっさり要求が通ったことに驚き、マーラの方は反応が遅れた。

「ありがとうございます」という言葉にも、どこか実感が薄い。

「代わりと言っちゃあ何だが……実は、繁忙期に差し掛かっていてね。出来れば一月はいてもらいたいんだが、難しいかね」

「構いません」

両親には、しばらく稲城の街で過ごすと伝えている。早く帰れるに越したことはないが、仕方ない。

「ご配慮ありがとうございます」

「恩に着ます」

苟曙も隣で頭を下げてくれる。「苟曙さんの頼みとあっちゃ、断れねえからな」と久鋳は言った。その一言だけで、彼が方々《ほうぼう》でどれだけの信頼と人望を勝ち得ているのかが分かる。

「私は、一体どんなことをお手伝いすれば？」

「丸太から、板を切り出して欲しいんだ。一つの大きさは、これくらいな」

手渡された一枚の板は、厚さは小指ほど、大きさは両の掌を並べたよりも少し大きいくらいだった。「分かりました」と深く頷く。

「じゃあ、また夜にお会いしましょう」

苟曙は椅子を残して姿を消した。

「喧之刻《けんのこく》――夕餉《ゆうげ》前にまた迎えに来ます。家への帰り方も分からないでしょう?」

「恥ずかしながら……」

稲城の道は入り組んでいて、一度ではとても覚えられなかった。

「お気になさらず。それほど遠くもありませんし」

「今日帰り途《みち》を覚えたら、明日には一人で帰れるようにします」

苟曙は「ではまた」と言って消えていった。代わりにいつの間にか、工房の弟子らしき人が三人ほど、物珍し気にこちらを窺っていた。


マーラの仕事は、丸太を人の頭ほどの大きさに切ること、そしてそれを決められた太さで縦に割っていくことだった。斧《おの》しか触ったことのないマーラに、他の弟子たちが鋸《のこぎり》の使い方を教えてくれることになった。

弟子たちは、年齢も経歴もバラバラだった。崔良《さいりょう》という四十過ぎの男は花売りだったが、花が売れなくなって転身を決意したという。範台《はんだい》という三十路《みそじ》の男は詩を詠んでいたが、仕事を干されてここに転がり込んだという。美女の円紅《えんく》はかつては見世物小屋で、舞の名手として活躍していたのだという。

マーラに鋸の使い方を教えてくれる役は、工房に来て一番日が浅いという理由で、範台が選ばれた。色も白く、痩《や》せぎすで気弱そうに見える。広がりがちの癖毛《くせげ》が気になるらしく、ひっきりなしに耳に掛けていた。「僕は塗りが担当なのになあ」と零している通り、手つきが危なっかしいので、マーラの方がハラハラした。

「ここをこう、力いっぱい引くんですよ」

範台は嫌な音を立てながら鋸を引く。丸太の真横に座っているので、引いた刃のすぐ下に太腿がある。

なおも鋸を引こうとする範台を見兼ねて、思わず口を出した。

「そこに膝を置かない方が良いんじゃ」

「え？」

「深く切っていくと危ないです。身体は正面を向いていた方が良いですよ」

「あ、――ああ」

「素人の浅知恵ですが……」

範台の微妙な反応に気を遣いながら言うと、「そんなことねえよ」と声が掛かる。額に皺の入った剽軽《ひょうきん》な面を付け、腹の出ている、もと花売りの崔良だった。

「範台は不器用に過ぎらあ。筆の扱いしか心得てない奴だからな」

「そんなことありませんよ」と範台は尖った声で抗議した。

「ほんとかなあ。ここんとこの力こぶなんか、あたしより小さいんじゃないのー?」

口を挟んできたのは円紅だ。襟《えり》に余裕を持たせた着こなしで、白い項《うなじ》と肩の線に沿って、ゆるく波打った髪が襟の中に這入っている。この小さな工房には、およそ似つかわしくない雰囲気だ。

「お前ら、無駄口叩いてねえで、仕事しろい」

久鋳が話し声を割って「はいはい」と、彼らは作業に戻る。

マーラが丸太から切り出した板は、角を削ぎ落として、言われた通りの印を付けてから崔良に回すことになっていた。その板の形を、崔良が木彫り刀で大まかに整えていく。それを久鋳がさらに細かく彫り込んで、最終的な形にする。円紅の仕事はその面に鑢《やすり》を掛けて、洗って干すことだ。充分に乾いたら、今度は範台が裏側に満遍なく塗料を塗っていく。その傍ら範台は、円紅が溶いた膠《にかわ》の液に胡粉を混ぜ、白い絵の具を作る。出来上がった絵の具で面を塗ってから仕上げまでは、全て久鋳が行った。最後に蟀谷《こめかみ》の辺りに丸い穴をあけて紐を通すのは、マーラの仕事だ。

マーラの作業場は庭だったが、引き戸が常に開け放たれており、室内とほとんど地続きといって良かった。時折円紅が「どいたどいた」と言って、大きな盆を置きに来る。これからめかしこまれる面が、行儀よく並んで陽を浴びている様子は面白い。

流れが分かると、面作りは楽しかった。どこかが滞ると次の者が暇を持て余してしまうから、気を配りながら作業を進めなければならない。範台は手が遅くて、久鋳が絵の具を切らすまでに次の絵の具を作れていないことが多く、よくどやされていた。反対にマーラは、崔良が追い付かないほどの板を積み上げていたから、見兼ねて「手伝いましょうか」と声を掛ける。範台は、分かりやすく助かったという顔をした。

範台に胡粉の練り方を教えてもらっているうちに、半日はあっという間に過ぎていった。

昼を回り休憩に入ると、マーラは強張った肩の力を抜いた。夢中だったので気付かなかったが、全身が汗まみれだった。

「あんた、覚えが早いね。もしかして前にも似たようなことをやっていたのかい？」

皆が一斉に面を付けたので、一瞬、誰に話し掛けられたのか分からなかったが、嗄《しやが》れたその声は久鋳だろう。マーラも何となく先ほど手渡された面を付けて、やんわりと答えた。

「いいえ。どれも初めてですよ」

「それにしちゃあ、知ってるように動くから驚いたよ。特に練った胡粉の丁寧な伸ばし方が気に入った。範台ときたら、胡粉団子がもそっとしたまま湯に溶き始めるから、しょっちゅうだまになってるんだよ」

「慣れてないんだから、仕方ないじゃないですか。墨はよく磨《す》っていたけど、胡粉なんて溶いたことないんだから」

「甘ったれたこと言うんじゃねえ。マーラさんだって今日が初めてじゃねえか」

二人が剣呑になりそうだったので、さりげなくマーラは話題を変えた。

「範台さんは弟子入りしてどれくらいになるんですか？」

範台の白い面がこちらを向いた。

「たったの十日ですよ。詩人の身を追われた後、ここに拾ってもらったんです」

追われたとはどういうことか気になったが、尋ねるのは躊躇われた。

「まあ良いじゃないの。筆を使う職に就けたんだし」

隣から口を挟んだのは円紅だった。彼女だけが面を外しており、顔が剝き出しだった。それも愛用の煙管《キセル》を吸うためらしい。久鋳からは「女が煙管なんかふかすもんじゃない」と言われたが、積み上げられた丸太の上で足を組み、小さな唇で、焦げ茶に照った細い煙管を吸う姿はなんとも妖艶《ようえん》で、男たちが秘かに見入っているのもマーラは気が付いた。

「詩を書くのと面を塗るのじゃ、全然違いますよ。一緒にしないでください」

「似たようなもんじゃない」

聞くところによると、そう言う円紅も工房に来て十五日ほどだという。最年長の崔良でさえ、働き始めて一月ちょっとしか経っていないというのだ。

「まあ、面を作り始めたのが二月前だからな。そう思えば早い方だ」と久鋳は言う。円紅はふと煙管から口を離して、マーラを見た。

「そういや、あんたさ。苟曙と一緒に来てたよね。知り合い？」

「まあ……昨日からの」

彼と知り合った経緯を簡単に話すと、円紅は「ふうん」とだけ言った。

「あいつ、昔から変わってないね。誰でも助けてあげちゃうお人好し。騙されても知らないよって言ってやってんだけどね」

「前からのお知り合いなんですか」

「まあね。知り合いっていうか、同じ見世物小屋にいたからねえ」

「え？」

マーラが問い返すと「そうよお」と、円紅は得意そうに言った。

「豪貂《ごうちょう》っていう小屋だったわ。知らないと思うけど、名前に貂が付くのって、ここじゃあ〈最高〉って意味なの。稲城を建てた斧貂《ふちょう》様に恥ずかしくないところしか、この字を使っちゃいけないわけ」

「そんな大層なところにいたんですか」

「ま、あいつは一年くらいしかいなかったけどね。あっという間に看板になって、城から声が掛かっちゃったからねえ」

「苟曙さんは僕たちの間でも有名でしたよ」

範台が口を挟んだ。

「奇術の技もそうですが、大変な仁徳家と謳《うた》われていました。よく物乞いの子どもに菓子を与えて懐《なつ》かれていましたし、身を挺《てい》して老人を暴漢から守った話とか、たくさん武勇伝があるんですよ」

花焼を渡してくれた時の笑顔と、誰かが喜ぶところを見るのが好きなんです——という言葉が不意に甦《よみがえ》った。

「物を盗まれたのは災難だけど、荀曙さんが居合わせて良かったな」

崔良も言った。「動きが見えないのを良いことに、ずるをしたあんたとは大違いだね え」と円紅が茶化す。聞くところによると、崔良というもと花売り、趣味は賭け事だったらしいが、この椿事《ちんじ》に悪知恵を働かせて〈賽《さい》の目当て〉ですり替えを行い、賭場から追い出されて身ぐるみを剝がされたのだという。「えらい目に遭ったもんだよ」とへらへらしているので、あまり懲《こ》りた様子はない。

「僕が思うに、荀曙さんが何よりも素晴らしいのは、売れているのに不遇の士にも優しいところだと思うんですよね。もう随分と前のことですけど、詩が売れなくて店の前で落ち込んでいたら、あの方が僕の詩集を買って、優しい言葉を掛けてくれたんです。あの時の感激がなかったら、僕は腐りきって終わっていたかもしれません」

よほど荀曙に心酔しているようで、範台は興奮気味に喋り続けた。気持ちが昂《たかぶ》ると、彼はどうやら早口になるらしい。

市場で随一の人気を誇っていた荀曙と、売れない詩人だった範台を想像する。肩を落としていた彼を見掛けて、その不遇に胸を痛めた荀曙は、思わず立ち止まったのだろう。そして少しでも慰めになればと、詩集を買っていったに違いない。

「だから最近、街で荀曙さんを見掛けた時は心底驚きました。五年も経っていたので、同じ人だと初めは分かりませんでしたが」

「そりゃ五年も経てば人相も変わるよ。小屋にいた頃はちょっと初々しい感じが良かったけどさ、城から帰ってきたら大人びた色男になっているから、あたしも最初驚いちゃった」

んふふ、と円紅は笑って、マーラに視線を向ける。

「それで？　マーラさん、泊めてもらったんでしょ。あいつに蛤《はまぐり》を割られた感想は？」

「はまぐり？」

問い返してから、不意にその意味を悟って赤面した。

「荀曙さんは、そんなことをする人じゃありません」

「そっか。ま、あいつから手を出すことはないのかもねえ」

円紅は妙に納得している。

「人から嫌われるかもしれないこと、あいつ、絶対しないもん。仕掛けるならマーラさんからだね」

「仕掛けたりしませんって」

「うそお。あんな色男と寝ないのは勿体ないよ」

「〈愛男《えおとこ》とは春の水櫻《すいおう》の如し、手を伸ばせども届くのは花弁《かべん》ばかり〉と言いますけどね」

範台が口を挟む。詩の一節なのだろう。稲城の人間は、会話に詩文や故事を引用することが多い。

「水櫻といえば——街道の水櫻の木が切り倒されていたのは、何かあったんでしょうか」

言い終わってから、はっとした。煙管を吸うために面を外した円紅以外、皆の仮面が、一様に下を向いていたからだ。

「気が狂った奴らの仕業《しわざ》だよ」

円紅がぼそりと言った。煙管を吸い終わったのか、顔に面を付けている。

「奴らは自分たちが何を壊したか分かってないんだ」

範台が堰《せき》を切ったように捲《まく》し立て始めた。

「水櫻は稲城の魂じゃないか。それを不要だとか、不安を掻き立てるからといってあっさり切り倒すなんて。奴らの目は、本当に何も見えちゃいない」

「奴らとは？」

問い返すと、範台は押し黙る。口にするのが憚《はばか》られるほど凶悪な組織なのだろうかと考えていると、円紅が代わりに言葉を継いだ。

「別に、特定の集団のことじゃあないよ。〈皆〉ってやつさ」

円紅は煙の残り香のする溜め息を吐いた。

「水櫻は春に咲くと、あっという間に散ってしまうだろう。その盛りよりも、儚《はかな》い散りざまの方をあたしたちは愛していた。無数の詩にもなったし、絵にも描かれたよ。――でもうあたしたちは、水櫻が一番美しい時を見ることが出来ないんだよ」

あ、とマーラは言った。水櫻が散りゆく瞬間は、視界から零れ落ちてしまうのだ。

「だからそんな花なんていっそなかったことにしちまおうと言い出す奴らがいて、切り倒したのさ。もちろん反対する人間もいて、暴動になりかけたけどね」

言葉が出て来なかった。

かつて愛でたものが見えなくなってしまった時――襲ってきた喪失感から逃れるために、いっそその元凶ごと消し去ってしまおうと考える人々がいるのだ。理由を溯《さかのぼ》れば、不自然な発想ではない。

「もちろん僕だって止めようとしましたよ。僕だけじゃない、崔良さんだって、ねえ？」

「おう。そもそも俺が花売りの仕事を追われたのも、連中のせいだしな」

二人の顔を見つめながら、マーラはこの街の変化に思いを馳せた。季節の移ろいを感じられない哀しみを拒絶する人々と、それに縋ろうとする人々。彼らの衝突の中で、街は姿を変えている。

「仕方がないのさ」

絵筆を黙々と洗っていた師の久鋳が、不意に口を挟んできた。

「水櫻は手入れが欠かせねえじゃねえか。常にたっぷりと水を吸えるように、水路を整備しなきゃいけねえ。植木屋に訊いてみろ。手入れに一番難儀する木といやあ間違いなく水櫻っていうぜ。こんな大変な時に、そんな木のために労力を使うのも馬鹿らしいじゃねえか」

「お言葉を返すようですが。そうしたら花珠《かじゅ》はどうなんです。花珠は手入れに手間がからないのに、同じように切られたじゃないですか」

範台が、同じく泡のように儚い花の名前を挙げると、久鋳は押し黙った。「花だけじゃない。生き物もです」と、範台は言葉を継ぐ。

「そこら中にいた猫が、どこの家にもいなくなりました。小鳥もそうです。愛《め》でていたのが嘘のように、鳴き声が聞こえてくると呶鳴《どな》って追い出すのが流行のようですね。枝に鳥もちを貼り付けておいて、止まったら打ち殺すのが果たして楽しいでしょうか。鼠だって、捕らえた後に林へ逃がしていたのに、鳥もちで捕まえたら容赦なく殺すんですよ。挙句には虫さえも憎んで、棲《す》めぬようにと叢《くさむら》に毒を撒く始末」

「毒を」

マーラが目を見張ると、範台が力を得たように「ええ」と声を高くする。

「狂ってるとしか思えません。人の風情の心を誘えなくなったからといって、あちこちを不毛の地にして良い理由になると思いますか」

唐突に、草原の風景が甦った。追っても追っても煙のように消えていく山羊を追う虚しさと、冷たくなった山羊に触れた時の、不可思議な安心を。

生き物が触れることも見ることも出来ない存在になった時、稲城の人々は、生き物に以前のような親しみを覚えることが出来なくなってしまったのだ。残ったのは、近付かないで欲しい——という冷え冷えとした思いだけ。

「やめな。範台」

崔良が、捲《まく》し立てていた範台の言葉を遮った。

「お前の気持ちは分かるけどよ。言ったところで何も変わらねえよ」

久鋳も言う。

「そうだ。いっそのこともう一度、こういう無情を詩に詠み直してみたらどうだ。共感してくれる人だってきっといるさ」

「無理です……どうせまた詩集を焼かれるだけです。こんな詩情など、もう何の価値もないと吐き捨てられて」

範台が水洟《みずばな》を啜《すす》った。彼が世を恨む理由の一端を悟って、マーラは顔を歪める。

「儚い風情を詠むことの、一体何がいけないっていうんですか」

範台は、深い無念を絞り出す。

「切なさを詠うのが、僕たちの仕事だというのに。恋に破れる詩があれだけ親しまれてきたというのに、どうして今風情を詠むのはいけないんですか。失う切なさはどちらも同じでしょう」

仮面の上に彼の視線が刺さったが、答えることが出来なかった。彼を慰めたいとは思ったが、それでも気休めの言葉は出てこない。

(――かつての世で恋の詩を詠むのと、今、風情を詩に詠むのは意味が違う)

失った恋はやがて新しい恋に換わるが、風情への思慕と喪失は、典雅な切なさには代えがたい。この目が元に戻るかは分からないのだから。

だからこそいっそう、人々は強い希望を求め、不朽のものを渇望《かつぼう》するのだ。――たとえ他の生き物を殺してでも、得たいと身を焦がすほど。

マーラは自嘲する。人々の願いが淘汰《とうた》していくのは詩だけではない。生き絵も同じだ。生き絵は、目の前の時間を彩れなければ意味を失う。詩と違って書き残されることもなく、途切れてしまえばいつか存在すら忘れ去られてしまう。これからはそんなものの代わりに、季節の移ろいや一時《いっとき》の芸の代わりに、永遠に揺らがない確かなものが、市場にも人の心にも溢れかえるようになるのだろう。

(だけど……本当に、それだけなんだろうか)

人々が求めている希望は、不動なものを通じてしか得られないものなのだろうか。目の異変は、芸を廃《すた》れさせる、ただの悲劇にしかならないのだろうか。

動きの消えたこの世の中で、芸の道にしか切り拓《ひら》けない境地。――そんなものを追い求めようと思うのは無謀なのだろうか。

「さあ。休憩は終わりだ。仕事に戻ろう」

ぱんぱんと、手を打つ音がした。黙りこくっていた一同は顔を上げ、さっと消える。マーラも手を動かし始めたものの、時折、いつの間にかそれが止まっていることに気が付いた。

入り口から苟曙《こうしょ》の訪《おとな》いの声があって、時刻が夕時に差し掛かったことに気が付いた。もうそんな時間かと、マーラは手の甲から木屑《きくず》を払った。

「ちょうど苟曙さんが来たことだし、終わりにするか」

久鋳《ひさい》が一同に告げると、皆は思い思いに消えていった。範台《はんだい》は「苟曙さん」と声を弾ませて、現れた彼の傍《そば》に寄った。

「今日はどうでしたか。お仕事の成果の方は」

「あまり。思うようにはいきませんね」

答えた苟曙は、面の奥で笑ったようだった。苟曙はここにいる時だけ、礼儀とでも思っているのか、畑道之面を付けている。外で付けているのは見たことがなかった。

「仕事はどうでしたか」

「おかげさまで、とても順調でした。皆が親切に教えてくださったおかげです」

面の下で笑んだマーラに、久鋳が口を挟む。

「なに。あんたの働きぶりが良いからさ。教えたことを一度で覚えてくれるから、随分と助かったよ」

「そうそう。あと、頼んでもいないのに手拭いを洗ってくれたり、木彫り刀を研いでくれて驚いちゃった」

言葉を添える円紅《えんく》に、マーラは意外そうに言った。

「当たり前のことですよ」

「やあねえ、当たり前じゃないわよ。あんた、よっぽど働き者なんだねえ」

しみじみと言う円紅に、「手を動かすことに慣れているだけです」とマーラは照れる。

帰り際、久鋳は今日の分の報酬を紙に包んで渡してくれた。

「これで今日は美味しいものでも食べな」

「ありがとうございます」

マーラは深々と頭を下げた。山羊を売る以外の方法で金を得るのは初めてだった。物ではなく、マーラが使った時間が金に換わったのだ。

工房を出ると、稲城の街は夕餉《ゆうげ》を求める人々の喧騒でさざめいていた。無数の履物《はきもの》の音が入り乱れている。よく聞いてみると、人によって音が違う。跫音で個性を出すのが流行りなのだろうか。思えば市場でも履物を扱う店は多かった。

職人階級の人々が住むこの辺りは、定食屋や居酒屋の数が多かった。長く暖簾が垂れた店の前に、行列が並んでいるところもある。

「先ほどは順調だと言っていましたが、実のところ嫌な思いはしませんでしたか」

仮面を外した苛曙が、改めて訊いてきた。あの場では言いにくいこともあるだろうと、気を遣ってくれているのだ。

「大丈夫です。皆、親切な方でした。苛曙さんが紹介してくれたおかげだと思います」

あの工房にマーラが単身で乗り込んでも、働かせてくれたかは分からない。マーラがアゴールだろうと、溝を作ることなく接してくれるのは苛曙のおかげだと感じていた。

「皆さんと苛曙さんの話をしました。昔、見世物小屋で人気だった話とか」

「え。そんなことを。……お恥ずかしい」

歩いている彼が、はにかむところを想像した。

「皆、苛曙さんが好きで堪らないようでしたよ」

からかうと「それは、有難い」という声に照れ臭さが混じる。

「そう言ってくれる人がいるから、心の支えになります。私はまだここにいて良いのだと思えます」

思わず苛曙の方を向いたが、彼の姿は暮れ泥《なず》む街並みの中に透けてしまっている。

工房から家はそう離れていないらしく、短い会話をしている間に着いてしまった。場所を確認したら「お腹は減っていますか？」と聞かれる。

「良ければ、今から夕餉を食べに行きませんか」

一度家に着いてから提案してくれたのは、夕餉への寄り道で、帰り途が分からなくならないようにとの配慮だろう。「はい。是非」とマーラは声を弾ませた。

苛曙が入っていったのは定食屋だった。蓬色《よもぎいろ》の暖簾《のれん》をくぐると、幅の狭い横長の卓が左右にそれぞれ三つほど並んでいて、人々が丼を掻きこんでいる。奥が厨房のようだ。

一番奥の席に向かい合って座ると、やがて荀曙の注文したものが運ばれてきた。丼の上に、人参、玉葱を始めとした野菜と、何と山羊肉を煮たものが載っている。この街に来て日は経っていないが、懐かしく感じた。アゴールは肉より内臓をよく食べるのだが、稲城の人は肉の方を好むというのも本当らしい。

「稲城の街で山羊を食べられるなんて、思ってませんでした。ありがとうございます」

「山羊が多く出回るようになったので、安価で食べられるようになったのですよ。前はこんな手軽なものではなくて、ご馳走だったんですが」

ふと胸が痛む。これを売ったアゴールの人々は、大した金と交換できなかったと失望しただろうか。

丼の代金を自分で払えるということに、今日一日働いた甲斐を感じて嬉しくなる。夕餉を済ませた頃、空の群青は深くなっていた。ぼうっと明るいのは央弧市場の方だけで、家屋が立ち並ぶ職人街には闇が馴染んでいる。闇の中で、稲城の守り主という梟《ふくろう》の石像が、家の入り口に佇《たたず》んでじっとこちらを見ていた。

路地を曲がろうとした時、荀曙が足を止める。彼が手を合わせた路傍《ろばた》の茂みは、炎の光でぼんやりと明るかった。むんと燻《いぶ》したような匂いが強烈で、思わず鼻を覆う。

「これは何ですか？」

荀曙が合わせた手から顔を上げた。

「祖主《そしゅ》の廟《びょう》です。見たことはありませんか？」

「いや、初めて見ました」

こんもりとした藪《やぶ》と、縦半分に割られた提灯に抱かれて、その石像は屹立《きつりつ》していた。高い背丈にゆったりとした衣をまとい、いかにも聡明そうな双眸《そうぼう》には、紫水晶が嵌《は》められている。石像の前には大きめの木箱が蓋を閉めた状態で置かれていたが、上にも下にも手玉ほどの大きさの布の包みがみっしりと並べられていた。置ききれず、地面や藪の中にまで包みが溢れている。

「このお方は、包圜《ほうえん》を建国された祖主というお方です。稲城の人々から尊崇を集め、何よりも大切にされているのですよ」

確かに改めて見ると、こちらに向けて広げられた両腕には、どこか包み込むような優しさがあった。

「斧貂《ふちょう》という方よりもですか？」

稲城では彼らをこの地に導いた主を一番に崇《あが》めているのだと思っていたが、荀曙は「はい」と答える。

「斧貂様は次主《じしゅ》と呼ばれます。次主ももちろん敬われていますが、何よりもまず従うべきは祖主です。祖主の言行録は手習いと同時に子どもに教えられ、守るべき規範となります」

マーラは、分かるような、分からないような顔をした。精霊からの言葉ならともかく、とうの昔に死んだ人間の振る舞いを手本にするのは奇妙なことに思えたが、祖父の訓戒《くんかい》を守るのと同じようなものなのだろうか。

「それでは、これは？」

マーラは、木箱の上に載っている布の包みをつまみ上げた。紐で十字に縛ってある包みは軽く、揉むと、中に粒っぽい感触がある。

「稲穂之祈《いなほのき》と呼ばれるものですよ。本当は秋に行うものなので、夏にこれだけの数が並んでいるのは珍しいのですが」

荀曙はしゃがんで包みの一つを解くと、中身を掌に広げた。入っていたのは米粒で、よく見ると黒い模様のようなものが彫り込んである。

「この包みの粒を並べ替えてみると……〈この目が元通りになりますように〉と書いてありますね。ここにあるものはほとんど、似たような願いでしょう」

包みが元通りに置かれると、マーラはしゃがんで辺りを見回した。両手を広げてなお足りないほど道に溢れている包みが全て、一人一人の祈りだというのか。

「この小さな米粒に、祈り事を彫るのですか？」

「はい。針で彫って、墨を流すのです。手習いを覚えると、子どもは祈り事をここに供えます」

荀曙からふっと優しい匂いがした。

「そうすれば、祖主が祈り事を叶えてくれると子どもは信じているのですけどね。叶えているのは、実は祖主ではなく、私たち大人なのですよ」

「どういうことですか？」

「子どもが包みを供えると、夜に大人がこっそり開けに来るのです。ほら――米粒を裏返すと『名』と『茎《なかご》』という字があるでしょう。その子の名と、茎――一族が誇る祖先の名が書いてある訳です。ほとんどは著名な先祖がいないので、父親の名ですけどね。これで祈り事を書いた子どもを特定して、願いを叶えてあげるんです」

マーラは、ぱっと顔を輝かせた。

「素敵な風習ですね。大人たちが、子どもの〈祖主〉になってあげるなんて」

「そうでしょう？　私もこの風習が好きでね。成人して〈祖主〉の正体を知った時から、毎年たくさんの祈り事を叶えてきました。物をねだるような願いの他にも、何かが出来るようになりたいという祈り事に、励ましの手紙を書いてあげたりしてね。祖主のお言葉には遠く及ばなかったでしょうが、私の言葉で元気を貰えたというお礼が供えられていた時は、震えるほど嬉しかった」

幸せそうに語る荀曙の横顔を見て、温かい気持ちになる。

「祖主というお方も、荀曙さんのされたことをさぞ喜んでいると思いますよ」

「そうだと良いのですが。祖主ほどは人に心を尽くせているかどうか……。私も祖主のように尽心《じんしん》して、人を喜ばせたいのですが」

荀曙の顔が、炎のなかで輝いている。彼の人を喜ばせたいという思いの強さは、この祖主への憧れから来ているのだろうと思った。

「既に苟曙さんは、多くの人を喜ばせていますよ。大丈夫です」

「本当ですか。ありがとうございます」

苟曙の全身から喜びが溢れた。

「ええ。奇術も苟曙さんの天職ですね」

「そうですね。多くの人が喜んでくれるのが嬉しいのです。祈り事を叶えた後、包みを祖主の足許の火で燃やすのですが……その時が、一番幸せだった」

火影が、ふと弱くなった。

「でも、今ここにある祈り事を叶えることは、私には出来ません。この目を元通りにして欲しい、父親が職を追われないようにして欲しい、もう一度水櫻を愛でたい……叶えられない祈りが多すぎるから、いつまでもこの包みは燃やされずに残ってしまっているんです」

「ああ――」

マーラは低く呻《うめ》いた。この石像の前に溢れかえった色とりどりの包みは、誰にも叶えることの出来ない祈りの数なのだ。

「子どもだけではありません。〈祖主〉の正体を知っている大人でさえ、この廟《びょう》に祈り事を供えています。でも……叶える者もなく、祈りの数は増え続けるばかり。鼠除《ねずみよ》けの香をこんなに濃く焚《た》いても、鼠に食い荒らされてしまっています」

苟曙の指し示した地面には、歯型の残った布の包みと、土まみれの米粒が散乱していた。廟に祈りを供えた人々は、この光景を見てどんな思いに駆られるのだろう。必死な思いがあったから、腹が減っても我慢して、貴重な米に祈りを刻んだというのに、叶う前に無残に食い荒らされたと知っては——

「人々が鼠をこれまで以上に憎んでいるのも、故《ゆえ》ないことではありませんね」

苟曙がぽつりと言った。

強い風が吹いて、あっと思う間もなく包みの彩《いろどり》が消え去った。炎があった場所には、いっそう濃い闇が染みる。

「……棠翊《とうよく》に来るまでの、道すがら」

知れず、口を開いていた。

「稲城の田園風景を見て、心底羨ましくなりました。アゴールは、山羊追いをやめざるを得なくなったり、草原を離れることを強いられたというのに、稲城では変わらない生活が続けられるのかと」

マーラはいつの間にか冷たくなっている指を擦り合わせながら、言葉を選んだ。

「でも私は間違っていたようです。否応なしの変化に飲み込まれているのは、稲城も同じだった」

苟曙は何を思っているのか、しばらく黙っていた。

「……マーラさんがそれを知っただけでも、ここにお連れした甲斐がありました。理不尽な目に遭っているのが自分一人でないと分かるだけで、心が安らぐでしょうから」

その時荀曙から、深い溜め息が落ちた。そこに哀しみよりも深く乾いた音を聞いた気がして、思わず彼を顧みる。しかしその時にはもう、感じた気配は薄らいで消えていた。

五章

　仕事を終えて、マーラは足早に央弧《おうこ》市場へと向かっていた。真っ先に立ち寄った馴染みの肉屋から「昨日言伝《ことづて》したばかりだから、さすがにまだ返事は来てねえよ」という言葉を聞いた後、無数の看板を見ながら店をめぐる。

　市場に来たのは、稼いだ幾ばくかの金で、荀曙《こうしょ》への礼の品を買おうと思ったからだった。世話になりっぱなしだったから、少しでも感謝の気持ちを伝えておきたかった。

　さて何を買おうかと迷いながら、店の中を覗く。練り香は好みがあるから合わないかもしれない。菓子にも好き嫌いがある。敷物はあの部屋では却って邪魔かもしれない。家具の類も既に間に合っているし、そもそも高すぎる。

　ちょうど手頃で良い品はないものか。夕暮れで人混みの増す中を、随分と長いこと探し回っていたがなかなか見つからなかった。というのも本を扱う店が異様に増えていて、他の店が少なくなっているのだ。本と同様に絵を置いた店も多かった。虹色の空や舞う天女など美しい理想郷を描いたものと、巌《いわお》や山など不朽を象徴する題材の絵が行儀よく並んでいる。案の定水櫻《すいおう》の絵は一枚もなかった。

見回すと、一つの店が眼に留まる。

店のなかには黄色に朱、天色《あまいろ》に紫と、大小様々な鞠《まり》が紐で吊り下げられていた。まるで極彩色《ごくさいしき》の藤棚のようだ。その奥には、本を読んでいる頑固そうな店主が一人。マーラの視線に気付いたのか、顔を上げている。

「いらっしゃい。鞠でも買っていくかね」

マーラは意外な気持ちで左右を眺めた。

「ここで扱っているのは、蹴鞠とか手鞠？」

「手玉もあるよ。ほれ」

手渡された小さな玉を「へえ……」と弄《もてあそ》んだ。鞠を次々に放り投げていく奇術は、マーラも見たことがある。その時の奇術師は、両手の扇と頭の帽子で、器用に鞠を受け止めながら舞っていたものだ。

「鞠はよく売れるんですか？」

使い道が限られているのではと思いながら尋ねると「よく、と言うほどは売れないけどね」と店主は苦い顔で言う。

「鞠は綺麗だからね。今は飾りとして売ってるのさ。ちょっとでも買ってく人がいる限り、続けるつもりさね」

「目を付けられたりはしないんですか？」

誰にとは言わなかったが、言外に問いたかったことを察したらしく、店主は首を消した。

「嫌がらせをされることも、たまにはあるよ。今時鞠なんて売って何になるんだってね。だけど、そんなのにへこたれたりするもんかい。俺は連中と戦うつもりだよ」

一瞬だが、店主の目に激しさがひらめいたのをマーラは感じた。見える前にはっきりそうと分かるほど、強い光だった。

「どうかい。一つ買っていかないかい」

迷ったが、やがてマーラは首を振った。こんな奇術の道具を彼に贈るのは残酷すぎる。彼はただでさえ城を追われ、奇術が出来なくなった悲しさを食《は》んでいるのだ。

「自分用には欲しいけど、生憎《あいにく》今は贈り物を探してるので。……失礼しました」

鞠の簾《すだれ》を掻き分けて店を出ると、目の前の店から燦然《さんぜん》と紫の光が煌《きら》めいた。紫水晶だ。他にも橙や赤の層が織り込まれた瑪瑙《めのう》や、黒煙が閉じ込められたような雲霞水晶《うんかすいしょう》、虹色の光を放つ螺鈿石《らでんせき》などの欠片が燦然と光っていた。

腰丈の木の戸を押して中に入ると、白い面を付けた若い女の店主に迎えられる。自分たちが作ったものかもしれないと思うと、妙な親しみを覚えた。

「いらっしゃい。あら珍しい。アゴールのお客さんだ」

マーラは、店内にある紫水晶の数に驚きながら「これは……」と、思わず呟いた。

「お姐さんも、紫金晶《しきんしょう》のお守り買っていく？」

「紫金晶？」

「そう。この紫水晶の中でも、金色が入ったものを紫金晶っていうのさ」

女は薄べったい欠片の一つを、マーラの掌に乗せてくれた。確かに光に翳《かざ》してみると、下の方に金が混ざっている。

「これは私たち稲城民《いなきのたみ》の瞳と同じ色だろう？　だから第三の目を開くという意味があるんだ。五歳になった子どもには紫金晶を贈って、肌身離さず持っていると、学問の才が開花すると言われているんだよ」

「へえ……」

思わず嘆息した。稲城《いなき》との関わりは長いと思っていたが、知らないことばかりだ。

「お姉さんの瞳の色は飴色だから、これなんかどうかな」

そう言って消えかけた女に、マーラは慌てて「自分のものを買いに来たわけじゃなくて」と言った。女は淡い煙水晶《けむりすいしょう》の結晶を手に乗せたまま「あ、そうなの？」と言った。

「稲城の人に贈るのに、ちょうど良い石を探していて。今言ったその目の色のお守りは、話を聞く感じだと既に持っていそうなので、どうしようかと」

「その人は何色が好きなの？」

「何色……」

「もしくはどんな願いを持ってるの？」

言葉に詰まった。そんな問いにすぐ答えられるほど、荀曙のことを深く知らない。

昨夜の横顔を思い出した。布の包みを炎にくべる時が、一番幸せなのだと語っていた時の顔を――。

「願いは……多分、誰かを幸せにすることだと思います」

「じゃあ、これなんてどうかな」

マーラの掌になめらかな平たい石が乗る。それは複雑な灰色の濁りを閉じ込めた、半透明の石だった。驚くのは、中に霊妙な青の光が宿っていることだ。角度を変えても、光は変わらず付いてくる。

「不思議な光ですね」

マーラの新鮮な反応を喜ぶように、女は自信ありげに言った。

「神秘的な力が閉じ込められているんだよ。この石は月と関係が深いと言われているんだけどね、月を眺めれば幸せな気持ちになるし、ぴったりでしょう？　色は白が多いんだけど、この灰色のも人気が高くて、特に〈雲隠れの月〉と呼ばれているの」

改めて見てみると、薄い夜闇に抱かれた雲間から、月の青い光が差し込む光景が閉じ込められているように思えて、得も言われぬ魅力を感じた。

「美しいですね」

既に手放すのが惜しくなっていた。「おいくらでしょう」と、買える値段であることを祈りながら聞く。

「ま、一瓠犀《こさい》ってとこだね」

「一瓠犀《こさい》……」

三回夕餉を我慢すれば、払えない額ではない。どのみち一月は棠翊《とうよく》にいるのだから、必要以上の金を稼ぐのだ。しかし、奮発した買い物は却って心苦しくさせてしまうことになりかねない。

渋った顔を見たのか「まけて欲しいって？」と女主人は言った。

「仕方ないなあ。特別に八掛けってとこでまけてやろうじゃないの。それ以上はまけらんないよ」

思いがけぬ申し出にマーラも心を決めた。

「じゃあ、それでお願いします」

「はいよ。ありがとさん」

店を出ると、満足感が込み上げてきた。ささやかだが、自分で稼いだお金で礼の品を買えたのだ。

浮き立つような心地で大門の外に出ると、聞き覚えのある声が耳に届いた。

「さあ、今から世にも奇妙な操《あやつ》り絵が始まります。この小さな筒の中に、扇に帽子、剣や飾り帯まで、何でも描いてご覧にいれましょう」

思わず立ち止まった。夕陽のなかに、知った男の姿がある。竹籠を足許に置き、袖が筒のように細くなった淡い黄色の衣に身を包んで、透明な筒を三本ほど持っているのだった。大道芸人が姿を消した大通りで、疎《まば》らな観客を前に口上を述べている。

観客の幾人かは畑道之面《はたみちのめん》を付けていて正確な表情は分からなかったが、どう見ても楽しげな空気ではない。彼らは何かを堪《こら》えるように、苟曙を見守っている。

マーラは意外だった。

(苟曙さんは、まだ奇術を続けている?)

思えばマーラが彼と知り合ったのも、彼が奇術を披露していたのがきっかけだった。その時は何も思わなかったが、彼の身の上を知った今眺めると違和感が拭えない。奇術が見えないからと彼は城を追われたのに、何故ここに立ち続けているのか。しかも目新しくもない、もう見えなくなってしまった奇術をするのは、一体。

(何故——)

痛みで胸が破れた。城から追われてもなお、彼は奇術を捨てられずにいるというのか。

「さあ、見ていてください」

苟曙は水で満ちた筒を机に置くと、錐《きり》のような形の道具を伝わせて、筒に粘ついた色水を差し入れた。

マーラはこの技を知っている。〈操絵之技《そうかいのわざ》〉、別名〈動く絵〉とも呼ばれるものだ。水に流し入れた色水の形を硝子の棒で整え、一つの絵を作るのだ。簡単なものでは、一すじ真っ直ぐな焦茶を流し込んだ後、螺旋状に松葉色を落とし込めば〈木〉となるし、他にも〈扇〉や〈鳥〉、〈高波〉や〈龍〉など、数えきれないほどの種類があった。ひと時も同じ姿を保たず、やがて脆《もろ》く溶けてしまうこの絵は、儚いもの好きの稲城民の好みらしく人気を博している。いかに長い間形を保てるか、また形が崩れて溶けていく様を美しく魅せるかで、奇術師は腕を競う。最高技は二匹の〈龍〉を対峙させ、水をかき混ぜることで戦っているように見せるというが、見たことはない。

たった今苟曙が流し入れた筈の色は、水の中にいつまでも現れなかった。硝子の棒が差し入れられるが色の筋はなく、うっすらと水が色づいているだけだ。筒の水の色は次第に濃くなってゆき、やがて筒のなかを均一に満たした。

思わず顔を背け、マーラは歩き出した。

「苟曙さん……」

遠くから観客の啜《すす》り泣きが聞こえた。

「後生だから、もうこんなことはやめておくれ。必死なお前さんを見ていると、つらくなる。お願いだ」

足を止めていた。たった今マーラがこの場を離れたくなった理由を、言い当てられた気がした。

苟曙が何と答えるのか気になって、振り返る。彼の口許は消えたが、遠ざかってしまったせいで、彼が観客に何と言ったのかは分からなかった。

扉が開く音で、マーラは顔を上げた。閉められた扉の木目から苟曙が姿を現す。脚を畳んだ机を左腕に抱いている。

「顔色が悪いようですが、何かあったのですか」

目が合うなり真っ先に問われて、どきりとした。察しの良さに舌を巻きながら、取り繕うように微苦笑を浮かべる。

「少し疲れただけです」

「そうですか。まあ、稲城の風習には慣れないこともあるでしょうしね」

あっさりと作り笑いが信じられたことに、複雑な思いを抱く。本心とは、表情が見えなければこんなに簡単に隠し果《おお》せてしまうものなのか。

「随分と、遅くまで外にいたんですね」

既に陽は落ちている。彼は、手許が見えなくなる直前まであの大通りにいたのだ。

「仕事が終わって夕餉に走る寛之刻《かんのこく》が、一番人が外を出歩く時間ですからね」

壁の近くでさっと小さな風が薙《な》ぐ。突き出た釘に、小ぶりな硬い帽子が掛けられていた。

市場まで行った理由を不意に思い出して、マーラは鞄を引き寄せた。

「実は荀曙さんに渡したいものがあるんです」

「私に？　一体何でしょう」

荀曙は心底意外そうに問い返す。マーラは強《し》いて暗い気分を振り払って、小瓶を彼に差し出した。

「ささやかですが、お礼がしたかったので。——困ったところを助けてくれて、本当にありがとうございました」

荀曙の顔が華やいだと分かるまで、マーラは不安のなか、その顔を見つめていた。

「雲隠れの月と呼ばれる石ではありませんか。こんな素敵なものを、私に？」

「ほんの気持ちですが」

「いいえ」

荀曙は丁寧にその瓶を手で包んだ。

「ありがとうございます。大切なお金で贈ってくれたと思うと、いっそう有難いです」

荀曙は一言ずつ嚙みしめるように言った。マーラの顔も自然と綻《ほころ》んでいく。先ほどまで胸にあった嫌な気持ちのことは、忘れることにした。

†

夕餉を済ませて家の扉を開けると、珍しく荀曙《こうしょ》が中にいた。窓から差した夕焼けの光が、机を磨《みが》く彼の姿を照らし、くたびれた壁の凹凸に影を作っている。

「珍しいですね。この時間に家にいるなんて」

棠翊《とうよく》に来て六日ほど、生活にもだいぶ慣れてきたが、荀曙はいつも帰りが遅い。荀曙が帰ってくるまでは起きていようと思うのだが、疲れと眠気に襲われていつの間にか眠ってしまうので、すれ違いが続いていた。

「ああ。先ほど雨が降ったでしょう。だから急いで机を畳んできてしまったのですが、どうやら俄雨《にわかあめ》だったようですね」

眩しそうに窓辺に向けていた視線が、いつの間にかこちらに向いている。

「ご両親から何かお便りはありましたか」

何を問われているのか分からなくて少し沈黙したが、やがて便りという稲城語が言伝《ことづて》に当たるものだと思い至って、「ああ」と口を開く。

「届きました。『マーラのことだから大丈夫だと思うけど、くれぐれも無理はしないでね』『何かあったらすぐに駆け付ける』といったことを伝えられました」

この言伝を聞いた昨日、帰り途にまたしても苟曙の姿を見掛けたことは言わなかった。ちらりと見た限り、以前よりもさらに観客が減っていたのは間違いない。

「アゴールの生活が、そろそろ恋しくなったのではありませんか」

「まあ……そうですね」

マーラは明るく笑った。苟曙が興味をそそられたように尋ねてくる。

「アゴールがどんな生活をしているのか、実はほとんど知らないのですよ。この異変が起こってから、何か変化はありましたか？」

マーラの笑顔が、ふっと陰った。山羊の大群の気配が甦った気がしたが、たちまち藺《い》草《ぐさ》の匂いの中に消えていく。

暗い話にならないように、些細な変化を話すことにした。

「たとえば……そうですね。食卓に汁物が増えました。あと、これは市場でも思いましたが、底の浅い鍋は使わなくなりました」

「それは一体どうして？」

「炒め物や、裏返す必要のある料理は失敗することが増えたからですよ。油を使うのは危ないので、揚げ物も出来ません。でも汁物や煮物なら、具材を入れて火に掛けておくだけで出来上がるでしょう？」

　ああ、と荀曙は納得する。

「そういうものですか。私は料理を作らないので分からないのですが」

「稲城ではそれが普通なんですか？」

「里にいた頃は違いましたが、街の人は外食で済ませることがほとんどですよ。そんなことがあったとは知りませんでした。料理人も頭を悩ませていたのかもしれませんね」

　そうですねと言いながら、農村以外では料理を作らないというこちらの常識に驚いていた。道理で食事処が多い訳だ。

「他にも、もっと大きな変化はないのでしょうか」

　荀曙が更に訊いてくるので、束の間、躊躇う。

「あまり楽しんで聞けるような話ではありませんよ」

「構いません。教えてください」

　そう言うので仕方なく、放牧のことを話した。山羊が見えないので、追うのにも数えるのにも難儀しているという話をしている間、彼の顔をまともに見られなかった。彼はどんな思いで、反応に困るか同情するしかないこんな話を聞けば良いというのだろう。

だが、話を終えた後に聞こえた声には意外にも悲愴感《ひそうかん》がなかった。

「初めて知りました。そんな大変なことになっていたのですね」

「つまらない話でしょう」

「いいえ、そんなことはありません。もっと話してください」

思わず見た荀曙の顔から、飴玉を欲しがる子どもの顔を連想した。普段波立たない湖面のような雰囲気を持つ彼が、こんなにアゴールに興味を示したのが意外だった。

「他には……そうですね。家々の往来が減りました」

「というと？」

「アゴールはとにかく仲間意識が強いんです。仕事の合間を見ては、しょっちゅう知り合いの家に遊びに行くんですよ。家の主人がいなくても勝手に上がり込んで、帰りを待つくらいです」

荀曙は不思議そうな顔をした。

「考えられませんね。勝手に人の家に上がるなんて、失礼ではないのですか」

「それが普通なんです。茶《ツァセ》を淹れて飲みながら待っていることもあります。ただ、茶《ツァセ》を一杯飲み終わったら帰るのが礼儀で、だらだら飲むような人は嫌われます」

「そんなしきたりがあるんですね」

「はい。この風習のおかげで、アゴールは家の間が離れている割には、驚くほど情報が伝わるのが速いんですよ。だから妻に先立たれた老人が一人になっても、若い女が出産に悩みを抱えても、必ず誰かが助けに行けました。異変が起こった当初も、家の行き来があったんですが——今では、すっかり減ってしまいました。引き籠る人が増えてしまったんです」

「それは……気の毒に」

荀曙はつらそうに眉を顰《ひそ》める。

「きっと、人との会話が怖いんだと思います。相手の表情が遠いと、本当に自分の話を面白いと思ってくれているのか、分かりませんから。人と話せば話すほど、いっそう孤独を深めてしまうんでしょう。私は反対に、案外人の顔を見なくても会話って成り立つんだなあ、って驚いた人間ですけど」

大したことのないように言ってから、いつの間にか自分が、荀曙から目を背けてくたびれた壁を見ながら話していたことに気が付いた。

「マーラさんは、孤独を感じることはないのですか」

荀曙の声は、夜の群青を吸って寂しかった。ふと胸に込み上げてくるものを感じて、マーラは言い淀んだ。

「そうですね……」

思い起こされたのは、生き絵のことだった。木彫りの〈額〉の中で、人の顔が氷漬けになり、そのまま溶け落ちていく光景だ。

「孤独よりも、虚《うろ》を深く感じます。この異変は、私の生き甲斐も奪っていきましたから」

マーラは強いて笑顔を浮かべて言った。

「私も稲城の文字が書けたら、あの稲城の廟《びょう》に祈りを捧げていたかもしれません。ただ、元通りにして欲しいと書くのではなく、何も起きなかったことにして欲しいと、そう書くでしょうね」

陽はもう沈み、闇が床から這いあがっていた。貼り付けた笑顔と肌の間を、その闇が押し広げていく。

「夜遊之川《やゆうのかわ》に行ったことはありますか」

しばしの沈黙の後、唐突に、荀曙が言った。聞き慣れない響きに首を傾けて「ありません」と答える。

「もしお疲れじゃなかったら、今から行ってみませんか」

「構いませんが……」

一体何があるのだろう。無言の問いに答えるように、荀曙の唇が肌に溶けた。

「稲城の風物詩が見られるのですよ。燐光虫《りんこうちゅう》という虫が光の繭玉《まゆだま》を作って、夜の川を流れていくんです。掌に乗るくらいの小さな球が、月のように青白くなったり、曙《あけぼの》の陽のように光りながら川面《かわも》に浮かんで、この世のものとは思えない眺めですよ」

彼を見ようとしたが、既にそこには壁があるばかりである。淡い黄色の衣を探して目を走らせたが、いざ扉の前で苟曙の視線と出会った時には何も言えなくなっていた。

青い闇に消えた姿を追って、マーラも躊躇いながら立ち上がった。街に出ると、鼠除けに焚かれた香がつんと鼻を刺す。肌に浮いた汗を、ぬるい夜風がさすっていった。灯籠が浮かぶ大通りを抜けて路地に入る間にも、夜がどんどん近付いてくる。苟曙は歩き慣れている様子で、指先を引く袖の力はゆるむ気配がなかった。

「ここです」

苟曙の声とともに流れてくる靄が払われ、視界が鮮明になった。

暗がりを横断するのは、灰色の、のっぺりとした帯だった。その帯に向かって、叢《くさむら》を抱いた斜面が手前からゆるやかに下っていく。見下ろすように、こちら側にも対岸にもずらりと腰掛けが並んでいたが、今は一人の人の姿もなく、うら寂しく風を待つばかりだった。

先ほど過《よ》ぎった嫌な予感が、やはりという確信に変わる。

「虫が棲めぬように、毒を撒いている場所があるという話を、聞いたことがあります。もしかしてもう、その虫は……」

言葉に詰まった。知らずにここまで連れてきてくれた苟曙が不憫《ふびん》だった。叶うことならば、同じ景色を前に、共に感動したかった。

「それは廻香《かいこう》という場所の話です。ここではありません」

しかし苟曙は静かに言った。その顔に浮かんだ表情は、闇のあわいに隠されている。

「見てください。斜面の叢に比べると、川がほのかに明るいでしょう。燐光虫はこの場所にいる筈なんです。それも何千匹も」

言われて目を凝らしてみると、確かに向かいの建物に張り付いた暗闇と比べると、川が抱いた闇は淡かった。だがこれが無数の虫たちの痕跡なのだとしたら、何と味気ないのだろう。分かるのは闇の濃度の違いだけ、一片《ひとひら》の情緒もありはしない。

ここに存在している光景は、もっと華やかな筈だ。漆黒の川面を、小さな月や太陽にも似た無数の光が、ほんのりと色を変えながら流れていく。……一面の夜空の下、光の川が走るその情景は、なんと幻想的で美しかったことだろう。

この闇の上に、本当はそんな景色がある筈だったのだ。

「稲城の人は」

声が、胸に痞《つか》えた。

「ここに毒を撒こうとはしないんですか」

本当の景色を知らないマーラでさえ、ここにいるとあまりにも深い感傷の波に溺れそうになる。ましてやかつてその景色を愛した人々は、闇だけが流れるこの川を前に、せり上がる嗚咽を堪《こら》えないでいられるだろうか。現実の方を壊して、見える世界との辻褄《つじつま》をあわせたいという衝動を、抑えずにいられるだろうか。——そうでもしないと、このやるせなさは深く身体に沁み入って、心を粉々にしてしまう。

「いずれ、撒くでしょう」

荀曙はそっと、声のなかに乾いた諦めを響かせる。

「よく、ここに来るんです」

溜め息に溶かしたその声は、風が乱す静寂《しじま》の中で、耳を澄まさないと消えてしまいそうだった。

「そうして何刻の間も、この川を眺めます。そうすると落ち着くのです」

後に続く言葉を待っていたが、荀曙は言ったきり、黙り込んでしまった。

「本当に？」

問い返した言葉に、荀曙は何も答えなかった。答えを探しているのか、迷うような気配があったが、やがて諦めたように溜め息を吐く。マーラの方も口を開きはしたが、結局言葉を見つけられはしなかった。

落ちた沈黙は、夜闇の色にやがて静かに馴染んでいった。

†

「また皿を割るなんて！　指に糊でも付けた方が良いんじゃないか！」

範台《はんだい》が肩を小さくする中、久鋳《ひさい》の呶鳴《どな》り声が響く。マーラは「まあまあ、それほど怒らなくても」と宥《なだ》めながら、床の上を片付けて作業が早く再開出来るようにしたが、二人の話は一向に終わる気配がない。円紅《えんく》などは休憩だと言って煙管を吹かし始めた。

——そういうことがあったので、帰りがいつもよりも遅くなってしまった。

寛之刻《かんのこく》が始まる鐘を聞きながら、段梯子を上っていく。家の扉を開けると、眉を顰《ひそ》めた。顔に浴びた風に、僅かに血の臭いが混じっていたのだ。

目を見開くと、部屋の中心で苟曙《こうしょ》が、頬に手拭いを当てている。

「一体、どうしたんですか」

思わず駆け寄る。苟曙の腕からも、擦《す》れた血の痕が覗いていた。よく着ている白藤色の衣も擦り切れて、あちこちが泥で汚れている。

「喧嘩でもしたんですか」

「いえ。奇術をしている最中に、少し石を投げられましてね」

マーラは顔を歪めた。

「待っていてください。今、傷を清める薬を買ってきますから」

「その必要はありません。あの棚の上に、ほら」

指で示された先を追うと、肩程の高さの棚の上に大きな瓶が置かれている。これだけが引き出しの中にしまわれずに、棚の上に置かれているのが気になった。まるで、手に取りやすくしているかのようだ。

蓋を開けると、オルムという薬草の匂いが鼻に付いた。すんと鼻の穴を押し広げるような、清涼な匂いだ。手拭いに浸して腕の傷に宛《あて》がうと、苟曙が小さく呻いた。

「反対の腕も見せてください」

袖を捲《まく》ってみると、濃淡の違う痣《あざ》がいくつも重なりあっているのが露《あら》わになる。既に色が薄くなったものも見つけて、すうっと表情が消えた。

「前にも、こういうことがあったんですか」

苛曙は答えなかった。答えを促すまでもないことだった。

次々に想像が繋がっていく。どうして、こんな当たり前のことに気付かなかったのだろう。範台は詩集を焼かれた。人々は水櫻《すいおう》の木を切り倒し、かつては愛した虫や鳥を、憎んで殺している。その中で奇術師が、今までと同じように歓迎されている筈がない。

――後生だから、もうこんなことはやめておくれ。

あの時市場で聞いた声が甦《よみがえ》って、背筋が冷える。彼は今まで、やめてくれと乞い願う声の中で奇術をしていたのでは。

「どうして、奇術を続けているんですか」

声が掠《かす》れた。苛曙は俯いたままだ。乱れた髪が、頬に当てた手拭いの上に打ちかかっている。

「答えないなら、言わせてください。もうこんなことはやめてください。いつか取り返しの付かない怪我をします。今よりもっと危ない目に遭っても、おかしくないんです」

人の心は、それほどまでに荒んでいるのだ。奇術の最中、苛曙が理不尽な暴力に遭い、冷たく石畳に投げ出されるところを想像して、ぞっとした。

だが、苟曙の表情は変わらなかった。

「大丈夫ですよ」

重ねて言い募ろうとしたマーラの声を断つように、苟曙は言った。

「ご心配は有り難いですが、奇術をやめることは出来ません」

「――どうして？」

握った拳に、力が籠る。彼の肩を力の限り揺さぶって、真意を問い質《ただ》したいという衝動を、何とか抑え込んだ。

「人心が荒んでいる今だからこそ、私は奇術で人を笑顔にしたいんです。人々だって、本当は奇術を見たいと思っている筈です」

「でも」

言い掛けて、言い淀む。これが、彼を傷付ける言葉だと分かったからだ。

彼自身はちらりとでも疑問に思うことがないのだろうか。――本当に、人々は奇術を求めているのだろうかと。奇術は前と同じ驚きを与えられているのだろうかと。聡い人だというのに、どうして奇術に関しては、人々の心の機微に鈍《にぶ》くなってしまうのだろう。

「ご心配、ありがとうございます。私は大丈夫です」

黙ってしまったマーラに、苟曙は笑みを被《かぶ》せた。そして、温《ぬる》くなってしまった手拭いを頬から外した。現れた鮮やかな痕に、息が詰まる。

「もし……奇術を見たいという人が一人もいなくなったとしても、苟曙さんは奇術を続けますか」

マーラの言葉を聞く彼は、多分悲しそうだった。だが、そうあって欲しいとマーラが願っただけなのかもしれない。

「私には、これ以外に生きる道が思いつかないのです」

苟曙は弱い声でそう笑う。顔のなかに寂しげな色を見出そうとしたが、それはおそらく顔に立ち昇る前に消えてしまった。

「奇術をやめたら、その空白の時間をどう過ごしたら良いのか、分からないのです」

身の内が、嚙《か》み裂かれたように痛んだ。

あまりにも見知った感情だった。かつてのマーラも同じことを思い、生き絵を手放すことなど出来ないと考えたのだ。しかし族長に生き絵司を下ろされてからは——たとえ自らが空虚を抱くことになったとしても、やはり観客を悲しませることは出来ないとマーラは思ったのだ。

「奇術を続けるのは、いけないことなんですか」

苟曙が問うた。淀《よど》んだ沈黙を吸った胸が、いっそう重たくなる。

彼に石を投げつけた——投げつけずにはいられなかった人々のことを思った。範台のように彼らをただ憎むことは、マーラには出来ない。人々は、この異変が奪っていったものから目を背けたいという焼け付くような思いに駆られているだけなのだ。それは殺《さつ》伐《ばつ》とした自己防衛でしかないのだが、彼らのことを思うと、怒りよりも先に悲しみが込み上げてくる。荀曙が続けようとしていることは、そんな人々の、見過ごすことの出来ない苦しみに触れることだ。

押し殺した声で、マーラは言った。

「私は、荀曙さんが奇術を続けることが、人々の幸福に繋がる世であったら良かったのに……と、思うことしか出来ません」

彼の心に届くように言葉を選ぶことが、マーラの精一杯の優しさだった。

「今はそうではないと、あなたは言いたいんですね」

彼が静かに言った。浮かんでいた表情を捉えようとしたが、瞬き一つの間にたちまち遠くに霞《かす》んでしまった。

†

夏の暑さは、盛《さか》りを過ぎて、少し落ち着きつつあった。だが秋の気配はまだ遠く、熱を孕《はら》んだ大気には、汗を隠す薫物《たきもの》の香が混ざっている。近頃の稲城では、薫物に凝るのが流行りなのだ。

マーラが稲城の街に来てから、もうすぐ一月《ひとつき》になろうとしていた。今日も一日を終え、マーラは床の木屑《きくず》を掃《は》いていた。掃除は日替わりで当番がすることになっていたが、マーラはいつも当番の掃除を手伝っている。

「悪いわね。あんた、手際が良いから助かるわあ」

今日掃除を任されているのは円紅《えんく》だった。面を付けた彼女は細い指で雑巾を握って、棚の上を拭いている。汚れるのを嫌って撫《な》でるようにしか拭かないから、いつも久鋳《ひさい》から怒られていた。

「じっとしているより、手を動かしていたい性分なんですよ」

マーラは箒《ほうき》で木屑を掃きながら、面の下で拘《こだわ》りなく笑った。絵師をしていた頃も、準備や片付けで一番働いていたのは他ならぬマーラだった。そのためか、人よりも多く仕事をするのは当たり前という感覚がある。

二人で掃除を終わらせると、ようやく久鋳から「帰って良いぞ」の許しがもらえる。一緒に外に出ると、円紅は顔を扇《あお》ぎ始めた。ふわり、ふわりと一定の間隔でマーラの方にも風が飛んでくる。「すずしいー」と気持ちよさそうに円紅は言った。

「ありがと。手伝ってくれたおかげで、半分の時間で終わっちゃった」

「それは良かったです」

白い面に向かって言う。自分が働いたことを感謝されるのは嬉しい。

「あんた、ほんとに良い子だねえ。良かったらちょっとご飯でもいかない？　あと五日で帰っちゃうんでしょ」

「そういえば」

驚いた。思えば、もうそんなに時間が経っていたのだ。

「是非行きましょう」

「央弧《おうこ》市場で良い？　せっかくだから稲城らしい料理が良いでしょ」

「はい」

「じゃ、案内するから摑まって」

紅に染まった街を、円紅は三つ指の杖で擦《す》りながら歩き始めた。

大通りの上は、行き交《か》う人々の影で斑《まだら》に陰っている。左右の紺の甍《いらか》は濡れたように光り、穂先だけとなった巨大な稲穂を掲げる門まで続いていた。

夕空に鴉《からす》の声が幾つも響いた。思わず見上げたが、その姿はない。

央弧市場では、本屋に並んでいる行列が目立った。消えない娯楽は、信じがたいほどの人気を博しているのだ。行列を吸い込んだ店の中には、忙《せわ》しなく働いている店主の姿がない。暇な店では店主が座っているから、店主の有無で繁盛具合が分かる。

道に向けられた絵が、見るともなしに目に留まる。山に太陽、歴史上に出てくるであろう将軍らしき人物、水晶の結晶で作られた家……

「ちょっと寂しいよね」

マーラが立ち止まっていることに気付いて、円紅が声を掛けてきた。

「わざとらしく永遠を語るこんな風景より、もっと繊細な画題の方があたしは好みだよ」

マーラは顔を伏せて、静かに「行きましょう」とだけ言った。かつてここにはどんな絵が掛けられていたのか、想像すると喪失感に苛《さいな》まれる。

円紅が連れてきてくれた店は、人で溢れていた。席の間隔は広く、背の高い黄土色の卓《たく》には上品な印象を受ける。卓に合わせて椅子も高く、座ると足が床に付かない。

出された料理は、底の深い器に盛られていた。胡麻《ごま》をふった米の上に、野菜の入った汁が掛かっている。色は白い。口に含むと、風味はまろやかでほのかに甘みがあった。

「ここにある玉は口に含まないようにね。半分くらい食べたら、こうやって割るのさ」

円紅は汁の中に入っていた白い玉を、箸で割った。言われるがまま玉を割ると、ぱりっという音がして、中から何かが溶けだしてきた。

「何ですか、これ」

「味変玉《かえたま》だよ。少しかき混ぜて、汁を飲んでごらん」

言われたとおりにすると、先ほどはほのかに甘かった汁が少し辛くなった。

「美味しい。初めて食べました」

褒めると「でしょう」と円紅は満足そうに汁を啜る。

「あたしたちは飽きっぽいのよ。少しでも料理を楽しむために、工夫は惜しまないの」

「味付けの種類も多いですよね。私たちは、基本的に塩でしか味付けをしませんが」

稲城から買った米は、基本山羊の添え物として食べるだけで、あまりそれ自体に味付けをしたことはなかった。こうして上に何かを載せたり、汁に浸したりして食べるのは新鮮だ。

「よく飽きないわね」と、円紅は笑う。

「調味料を入手するという発想が、あまりなくて。塩なら、山でもよく取れますし」

「ふうん。それじゃあお面の職人なんかじゃなくて、料理人に雇われた方が良かった？」

頬杖をついて、唇を吊り上げて笑った円紅につられてマーラも笑みを浮かべた。

「でも、私はこの工房に来られて良かったです。円紅さんたちとも知り合えましたし」

「そお？　そう言ってくれると嬉しいけどさ」

円紅が笑うところを見ていると、ガイヤを思い出した。雰囲気も性格も違うが、あの子も笑う時、よくこうして唇の片方だけを上げたものだ。あの威勢の良い憎《にく》まれ口を聞けないのが寂しい。元気にしているだろうか。思うと、演手《えんじて》の人々の顔が次々に脳裏に甦《よみがえ》った。

「そういえば、円紅さんたちの見世物小屋ってこの市場にあるんですよね」

「豪貂《ごうちょう》のこと？　そりゃこの市場だけど」

「良ければ、連れていってくれませんか」

かつて苛曙や円紅がいたという場所。奇術も舞も行われなくなった今、そこでどんな芸が披露されているのか、興味があった。

「構わないよ、って言いたいところなんだけどさ」

食べ終えたのか、円紅が面を付けて言いにくそうに言った。マーラは眉を顰《ひそ》める。

「実はもうないんだよね。潰れたの。中にいた人間も散り散りになっちゃった」

「えっ……」

「別に、そうなったのは豪貂だけじゃないんだけどね。見世物街は今は閑散としてるよ。代わりに立ってるのは、怪しげな占い屋ばっかり。不安を煽《あお》って銭を巻き上げるのがお得意のね」

円紅は息を吐いた。重たい沈黙が落ちる。

喧騒と熱気で華やかだった通りが、詐欺まがいの占い師で溢《あふ》れたうら寂しい区画になっている。——思うと、体の芯に、気鬱《きうつ》が刷りこまれていくかのようだった。

その場所に通う人々の顔には、もう笑顔はないのだろう。先行きの不安と陰鬱《いんうつ》な思いで暗く沈んでいるに違いない。それでも、あるかなしかの救いを求めて、足を運ばずにはいられないのだ。

「やだ。零しちゃった」

円紅は片手で湯飲みを浮かせ、茶の染みが広がった黄土色の卓を見つめている。

「やあねえ。加減が分からないから」

言って、円紅は腕を消す。茶椀に何かを注ぐ時は注意がいるのだが、彼女も考え事をしていたのだろう。

「煙管、吸いたくなっちゃった。店、出ない？」

「行きましょうか」

立ち上がる。椅子の足が床を擦《す》って、嫌な音がした。

「この辺りじゃ吸えないんだった。付き合わせちゃ悪いから、ここいらで解散にしようか」

「じゃあ、また明日」

円紅は一つ手を上げると、たちまち掻き消えてしまった。彼女と別れてからも、沈んだ気分はなかなか晴れてくれなかった。

市場には、もう薄闇が落ちていた。道には、疎《まば》らに見える人の立ち姿の他、淡い熱が漂っている。この中に、円紅の言った占い屋に向かう人もいるのだろうか。見世物小屋がなくなったことを、悲しんでいる人もいるのだろうか。

道には物々しい武人も行き交っていた。役人の中では比較的低い、葉官《ようかん》という身分にある武官だ。破邪顕正之省《はじやけんしようのしよう》を表す、炎を刀で破る紋章を羽織の左右に付け、背丈ほどの長い刺股《さすまた》を手にしている。立ち止まりながら進んでいるのだろう、一定の間隔をおいて姿を現していた。

家に帰ると、帽子を壁に掛けようとしていた苟曙《こうしょ》とちょうど目が合った。一瞬気まずさで喉が詰まりかけたが、苟曙の方は「おかえりなさい」と穏やかに言う。

「私も今、ちょうど帰ってきたところなんです。いつもより遅いですね」

「夕餉を央弧市場で食べてきたんです」

「央弧市場？」

荀曙の顔がぱっと華やいだ。

「もしかして、私の芸を見に来てくれたのですか」

マーラは眼を開いて、ちょっと言葉に詰まった。それをどう捉えたのか「ありがとうございます」と、荀曙は嬉しそうだ。

「まさか、来てくれていたとは思いませんでした。気付かなくてすみませんね」

「……遠くの方から、こっそり見ていたので」

マーラは小声で言った。彼の誤解を解いて、昨日の気まずさを再燃させることもない。

「昨日は、すみませんでした」

その隙に素早く、詫びの言葉を差し込む。「良いんですよ」と答える彼の声はやわらかい。

「もう気にしていませんよ。マーラさんが、奇術の魅力に気付いてさえくれたなら」

嬉しそうな彼に、掛ける言葉がもうない。かといって笑顔で誤魔化すことも出来なくて、そう見えるように優しい息だけを吐いた。

「遠くからでは、よく見えなかったのではありませんか」

「ええ、まあ」

「せっかくですし、良ければここでもう一度見てみませんか。道具もあることですし」

「え、そんな」

「遠慮をしないでください。何の技が良いですか？」

言葉に詰まった。せめて勇気を出して断れば良かったのだが、彼を失望させることが忍びなくて出来なかった。

「……匙《さじ》を使うもので」

「分かりました」と言う彼の顔は笑んでいる。

「では、今から左手に匙を持ちます。じっと見ていてくださいね」

彼は窓を左にして胡坐《あぐら》を掻くと、右の方に手燭《てしょく》を灯した。床の闇がやんわりと払われる。そして右手で、床と平行になるように匙をつまんだ。

「ここに今から大輪の花を出してご覧に入れます。こうして爪弾《つまはじ》くと……あら不思議」

かぃんと、冷たい音が響いた。瞬《また》く間に匙が消え去る。残ったのは、それをつまんでいた荀曙の指だけだ。

消えた匙の代わりに、床には赤い花弁が撒き散らされていた。荀曙の胡坐の上にも、返り血のように花が落ちている。手燭の影で、その輪郭が滲《にじ》んでいた。

「さらに、次々に……」

かぃん、かぃん、と、涼やかな音だけが響き渡った。床が、次々と赤い吹雪で埋め尽くされていく。匙を弾《はじ》く荀曙の爪の先も、匙から溢れる花も分からない。見えるのは、術の解けた残骸だけ。

「それでは今度は、匙ではなく、この指から花を出してご覧に入れましょう……」

荀曙の両の腕が完全に消えた。白い風だけが、荀曙を取り囲んで舞う。消えずに残っているのは彼の顔と胴だけだった。

彼と目が合う。その表情を探そうとして、目を凝らした。だがどれだけ目を見開いても、荀曙の表情の先にある感情を見つけることは出来なかった。奇術が用を成さないと分かっていてもなお、縋《すが》らずにはいられない彼の思いを。

床の上に無数の花が散っていた。冴《さ》え冴《ざ》えとした月と、煌々《こうこう》とした手燭の灯りが、左右から床に落ちた花の影を照らしている。ここはまるで、人の手で無残にちぎり取られた花園の墓場だ。

巻き起こる風が、花弁《かべん》を斑《まだら》に吹き消した。花の墓場が床の上に溶ける。消えてしまう。マーラは手で顔を覆った。叫ぼうとして、声が嗄《か》れた。

「やめてください……」

言わずにはいられなかった。言っている間にも、涙が溢れ続けて、止まらなかった。遣《や》り場のない煩悶《はんもん》を床に叩き付けるように、マーラは叫んだ。

「悲しすぎる。……あまりにも、悲しすぎます」

胸が泥水を吸ったように重かった。彼がどんなにひたむきに技を見せても、その技を見ることは出来ないのだ。この目が治りでもしない限り、もう二度と。

果たしてこの目は治るのだろうか。治るとすれば、一体いつのことなのだろう。果たしてどれだけの悲しみを食《は》みながらそれを待てばいいのか。不意に溢れてきた問いをどうすることも出来ずに泣き続けるマーラを、荀曙は黙って見降ろしていた。やがて丸まったマーラの背にそっと手を宛《あて》がい、ゆっくりと撫《な》で始める。手つきから強い罪悪感が透けていた。

「すみません。喜んでくれると思ったのですが」

彼の声は、歯噛みのせいかくぐもって聞こえた。その奥歯に噛んでいるのは、悔しさなのか、失望なのか。彼が止めている息の分、部屋の時間は沈黙に淀《よど》む。

「私は、泣いてはいません」

耐えかねて、マーラは強く言った。言葉でそう言えば、きっとこの涙もなかったことになる。一時《いっとき》を縫い止める目だからこそ、現実を覆い隠す、そんな幻想を掛けることも出来る筈だ。

「奇術の可能性を捨てない苟曙さんに、感動したんです。苟曙さんなら、嘆きもきっと希望に変えられる筈。私はそう信じています」

必死に言ったが、言葉が期待していた手応えを得なかった。不思議に思い、マーラは彼を見つめ直した。彼は、マーラと視線が合う前に首を消してしまう。やがて白々とした月を浴びた横顔が、壁から浮かび上がった。

彼は、どこかぼんやりとした沈黙をまとったままだったが、やがて長い息を吐き出した。

「私の芸を見た人は、皆、泣くんですよ」

ただ一言、そう呟いた。水面にぽっかりと浮かんだ泡のように、その声もやがて夜闇の中に弾《はじ》けて、消えていった。

†

禾王《かおう》のいる一室は、物思いに耽《ふけ》るのに最適な場所だった。

部屋には錆《さ》びた青色が満ちている。右の壁から左の襖《ふすま》まで続けて描かれているのは、靄《もや》のかかった大きな湖だった。水面に打ちかかった柳《やなぎ》の枝は女の腕のようになよやかで、描かれてもいない風を感じさせて品がある。部屋の正面にたなびいた雲には、ぼんやりとした日輪《にちりん》が透けていた。

しかし中央に据えられた背の低い机を前に、禾王は怏々《おうおう》として楽しまなかった。目の前には、四省——経国済民之省《けいこくさいみんのしょう》、星旄電戟之省《せいぼうでんげきのしょう》、破邪顕正之省《はじゃけんしょうのしょう》、百花斉放之省《ひゃっかせいほうのしょう》のうち、経国之長《けいこくのちょう》と、四省を束ねる改弦易轍之省《かいげんえきてつのしょう》の改弦之長が鎮座している。彼らは今しがた、アゴールの一つめの街はほとんど出来あがりつつあるということ、他の街づくりも順調で、先にそれらを道で結び終えたということを報告したのだが、その内容が甚《はなは》だ王の気に召《め》さないのだ。

「野蛮人が、我々の言葉を解さなかったと見える」

吐き捨てて、扇を鉄杖《てつじょう》のごとく打ち鳴らす。二人の官は予期せぬ音に肝を縮ませた。

「本当に、街道は必ず石畳にせよと人夫には命じておいたのだな？　その理由も、余はその方《ほう》に伝えておいたはずだが」

土の道は、雨が降ると人にとっても馬にとっても移動が容易でなくなってしまう。禾王が構想している隊商が行き交う街道にするのなら、馬車が通れないのは論外だった。

「よくよく承知しております。ですが――奴らは、道を作るとは言ったが石畳にするとは約束していない、の一点張りでして。畏《おそ》れ多くも、石畳にしたくば稲城が費用を負担せよ、と……」

経国之長は、声を震わせながら返答する。その垂れた頭を「たわけっ！」と一喝《いっかつ》が打った。

「それで、のこのこと引き下がってきたのか？　あんな根無し草のような奴ら相手にも役に立たぬ舌は、一体何のためにあるのだ！」

「面目《めんぼく》ございません」

経国之長は、王の逆鱗《げきりん》に触れて平伏するばかりである。それがますます気に食わないらしく、禾王は経国之長を責め続けた。

是非もない。実際にその場にいたのは、何の交渉権もない人夫と、幹《かん》、枝《し》、葉《よう》と序列のある身分のうち、最下級の葉官《ようかん》でしかなかった。とてもアゴールの族長と交渉出来るような立場ではなく、仕方なく帰ってきてしまったのだ。

禾王はひとしきり言いたいことを言ってしまうと、肩の力を抜いた。

「まあ良かろう。これで情けを掛ける理由もなくなった。かねてからの計画を実行に移すまで」

官二人は、思わず顔を見合わせた。

――あのアゴールの小童《こわっぱ》の首を取る。

思い当たるのはその一言だ。族長との会合を終えた直後、内々に官らを集めて禾王は確かにそう言い捨てた。だが、彼らも禾王がどこまで本気なのかは測りかねていた。

改弦之長の方が、躊躇いがちに訊いた。

「本当に、宜しいのでしょうか」

「余に二言はない。一度決めたことは断行するまで」

自らの言葉に呵々《かか》と大笑し「想像するだに愉快だな」と、笑んだ唇から漏らした。

「どのみちその街は余がもらうのだ。稲城式にしたのもそのため。余に命じられての苦役はさぞ屈辱だろうと、せっかく情けを掛けてやったのにな」

「しかし、戦になるのでは」

経国之長は憂《うれ》えた。

「どうかお考え直しを。ただでさえ万民は不安に苛《さいな》まれ、死傷者も増えている時世です。このうえ戦乱の大禍を招き入れるなど、仁道《じんどう》に悖《もと》ります。さぞや恨みの声を聞くことになりましょう」

「早々に決着を付ければ、そうはなるまいよ。奴の首と、部族長どもの首さえ取っておけば良いのだ。折よく、奴らが一堂に会する時があるであろうが」

官に戦慄《せんりつ》が走った。

「街の峻工《しゅんこう》を寿《ことほ》ぐ祝賀の会でございますか」

「そうだ。新しい街に余が招かれるその日、連中を血祭りに上げてやるのだ」

「しかし暴動が起こりましょう」

冷静に言ったのは改弦之長だった。「何」と、禾王は事もなげに言う。

「恐るるに足らん。我が電戟之軍《でんげきのぐん》の前には、塵芥《ちりあくた》も同じことよ」

馬に乗って戦えぬ騎馬民族は、牙《きば》のない狼も同じ――禾王は、前にも言った言葉を繰り返した。

「奴らは街に住むことになって、後生大事に抱えていた家畜を売り払うだろうが。馬も持たない奴らに何が出来る？　歯嚙みをするくらいが精々だろうよ」

「しかし」

「怒ってもねじ伏せるまで。こちらには、いざとなれば曄渡《ようと》という大きな後ろ楯もある」

ぱん、ぱん、と典雅な扇で掌を打って、禾王は愉快そうに語った。

「あの小僧が街を作るという話を聞いた時から、考えていたのだ。央羽川《おおうかわ》以北を、何も奴らにばかりくれてやることはない。街道で落とされる銭が、奴らの懐だけに入るのは気に食わぬ。益は、この稲城こそ享受するべきだ。そうではないか？」

「――御意」

「だからこそ、わざわざこちらが人夫を派遣してまで、街の作りを稲城式にさせたのだ。一時の出費も、この国を真に稲城国にするという遠大な計画あってのこと。生き残ったアゴールには戸籍を整備して、今度こそ税を徴収するのだ。これでアゴールもようやく我が臣民《しんみん》よ。ああ、愉快」

両の腕を広げ豪胆に笑う禾王に、諸官はついには「御意」と言う他なかった。

この人が断行すると言ったら、諸官に諫《いさ》められたところで耳を貸すことはない。軍備を司る星旄之長《せいぼうのちょう》も、命じられた通り兵二万を用意していた。

「あのアゴールの小童《こわっぱ》を殺す。そして余が、この稲城の全土を統《す》べる唯一の王となる」

禾王は夜闇を前にほくそ笑んだ。

「余は、歴代の禾王の中でも最も華々しい存在になるだろう。さぞ絵物語は、余の英雄《えいゆう》譚《たん》で溢れるに違いない。……楽しみだ」

早くもうっとりしている禾王に、改弦之長は「主上のご名声は、既に広く万国に轟いております」と言葉を添えて、その機嫌を取った。

†

工房の扉を開けると、いつになく騒がしい空気を頬に浴びた。

マーラが稲城で過ごす、最後の日の朝だった。だが畑道之面を付けた弟子たちの中で、扉を開けたマーラを顧みる者はいない。久鋳は興奮に声を弾ませ「信じられねえ」「長生きはするもんだなあ……」と何度も口にしていた。

マーラは近寄って、眉を顰《ひそ》めた。

「一体、何があったんですか？」

「聞いて驚くなよ。この俺の畑道之面を――なんと、稲城の王がご所望だそうだ！」

「えっ」

「驚くなというのが無理な話ですよ。そんな雲上人《うんじょうびと》のお耳にまで入るなんて」

範台《はんだい》も、久鋳《ひさい》と同じく興奮を隠せないようだ。膨《ふく》らみがちの癖毛《くせげ》が、振り乱れて外を向いている。

「ま、今の禾王は流行に目がないお方だからねえ」と言ったのは、円紅《えんく》。

「市場で人気なものには、目がないお人なのさ。まあ、かのお方のお目に留まるほど人気が出たっていうのは、名誉なことだねえ」

「褒賞はいくらくらい貰えるもんなんだ。俺たちにも分けてくれるんだろうね」

早口で聞いてきたのは崔良《さいりょう》だ。円紅もうっとりとする。

「あたしも、簪《かんざし》でも新調しようかな」

「馬鹿やろ。まずはお気に召すようなものを作ってからだ」

久鋳は興奮のまま、バタバタと跫音を立てた。「新しい注文を受けるのはやめだ。何が何でもこの面作りに命を懸《か》けるぞ」と喚《わめ》いている。

「一つだけ作れば終《しま》いですよね？　まさか芸道衆に加えたいなんて言われることは……」

マーラは不安を込めながら言ったのだが、久鋳の興奮はますます高まってしまったようで、いっそう声が高くなる。

「出来が良かったらそんな話もあるかもしれねえな！　腕に縒《よ》りをかけねえと」

「そんなら最高級の胡粉《ごふん》を買ってこなくっちゃね。庶民の面と同じという訳にはいかないだろう？」

円紅が言う。「それもそうだな」と勢いに乗った久鋳が、円紅に買い物を言いつけた。他の注文は受けないと言った通り、久鋳は土台を切り出すところから自分一人で進めていた。何処となく浮ついた、それでいて無駄なお喋りを許さない空気が張り詰めていて、一日は興奮冷めやらぬまま遽《あわただ》しく過ぎ、マーラも今日が最後なのだという実感を噛み締める暇がなかった。

そろそろ帰り支度という時間になった頃、久鋳が思い出したようにマーラを招いて「今日で最後だったな」と、皺だらけの手でほんの少し多めに金を渡してくれた。

「思いがけない報で頭がいっぱいになってしまって、ろくに別れを惜しめなくてすまなかったな」

「とんでもありません。今まで本当にありがとうございました。言い尽くせないほど、感謝をしております。――おかげさまで、無事に家に帰れそうです」

マーラは全員に向かって、深々と頭を下げた。

「そりゃ良かった。あんたは働き者だったから、こっちも作業が捗《はかど》って助かったよ」

「ほんとに。今日で最後なんて信じられないねえ」

「達者でな。あんたがいなくなると寂しいぜ」

「出来ればずっといて欲しかったよ。僕の代わりに胡粉を練ってくれたりして……本当に、助かった」

皆も口々に別れを惜しんでくれた。名残惜しさを振り切って「また稲城に来ることがあったら是非寄らせてください」とマーラは笑った。

「おうよ。いつでも来ると良いさ」

「あ、そうだ。これお土産」

思い出したように、円紅は何やら小さな包みを渡してくれる。大きさは掌に収まるほどだが、妙に厚みがあってやわらかい。

「これ、何ですか？」

「蝶之風《ちょうのかぜ》って呼ばれる薄い布さ。端の輪に中指を通して舞えば、ひらひらして綺麗なんだよ。赤と青二つあるから、両手に巻いても良し、二人で使っても良し。まあ使い道がなかったら、手拭いの代わりにでもしておくれ」

「えっ……。舞手時代の宝物じゃないですか。そんな大事な品を、どうして」

返そうとしたが、円紅はそれを押しとどめる。

「良いんだ。何枚もあるからさ。それにあんた、何だか偉い人なんだろう？　仲良くなったらお得じゃないか」

円紅は面の下で茶目っ気を見せて笑った。

「この前も話しましたけど、別に偉くなんかありませんよ」

「でも、アゴールの王様と会ってるんだろう？　庶民にとっては雲の上のお人じゃないか」

円紅はあまり分かったふうではない。生き絵司でない今、話す機会はなくなってしまったのだと言おうとしたが、言葉が閊《つか》えて言えなかった。円紅が誤解しているなら、敢えて解きたくないという気持ちもどこかにある。

「これから苟曙《こうしょ》さんにもお別れを告げるんでしょう？　僕も苟曙さんにお会いしたいので、一緒に付いていっても良いですか」

範台から思いがけない申し出があって驚いたが、断る理由もない。「良いですよ」と答えた。

「じゃあ、気を付けるんだよ」

皆に見送られ、工房を後にする。この一月、慣れない工具を触り続けていた手は痛かったが、今はその痛みさえ心地良かった。

「じゃあ、央弧市場に行きましょうか」

面を付けた範台の袖を引いて、歩き出す。また稲城に来たら、と先ほどは言ったが、来られるのはこれが最後かもしれないのだ。冬が来て国境の規制が厳しくなれば、国の中に戻ることが出来なくなるかもしれない。そうなればもう苟曙と会うこともない。

苟曙だけではない。アゴールの族長にも、演手の人々にも——。既に心に決めた筈の別れなのに、名残惜しかった。

市場が近付いても歩く速度をゆるめない範台に、思わず声を掛ける。

「立ち止まらないと、苟曙さんがどこにいるのか分からないんじゃあ……」

範台はようやく足を止めた。しかしそれは、マーラと会話をするために取り敢えず立ち止まったという具合だった。

「大体あの人がいる場所は決まってるんですよ。幾つか心当たりがあるので大丈夫です」

「来たことがあるんですか？」

「何回かね。常連ですよ」

そう言うので、大人しく付いていくことにする。

「僕は、あの人が不憫《ふびん》なんですよ」

範台が零《こぼ》した声は、雑踏《ざっとう》に紛《まぎ》れてほとんど消えていた。「え？」と聞き返すと、範台はしばらく沈黙をためた後、口を開く。

「腐りもせず奇術を続けているあの人が、不憫でならないんです。だから僕が少しでも見に行って、あの人の心を慰めたい」

荀曙を思う気持ちが必死な声に透けていて、胸に迫る。

「荀曙さんは言っていました。自分が関わったことで、人が笑顔になることが何よりも嬉しいんだと。だから、差し伸べられる手はいくらでも差し伸べたいと」

「あの人は、誰かを喜ばせたいんでしょうね」

範台は立ち止まって、溜め息と共にそう言った。

「奇術で人を喜ばせられなくなった今、きっと、何をしたら周りの人が喜んでくれるのか分からないんですよ」

マーラは俯いて、答えなかった。道に走る人の影が一定の間隔を置いて切り替わっていくのを、そうして無言で眺めていた。

「あ。……荀曙さん」

範台の声が、マーラの前をすり抜けていった。その先には、見覚えのある立ち姿がある。

マーラは範台を追わず、その場で立ち尽くしていた。荀曙の前には二人ほど、観客がいる。楽しんでいる風ではなく、つらそうに背を丸めているのが気に掛かった。

「荀曙さん」

声と共に、小さくなった範台の姿が現れる。「範台さん」と答えたのが聞こえた。

「僕にも見せてください。良いですか」

「勿論ですよ」

雑踏を隔《へだ》て、道の端で立ち尽くしているマーラに気付いたのか、苟曙がちらりとこちらを見た気がした。しかし彼は目を細めただけで、敢えて近くに招こうとはしなかった。

「さあ、それではご覧ください。今から見せますのは〈操絵之技《そうかいのわざ》〉。この筒に、全く違う景色が広がります……」

口上を述べる苟曙の声は、嗄《か》れたように低い。透明な筒の上に垂らされた色水は、

「これは、椿《つばき》」という声を無視して、赤の残骸を広げている。

「そしてお次は〈断剣之扇《だんけんのおうぎ》〉。この扇で舞えば、刃もたちまち弾かれます」

苟曙は扇《おうぎ》を広げて、観客に短剣を渡す。「さあ遠慮なく、私に向かって投げてください」と優雅に笑った。

「出来ません。そんなこと……。どうやって受け止めるつもりですか。当たったらどうするんです」

剣を渡された観客は、背を折って、今にも消えそうなほど震えてしまっている。

「良いから、御遠慮なく」

「無理です。出来ません……」

その問答が気になったのか、いつの間にか人垣に通行人が吸いついて膨れていった。

彼らは状況を見て取ると、思い思いに囁《ささや》き始める。あの人、奇術師なんですって。ああ、私知ってる。芸道衆だったらしいよ。可哀想にねえ。まだそんな危ない技をやっているのかしら。どうせ成功したところで……。

「うるさい、うるさい。もう僕がやります」

範台が喚《わめ》いて手を伸ばした。泣き濡れている観客の手から、短剣を奪い取る。「ちょっと、やめた方が」と声を上げかけた観客もいたが、「天下の奇術師だぞ。成功するに決まってる」と範台は言い切った。

彼が振りかぶった時、先ほどの観客が悲鳴を上げた。道を流れていた透明な人の波が、何事かと一斉に色づく。どよめきと悲鳴が熱波になって広がった。

硬い、鋼鉄の音がした。

人垣のせいでことの顚末《てんまつ》が見えない。荀曙はどうなったのだろう。マーラは人垣に近寄って背を伸ばした。多少上背《うわぜい》のあるおかげで、爪先で立つと彼の姿が見える。

「ほらこの通り、傷の一つもありません」

荀曙の声がして、ひとまずほっとする。観客から漏れたのは、拍手ではなく、心の底からの溜め息だった。

「ではもう一度、やってみせましょうか。今度は二方から」

観客はまたどよめいた。「もうやめてくれ」「あんたが怪我をするとこなんて見たくないよ」という声は悲鳴じみている。無責任に囃《はや》し立てる声がないのは救いと言うべきか。

見兼ねたように「およし」と、中年の女が叫ぶ。

「今はたまたま成功したけど、昨日は肩に当たっていたじゃないか。これ以上自分を傷付けるのはやめておくれ」

その声で、どよめきが大きくなる。だから言わんことじゃない、見てられないぜ……言い残して、怒ったように何人かが消えていった。

「おい。何で奇術師風情がまだいるんだ！」

突如、群衆の後方から声が上がった。何事かと、視線が一気にそちらに向く。声を上げた男は、苛立ちを露《あらわ》にして呶鳴《どな》った。

「前にも忠告した筈だ。奇術師は出ていけってな！　さっさと消えろ！」

異質な怒声に、観客の間では動揺が広がったが、「そうだ！　奇術なんてやめちまえ！」という別の声が上がる。その声を火種《ひだね》に、野次《やじ》は観客をたちまち焼き始めた。

「俺たちから金を巻き上げようったってそうはいかないからな。誰が金なんて払うもんか！」

「どうせ私たちを馬鹿にしているんだろう。何をやっても、所詮種《タネ》が分からないと思っているのさ」

あちこちから飛び交う剣呑《けんのん》な声に、傍観《ぼうかん》していただけの群衆は、ざわざわと揺らぎ始める。関わらないようにしようと去っていく者と、何事かと新たに立ち止まる者とで、人垣は遂に道を塞いでしまった。混ざり合った多くの汗のにおいと、薫《た》きしめた香《こう》が押し寄せてきて、思わず鼻を押さえる。

「何てことを。荀曙さんはそんな人じゃない」

範台だろうか。誰かが悲鳴に似た叫び声を上げた。

「この人は純粋に奇術が好きなだけなんだ」

「奇術なんていんちきだ」

誰かがむきになって言った。

「奴らは、幻想で金を巻き上げる詐欺師だ。俺はやっと気付いた！　俺たちは騙されていたんだ！」

「こいつを追い出せ！　二度と奇術師をのさばらせるな！」

激しく荒れ狂う罵声《ばせい》は、いつまでも降り続いて止むことを知らない。奇術師への憎しみと怒りと嫌悪感と。その裏には、この現実と、何より自らを肯定したいという思いが透けている。

「もうよして。虚しいだけだわ」

女の甲高い声が、遂に野次を遮った。

「あんたたちが言ってるのは、所詮は負け惜しみだよ」

「違う」

彼らは口を極めて反論し始めた。

「そんなことはない。騙されていた頃が嘘だったんだ」

「奇術なんて時間の無駄だった。奇術だけじゃない。娯楽なんて全部そうだ。ただの気休めのまやかし。やっとそれに気付けたんだ」

「そう思いたいだけでしょう」別の女が皮肉を交えて言い放つ。

「本当に、奇術を見られなくなって良かったって思うの？」

平手で打ったような声に、落ちたのは一瞬の沈黙。野次を飛ばした方にとっては不覚なことに、この一瞬に、あらゆる本音が凝縮されてしまった。

「ほら。どんなに取り繕《つくろ》ったって、あんたたちは強がってるだけなのよ。考えてもみて。この目が戻らなかったら、あんたたちの言う一時の気休めすらもう二度と得られないのよ！　このままじゃいつか、どんな風に物が見えていたかも忘れてしまう！　それでも構わないって、本気で言える人間はどれだけいるのよ……」

語尾は、嗚咽《おえつ》で掻き消えていた。熱気が急速に蒸発していき、泣き崩れる女の周りには淀《よど》んだ沈黙だけが残る。

「いつか治る」

座り込んだ女の肩に、同情的な声が降った。だがその声を、別の人間がぽつりと打ち消した。

「無理だよ。治る当てなんか、ちっともないじゃないか。下手な期待なんてするだけ無駄だ」

諦めきった声だった。その途端、張り詰めていたものが崩れたのか、さめざめと辺りを泣き声が濡らし始めた。

「一体どうしてこんなことに……」

「薬を飲んで治るっていうなら、一生かかっても金を稼ぐのになあ」

「こんなことにならなけりゃ、屋根から落ちることもなかったし、そうすりゃ今頃は……」

悔し涙と感傷がひたひたと満ちてゆく。

荀曙は、終始、何も言わなかった。何も言う気がないようだった。瞬《まばた》きもしないで群衆を眺め、安らかな表情で唇を持ち上げたきり、一向にそれを開こうという気配がない。

「くそう」と誰かが吐き捨てた。

「お前らさえいなければ、こんな思いなんかしなかったのに！」

ピシリと、硬い粒が何かに弾《はじ》かれた音がした。「荀曙さん！」と叫ぶ範台の悲鳴で、それが、荀曙が押さえている肩に打たれたと知る。

その音をきっかけに、群衆は櫛《くし》の歯が欠けたように姿を消し、代わりに硬い音が続けざまに跳ね始める。

「出ていけ！」

「新しい生活を始めようって時に、こいつがいると目障りなんだよ！　不愉快だ！」

「ちくしょう。何だって俺たちがこんな目に……」

「くそう。こんな身体にさえなんなけりゃ」

彼らは屈《かが》んで石を拾っては、荀曙にぶつけているのだ。――血の気が引いた。

「やめて！」

必死で群衆を掻き分け、荀曙の前で両の腕を広げた。石の霰《あられ》が全身に襲いかかる。背骨に、腕に、痛みが響いた。足許に、小さな音が雨垂《あまだ》れのように転がる。腕で顔を庇《かば》っていた苟曙が、石が降ってこない不審に目を見開く。

「マーラさん、どうして」

彼はマーラを押しのけようとした。

「危ないです。今すぐ退がってください」

「出来ません」

マーラは、痛みで歪《ゆが》んでいく視界を何とか保ちながら言った。真っ直ぐに伸ばした腕が、石で打たれるたびに痺《しび》れていく。全身の皮膚が引き攣《つ》れて、逃げたいと訴えていた。それでも、苟曙の悲しみを見捨てて彼を孤独にすることは出来ない。

崩れ落ちそうになる身体を何とか奮い立たせる。早く武官《やくにん》を呼んでと叫びたかったが、果たして雑踏にその思いが届いていたかどうか。先ほどあれだけいた観客は、降り始めた石礫《いしつぶて》を恐れてほとんどが消えてしまっている。残っているのは十人ほど、そしてその全員が、手に石の礫を持っている。

「アゴールは下がってろ！」

マーラが現れたことで、怒りはさらに強く吹き荒れるようになった。「馬に乗ることしか能がねえくせに、でかい顔すんな！」「さっさと消えちまえ！」その声に歯を食い縛った時、不意に右腕が引っ張られた。苟曙が、と思う間に、足は独りでに駆け出していた。机の角やら誰かの足やらを蹴っ飛ばして走る力に引かれるままマーラも走り、野次がたちまち流れ去っていく。

いきなり消えた二人に気付いて、群衆が道を塞ごうとしたが、その頃にはもう二人は遠くへ走り去っていた。


ほどなくして道が開け、視界が夕空の一色で満たされた時、マーラの腕を引く力は止まった。見渡すともう建物は疎《まば》らで、若くぴんと立った稲が辺りを覆《おお》っている。混濁した景色の中を走り抜けたことで、別の世界の出口から抜け出たような感覚になった。その中から荀曙の姿が浮かび上がる。被《かぶ》っていた帽子は何処へやら、頭の上から消えていた。腕を引かれてから初めて彼の姿が見えたので、思わずほっとした。

「もう逃げなくても良さそうですね。別に追ってはこないでしょうから」

マーラも「そうですね」と足を止めた。恐ろしくて駆け続けてしまったが、よく考えれば彼らに追いかける理由はない。彼らは荀曙を追い出すことが目的なのだ。

「巻き込んでしまって、すみません」

荀曙の腰から先は、夕空に透けて消えていた。やがて現れた旋毛《つむじ》は、マーラの視線より随分と下の位置にある。

「どうか顔を上げてください」

「すみません。お怪我はありませんでしたか」

「大したことありませんよ」

「見せてください」

袖《そで》をめくると、あちこちの皮膚が剝《む》けて赤黒くなっていた。「……すみません」と、荀曙は更に恐縮する。

「痣《あざ》になってしまうかもしれません。早く冷やしましょう」

「これくらい大丈夫ですよ。放っておけば治ります」

「そういう訳には。……ああ、服も随分と汚れています。すみません」

荀曙は始終謝ってばかりである。「気にしないでください」と、マーラは力強くその背を叩いた。

「私が、したいと思ってやったことですよ」

「でも……どうして。あの場を離れても良かったのに」

マーラは屈託《くったく》なく笑んだ。

「放っておける訳ないじゃないですか。あのまま一人にしといたら、荀曙さんの孤独癖がまた悪化しちゃいますよ。——孤独は、手を差し伸べた人間には、決して移せない病《やまい》ですし」

荀曙は息を詰まらせた。

袖を下ろしながら、マーラは苦々しく吐き捨てる。

「それにしても許せません。あんな風に、一方的に鬱憤《うっぷん》の捌《は》け口にされるなんて。あの人たちは、自分の身勝手な思いを、正義だと履《は》き違えているんじゃないですか」

言葉にすると、苛立ちがいっそう込み上げてきた。自分が苦しいということを、誰かを傷付ける理由にするような人々に、一時は同情を寄せていたことを思うと、自分にも腹立たしくなってくる。

「あれで良いんですよ。彼らは何も間違っていません。奇術師はこの国にはいない方が良いんです」

しかし苟曙は、特に苦痛を滲《にじ》ませることもなくそう言った。思わずまじまじと顔を見つめてしまう。仕方なく言っているという風でもない。彼は、自分に石の礫《つぶて》を浴びせてきた人々を、責めもせず、怒りもしていない。かといって悲しんでもいないようなのが不可解だった。あんな激しい騒動に巻き込まれたというのに、絶望するどころか、口許には薄く笑みさえも浮かんでいる。一体その表情が意味するところは何なのか。

矢に打たれるように、胸を刺し貫いたものがあった。

彼の行動の一つ一つが結ばれて、一つの形になっていく。マーラに、燐光虫《りんこうちゅう》の消えた川辺を見せに行ったこと。石を投げられても頑《かたく》なに奇術を続けていたこと。マーラが奇術を希望に出来ると言っても喜ばなかったこと。出て行けと罵声を浴びせられた時、やわらかく唇が持ち上がったこと……。一つ一つが繋がって、彼の真意が浮かび上がった。

マーラは深く息を吸った。見てはいけないものを、見てしまったような気がした。信じたくはなかったが、既に、疑う余地もないほどの確信が胸には落ちていた。

「……奇術師はこの国にはいない方が良いと思っているのに、何故、奇術を続けているのですか？」

荀曙は表情を揺らす。「それは」と言い掛けて、改めて言い直した。

「もちろん、人々を笑顔にしたいからですよ」

「奇術でそれが出来ていると、本気で断言できますか」

荀曙が答えに詰まった。代わりに、切なそうにマーラを見上げる。

「あなたまで、奇術はやめろと言うんですか」

「そうしたいとは思いませんが、不可解には思っています。あなたは特に、奇術を見た人々が悲しむことを認めていますから」

目の前の顔が、さっと曇《くも》った。

気付いていない筈がないと、今は確信していた。私の芸を見た人は皆泣くのだと、彼は言っていたのだから。

彼は、奇術に関してだけ鈍感になっている訳でも、現実から目を背けている訳でもない。それなのになお、奇術は人を笑顔にするのだと頑《かたく》なに言い続けているのだ。

「あなたは本当に、人を笑顔にしたいと思っているのでしょうか」

顔の曇《くも》りが深くなる。マーラは言葉を嚙み締めるように……彼に確かめるように、言った。

「もし、あなたが言葉の通り観客を笑顔にしたいと思っているのだとしたら、観客を悲しませていることを苦痛に思わないのは、おかしくはありませんか。ましてや人一倍心優しくて、人の心の動きに聡《さと》いあなたが、何とも思わないなんて。――普通の人でも、奇術を拒まれることに心を痛めて、匙《さじ》を取りたい気力なんて湧かなくなるのではないでしょうか」

また奇術を披露しても、観客を悲しませてしまうだけではないか。そんな恐れがちらりとも心に浮かばない筈がない。観客が思い描いたのと違う反応を返すたび、ますます恐れは膨《ふく》らむだろう。嫌でも立ち止まって、身の振り方を考えてしまう筈だ。

「でもあなたは、観客をどれだけ悲しませても、奇術をやめようとしません。それも、人を悲しませるやり方を続けるばかり」

もし彼が、奇術しか生きる道はないと心に決めたとしても、やり方を変えないのは不自然なのだ。奇術に希望を見出しているならば、活路を見出そうと、どうにかして改良する道を模索する筈。観客が楽しめる奇術を甦《よみがえ》らせるのだと奮起して、人前に出ていない時間こそ試行錯誤で忙しくなるだろう。

そうしない理由は、つまり。

「あなたは、奇術を見せようとしているのではありません。見せないことで、人々の喪失感を掻き立てようとしているのではないでしょうか」

しばらく、一言《いちごん》もなかった。

目を凝らしても、彼は凍ったまま、一向に動こうとしない。まるでこの目にただの絵が張り付いたかのよう、幾度か瞬きをしても時が進む気配はなかった。

やがて、低い呻《うめ》き声が聞こえた。ぬるい風が吹く。呻きは、何の前触れもなくふつと途切れたかと思うと、やがて「どうして」という言葉になった。

「どうして、そんなひどいことを言うんです」

不意に、顔の前に熱が迫った。驚いて身を引く。頬《ほお》が、苛曙の気迫に炙《あぶ》られて熱かった。

「喪失感を掻き立てたいだなんて、そんなこと思う筈はないでしょう。人を楽しませるのが奇術師の仕事です。あり得ない。あってはならないことです」

彼は語気強く言い捨てると、眉間に立てた端麗《たんれい》な縦皺《たてじわ》ごと、姿を夕闇の中に晦《くら》ませた。

「こんな見当違いな憶測《おくそく》を述べる方だなんて、思っていませんでした」

「見当違いだというなら」

消えた背に向かって、声を高くした。

「人々が嘆いていた時、笑っていたのは何故ですか」

稲の香が吹き抜けた。

夕空から、人の後ろ姿が現れる。左の半身は刷《は》いたように朧《おぼろ》で、今にも砂となって消えそうだった。しんと凍った沈黙、裾《すそ》がはたはたと足に絡む音だけが、二人の間に残る。

彼の首が、じんわりと滲《にじ》んで俯いた。その背には、動揺も、怒りも、感傷もない。ただ冷え切って静かだった。

「私は、そんな人間ではない」

その声は、乾いた絵筆をむりやり擦《す》り伸ばしたように掠《かす》れきっている。

「誰かを悲しませたいなんて……思ってもいない。そんな醜悪《しゅうあく》な悪意を持っていたら、心がこんなに穏やかな筈がありません。私は何よりも、邪《よこしま》な思いを抱いた自らを責めるでしょう」

苟曙の背がある筈の場所に、そっと手を宛《あて》がう。手が痺《しび》れるような心地がしたのは、気のせいではない。彼は、激しく震えていた。

努《つと》めて穏やかに聞こえるように、マーラは言った。

「あなたが抱いたものを、簡単に悪意と名付けて良いのか、私には分かりません」

マーラは眼を細めた。

「あなたは奇術を見た人の中に、自分と同じ虚《うろ》を見ているのだと思います。──他人の中の虚を初めて知った時、あなたは安心してしまったのではないでしょうか。あなた自身も、同じものを抱えていることに気付かないまま」

奇術を失い、芸道衆の立場を追われ──全身が危うい負の感情で蝕《むしば》まれそうになった時、彼はそれを胸の奥処《おくが》に埋めることを選んだのだ。そうして何事もなかったかのように振る舞うことで、恨みや絶望を抱いた正しくない自分を忘れ、心の高潔さを保とうとした。だから初めは、純粋に、観客から今までの反応を引き出そうとして奇術をしていたのだろう。彼にとって奇術は、人々を喜ばせるものだったから。

――だが、その奇術が他人の虚を暴き立てた時、彼が奇術を続ける目的は変わってしまった。

荀曙の震えが、止まった。背が伸び、二つの瞳がマーラを見据える。瞳には強い感情が籠《こも》っていたが、努めて平静を装った声で言った。

「あなたに、私の何が分かるというんですか」

「そう思うのも無理はありません。私が何を言ったところで、あなたは、理解されたとは思わないでしょう。決して受け容れやすいことではありませんから」

マーラは、苦笑いを含みながら言った。

「他人からの理解が甘美なものになるのは、それが、当人にとって心地の良い温度の時だけです。温度が違えば、毒にしか思えません」

荀曙が、つと顔を歪めた。マーラはなおも、その顔を正面から見据《みす》えた。

「それでも敢えて、言いましょう。荀曙さん。どうか高潔になりきれない自分を認めてください。そうしない限り、あなたは自分の喪失感に気付くことさえ出来ないんです」

必死に重ねた言葉は、果たして彼に届いていたのかどうか。歪んだ顔のまま動かない彼には、一向に納得の気配がない。

「――正しくなりきれない自分？」

荀曙は、遂に、息を荒げた。

「一体私の、どこが間違っているというんですか。私は、人のことも時世のことも恨まず、道を踏み外さないようにしてきたつもりです。他の芸道衆と違って、主上のことさえお恨みしておりません。人を楽しませることが自分の使命《きじゅつし》だと信じていたからこそ、主上に喜んでもらえた通りの奇術を続けていたというのに、どうして」

「理想を本音のように話すのは、もうやめてください！」

ぴしゃりと、声を遮っていた。

奇術が見えなくなるという悲劇があり、禾王に城を追われるという苦難があってもなお、彼は奇術を続けたのだ。思うと、言わずにはいられなかった。

「勿論人を喜ばせたいというのは、上辺の理想などではなく、間違いなく本心でもあるのでしょう。でもあなたは、観客が喜ばなくなっても奇術をやめることが出来なかったじゃありませんか。――それほど、あなたは奇術が好きなんです！」

叫んだ時、息が乱れた。あまりにも激しい感情がせり上がってきて、堪《こら》えきれずに涙になった。

荀曙は、呆然と立ち尽くしている。

風が止んでいた。彼の姿が、田のなかで鮮明に浮かびあがっている。

マーラは目頭を必死に拭いながら、言葉を継ぐ。

「だから、奇術が観客に喜んでもらえなくなったことも、簡単には認められないんでしょう。あなたが正しいとか間違っているとか、そういうことを糾弾《きゅうだん》したいんじゃありません」

言った時、荀曙の肩からふっと力が脱《ぬ》けた。

「……私に一体、どうして欲しいと言うんですか」

問う声が、穏やかになっている。先ほどの激情は、いつの間にか薄らいでいた。

「私はただ、奇術を自分の虚《うろ》を探すためなんかに使わないで欲しいんです。このままでは、いつかあなたは自分のことも奇術のことも愛せなくなります。それは、あまりにもつらい」

「でもあなたが言うには、奇術を続ければ人を悲しませてしまうんでしょう？」

「やり方を変えれば良いんです。この目だからこそ楽しめるような……そんな奇術の境地を見つけて欲しい」

荀曙はただ俯いている。

「そんなこと、出来るでしょうか」

「出来ます」

断言に込めたのは、確信ではなくただの願望だった。彼が心から楽しんで披露出来るような奇術が生まれることに、希望を託《たく》したかった。

荀曙は頷くことなく、マーラを正面から見つめた。

「あなたにも、同じことが出来るんですか。もう一度人前で芸を披露することになったら、違う方法を生み出せますか」

真っ直ぐなその眼を前に、束の間、答えを躊躇う。

恐れていた問いだった。しかし、逃げる訳にはいかないと思った。

あの、時が止まってしまった生き絵に、もう一度向き合うことが出来るだろうか。客席に満ちた溜め息を、果たして振り払うことは出来るのか――

「……もう一度、本気で生き絵を望まれることがあれば、持てる力の全てで応えたいとは思っています」

マーラが答えを出した時、荀曙は深く息を吐いた。その音で、彼がずっと息を止めていたことを知る。

「本当は」

躊躇いがちの呼吸が、声の中に混ざっている。

「黙っていようと思ったのですが、その言葉で、私の決意も固まりました」

マーラは眉を顰《ひそ》めた。言い方から、奇術のことではないと察せられたからだ。

「マーラさんにその覚悟があるなら、お伝えしましょう。アゴールの族長様の命に関わることです」

「族長の?」

思いもかけない名前だった。話の行く先が見えない。

「はい。これは城で耳にした話なのですが――族長様は、命を狙われています」

思わず絶句した。

「どうして……」

「主上のご意志です。理由は推して知るべしですが……。街の完成と同時にアゴールの族長様の命を奪い、祝賀の場に集っているアゴールの有力者を一掃するつもりです」

マーラは色を作《な》した。

「そんなのうまくいく筈がありません。だって族長は、部族の中で最強の男ですよ。他の部族長だって同じです」

「もちろん簡単には事は運ばないでしょう。ですが、馬もなく手狭な場所で、不意打ちの攻撃に敵《かな》うと思いますか？　しかもこの目で」

「……」

「あなた方の強みは、騎馬の戦力と大きな槍でしょう。槍は、室内で充分な力は発揮できません。主上が用意されるのは、膂力《りょりょく》は劣れども暗殺に特化した集団と、二万という数の兵力の二つです。犠牲は出るかもしれませんが、全くの無謀とは言えません」

反論することが出来なかった。確かに、騎馬が最も力を発揮するのは平地の戦である。祝賀の場で不意の襲撃を受け、慌てふためく中で、族長らが用意を固めてきた稲城の軍を蹴散らせるのか。

「私に、そんな大切なことを漏らしてしまって良いんですか」低い声で訊いた。「あなたは稲城の人間でしょう」

「私は稲城の人間ですが、同時に、人の命を惜しむ人間でもありたいと思っています。内乱が起こるのは見たくありません。それに」

荀曙は静かに言った。

「あなたと私が出会ったのも、祖主のお導きなのだと思います。族長に近しいというあなたの立場を聞いた時……心の底から、震えが込み上げてきました。

でも私は、あなたになかなか主上の計画を打ち明けることが出来なかった。城を追われてもなお、主上を敬う気持ちを捨てることは出来ませんでしたから」

彼がこの話に託《たく》した思いが、胸に迫った。

「マーラさん。あなたが族長様と関わる最大の機会は、生き絵をすることではないのでしょうか。生き絵に新しい活路を見出せれば、族長様をお助け出来るのでは」

「私は……」

マーラは震える拳を握りしめた。その下では鼓動が、激しく波打っている。

「族長に不要だと告げられた立場です。あなたからもらった情報を伝えさえすれば、族長はお一人で命を守れる筈です」

「でも生き絵が出来れば、あなたはその場で族長様を助けられるかもしれないんですよ」

はっと、息が止まった。

「国の長が集まる場では、必ず芸を披露するでしょう。アゴールが生き絵を披露することになれば、あなたはその場にいられます。全く警戒されていないあなたたちが不意を突ければ、計画を未然に潰すことも出来るかもしれません」

「そんなの……夢物語ですよ」

「手をこまねいているのとどちらがましですか。稲城の刺客は楽団に化けるようですよ」

マーラは歯噛みをした。

再び生き絵司となり祝賀の会に行くためには、族長に、生き絵を祝賀の場で披露するのに足るものだと思わせなければならない。生き絵に活路を切り開けなければ駄目だ。――だが生き絵に手を加えれば、この世界が変わってしまったことを認めることになる。

認めることを拒んでいたのは、心の底に恐れがあったからだ。もとに戻るかもしれないという望みを捨て、現実を受け容れた瞬間、かつての世界が永遠に失われてしまうような気がした。そして、一度失われたものは戻らない。

氷のような弟の死に顔が、脳裏に甦《よみがえ》った。だが、たちまちその顔は遠退いていく。

「……あらゆる変化から、目を背けていました」

気付けば、マーラは話し始めていた。

「生き方を変えなければならないこと、人々が生き絵を必要としなくなったこと……全部束の間のことで、いつかはもとに戻ると信じていました。ある日突然、誰かの掛けた奇術が解けるように。――だからそれまでの間、かつての姿を忘れないように留めたかったんです」

放牧を続けたいという思いも、生き絵に手を加えることが出来ないという思いも、全部その願いに凝縮されていた。何も変えないことが、何も失わないことだと思っていた。

「だけど」

マーラは、目に強い光を湛《たた》えて顔を上げた。

「私は、もう元通りにならない世界を生きることにします。何が不自由なのかは、環境ではなく私の心で決めたいので」

言葉にすると同時に、心を覆っていた絶望が崩れていく音がした。

噂が正しければ、街が出来るのは冬の始まり。だとすれば、残された時間は稲城の単位であと二月だ。それまでに新しい生き絵の形を完成させてみせる。

「マーラさん……」

「ただ」

唯一懸念があった。マーラにとっては何よりも譲りがたいものだ。

「祝賀の会で生き絵をするには、演手に、命を捨てる覚悟を持てと言わなければなりません」

荀曙は静かにそれを認めた。

「そうなるでしょう」

「私はそれを、彼らに強いたくはないんです」

「ええ」

「でも」

奥歯で、その決意を噛《か》んだ。

「でも、もしも彼らが、それでも私と共に行きたいと……そう言ってくれるのなら、私も死ぬ覚悟で絵を甦らせましょう」

荀曙に、ふっと微笑みの気配が浮かんだ。

「マーラさんなら、そう言うと思いましたよ」

マーラもつられて力強い微笑みを浮かべた。

「同じ理由で、お誘いするのは躊躇われるのですが……出来れば、荀曙さんにも来て欲しいと思います」

「私に？」

荀曙は心底意外そうに言う。マーラは「はい」と声を明るくした。

「新しい生き絵の中に、奇術も是非入れたいんです。そしてあなたにも、思って欲しいんです。救われる道は、失ったものを取り戻すことだけにあるのではないと」

たとえ見えないものが多い世界でも良い。奇術や生き絵の形が変わり、歌や絵の中に風情がなくなっていったとしても。それどころか、生きている山羊よりも、死んだ山羊の方に親しみを覚えるように人の感性が変わっていったとしても。

「変化をただ嘆くのは、終わりにしましょう。……私たちは、新しい世界に生まれ直すんです」

六章

ある、晴れた日のことだった。

風は澄み渡って、空は高く白んでいた。雲は薄く刷毛《はけ》で刷いたかのよう、夏の力強い姿とは随分と違っている。

その空に、くぐもった音色が響き渡る。鐘の音だ。長い余韻はやがて重なりあい、街を覆う。新しい日常が始まったことを精霊に報《しら》せているのだ。そして同時に告げている。我々は無事に困難を乗り越えつつあると。たとえ精霊が人々をただ見ているだけだったとしても——本当はどれだけの苦しみがあったとしても、律儀にそう報告するのだ。

昨日の夜、稲城《いなき》では今年初めての雪が降った。アゴールたちは驚いて、家の天井に空いている煙出しの穴を、雨除《あまよ》けの布で覆った。そしてそのまま寝付いてしまったのだが、起きてみると、布は雪の重さに耐えかねて垂れ、下の鍋に雪が山と盛られているので驚いた。アゴールにとっての、稲城国《いなきのくに》で迎える初めての冬の始まりだった。

この街にはもう何百頭もの山羊はいない。一家には精々五頭程度の山羊と、乳を搾るための牛を二、三頭残している程度だった。市街のあちらこちらに、そうした家獣《ノフラ》に食べさせるための草地が残っている。

街の外にも、手つかずの草原が広がっていた。しかし多くは畑になっている。肥沃《ひよく》な南と違って稲は育たないので、粟《あわ》や人参など寒さに強いものが植えられている。

街の中は、アゴールの白い家が建ち並ぶ東の一帯と、稲城の茶色い家が並ぶ西の区画にはっきりと分けられる。二つが出会う街の中心には、稲城式に作られた市場や工房が広がっていた。

さらに中心には族長の邸宅《ていたく》がある。塀で囲まれているのは、身分の高い者の住まいを作る時の稲城のやり方を踏襲《とうしゅう》したが、家そのものはアゴールの伝統に則《のっと》っていた。さすがに草地にあった頃のように屋外で宴を開く訳にはいかないので、寝起きする私邸とは別に宴用の巨大な公邸が塀の中にある。

塀の前には、多くの馬が轡《くつわ》を並べている。新しい街の完成を祝って、遥々《はるばる》やってきた部族長たちのものであった。

隣には、絢爛《けんらん》の限りを尽くした禾王《かおう》の輦車《くるま》が停まっている。傍《そば》には、通例の行幸《みゆき》では考えられない数の〈従者〉がいたのだが、何も知らない者はその不思議に気付く由もない。さぞや自らの権力を誇示《こじ》したいのだろうと思うばかりである。

禾王は輦車《くるま》から降りるや、彼らを塀の外に待たせておいた。今日の彼の計画は、既に言い含めてある。刺客が族長の首を刎《は》ねたら、禾王が公邸の外に逃れるので、それを合図に兵らは屋敷に油樽《あぶらだる》を倒し入れる。それから弓兵が、屋敷に向かって火矢を射かけることになっていた。屋敷の塀が四方から燃えれば、中の者は逃げることも叶わない。万事が順調に整っていた。唯一の懸念があるとすれば、屋敷に出口が一つしかないことだ。予め、祝いの品を届けるという体《てい》でやった遣いからの報告で、禾王は公邸の構造を把握していた。

公邸の中には仕切りがなく、一つの広間のようになっているという。入り口から見て舞台は右手に、雛壇《ひなだん》は左手にあり、中央の天蓋《てんがい》を支える二本の柱に隔てられて、長卓が二つ、横に並んでいる。二十五人ずつが向き合える一つの卓に、用意された席はそれぞれ五十で、連れの者は雛壇に座ることになるのだという。雛壇の正面が芸の舞台なので、賓客《ひんきゃく》である禾王は、最も舞台に近い端の四席のいずれかに座らされる可能性が高かった。部屋の奥の席を宛がわれるのはまずいので、禾王はまた遣いをやった。そして、稲城では出口に近い場所が身分の低い者が座るところなので、礼を尽くすために是非ともそこに座らせていただきたい、と伝えた。

その言葉が功を奏したことを、今、禾王は確かめた。誘《いざな》われた席は、出口を背にした席だったのだ。

禾王は喜色を露にしながら進んでいく。今日の装《よそお》いは縁起の良い蘇芳《すおう》の色、それを薄紫の太い帯で締め、上から絢爛《けんらん》たる金の尾錠《びじょう》で止めた。恰幅《かっぷく》の良い禾王の腹の八割が隠れるほどの大きな尾錠は人目を引く。だが、戴《いただ》いた黄金《こがね》の冠の意匠は控えめにして、着飾るにも度を越さないことが、禾王の洒落者としての感性の高さだった。

既に全員が席に着いており、禾王の到着を待っていた。禾王が座る前、部族長らは一斉に立ち上がる。禾王は自らの正面にいる男の顔を見て、意外な心地に打たれていた。

「……これはザルグ殿。その方《ほう》が畑道之面《はたみちのめん》を召すようになったとは」

見れば部族長らの中にも、何人か面を付けている者がいる。族長は、通訳の背に返事を叩いた。

「稲城の君主たる方にご来駕《らいが》いただくのだから、これくらいの礼儀は当然です。それに私も、稲城の流行に肖《あやか》りたかったのです」

禾王は、族長の全身を点検した。アゴールの正装は、式典の時であってさえ、動きやすいように足が二股に分かれている。さらに、艶《つや》やかな革の長靴で膝までを覆っていた。身に付けているのは青褐色《あおかちいろ》の衣、これに長い黒革の外套《がいとう》を重ね、頭には金の牡馬《おうま》の描かれた漆黒の布帯を締めている。重たく着飾ることこそしないが、身に付けているのは一級の品だ。

「そうか。いや、それは何より。実は余もこの面を付けようと思っていたのだが、失礼かと思って入り口で外したのだ。その方が付けているなら、余も遠慮はすまいな」

言って、禾王は背後の扈従《こじゅう》から面を受け取った。平民が付けているような特徴のないものではない。表情は彫り深く厳《いか》めしく、それでいて面自体は優美なやわらかさを帯びた、情緒ある一品に仕上げさせた。

「賀詞《がし》を述べるべきところ、いきなり失礼した。あまりにも驚いたものだから、お許しくだされ」

「とんでもない。私も、あなたの驚く顔を見てみたかったので本懐です」

率直な言い方はアゴールらしい。禾王は面の下で笑みを浮かべ「それでは賀詞を述べさせていただこうか」と、咳払いをした。

「この新しい街アモンダにお招きいただき、光栄に存ずる。いやはや余も、これほどの短い時間で十の街が完成するとは思わなかった。今日も歩いてみては、驚嘆の意を隠し切れず――」

完成した新しい街がどれほど素晴らしいかを述べ、そこへ招かれたことへ謝意を表すと、アモンダの街は稲城とアゴールの協力で出来上がったことを繰り返し強調し、これを機に二者のますますの繁栄と平和を祈って結びとする。端々に文藝《ぶんげい》古典にも広く通じる教養を感じさせる、見事な挨拶であった。

「お褒めに与《あずか》り、大変な光栄です。これも全て禾王のご助力あってのこと。ささやかながらお食事も用意しております。お楽しみいただければ幸いです」

アゴールの方も、返答は稲城式に自らを遜《へりくだ》りつつ、それでいて彼らしく簡潔に述べる。それから、つと横を向いた。

「本来まずはおもてなしの意を表するべく、こちらから芸を披露するべきところですが、あいにく準備が整っておりません。差し支えなければ、順番を入れ替えても構いませんでしょうか」

突然の提案に禾王は若干動揺したが、抑えずともその動揺は面の下に隠れていた。

「それはそれは。大きな舞台だから、準備も並大抵の苦労ではないだろう。こちらの方はすでに支度が整っているから、先にお見せするとしようか」

先ほどの動揺は、今ではほくそ笑みに変わっていた。楽団に準備をさせながら、彼らに目配せをする。

（――死期を早めたな、小童《こわっぱ》よ。せめてそちらの芸を見ている間くらいは、生かしてやろうと思っていたが）

十の楽人が前に並ぶ。手には笛、琴、琵琶《びわ》の数々。彼らは手早く支度を整えると、禾王の目配せに応え、それぞれ位置に付いた。

「それでは参りましょう。……奏でますのは〈蒼天〉という曲。幽玄《ゆうげん》なる時を感じていただければ幸いにございます」

先頭の笛吹きが一揖《いちゆう》した。そして、唇に笛を当てる。

曲は壮大にして華麗だった。禾王の率いる芸道衆が作曲したものである。奏でる腕には若干の不満は残ったが、禾王は面の下で笑んでいた。

（これで良い。野蛮な民に聞かせる音色など、このくらいで充分）

族長を盗み見る。彼はじっと聞き入っていて感嘆している風である。この音の違いを分からぬのが不幸の始まりだと思った。一度本物の音色を聞かせてやっているのに、違いに気付かないとは――

曲が終わり、彼が禾王の方を向いた。隣に控えた通訳が言う。

「素晴らしい。これほど質の高い演奏は、なかなか聴けません」

ざわりと、辺りの空気が毛羽だった。

舞台から楽団が消えた。族長の背後で、楽器に仕込んでいた刃が鳴る。不意に消えた楽団に戸惑いのざわめきが起こったが、標的の男が振り返るよりも早く、刺客の刃が首を切る。

――筈だった。

「控えろ！」

高らかに上がった声に、人々は仰天《ぎょうてん》した。言ったのは、声が出せない筈の族長である。しかし今の大音声は、明らかに喉を鍛えている人間のものだった。

刃を振りかぶっていた笛吹きもまた、動きを止める。聞き及んでいた人相とあまりにも違っていたからだ。

いつの間にか脱ぎ捨てられた面の下。その顔に、禾王も唖然《あぜん》としていた。

「――お前は、誰だ」

禾王の声に、男は仔馬のようなまっすぐな瞳をくもらせ、大仰に嘆いた。

「何とひどいお方なのでしょう。十年間、身を挺《てい》して御身をお守りしてきた私の顔すら、覚えてらっしゃらないとは」

一体何のことかと、一同はざわめきかけた。

その途端、舞台にだんっという強い音が鳴った。気を取られている最中に、いつの間に組み上がっていたのか、舞台には大きな木枠が聳《そび》え立っている。隣で、昼だというのに手に松明《たいまつ》を掲げた女が、注目を引くために足を踏み鳴らしたのだった。

「お待たせいたしました。アゴールの生き絵、〈旋風《せんぷう》の一閃《いっせん》〉をお見せいたします。……生き仕掛けの絵を、とくとお楽しみあれ」

女の声をきっかけに〈額〉の中の色が変わった。現れた夜更けの幕の前に、二人の男が姿を現す。一人は先ほど族長に扮《ふん》していた男、今は外套を脱ぎ捨て、青褐色《あおかちいろ》の衣だけになっていた。そして、虚空《こくう》に剣の切先を向けている。

後ろに佇《たたず》んでいるのは長髪の男で、こちらは稲城の官吏らしく耳から上の髪を旋毛《つむじ》の近くで結い上げている。武官のようで腰には刀を佩《は》いていた。

「ヤシュブ。まだ剣の練習をしていたのか」

長髪の男が、刀を持っている男にそう声を掛けた。

「残酷だが言わせてもらおう。もうやめろ。どんなに練習を重ねたところで、お前が再び剣士になれる望みは薄いのだぞ」

ヤシュブと呼ばれた剣士は、長髪の男を睨む。

「だからといって諦められるか。俺は刀を振るうことしか能がないんだ」

「そうか……」

「未だに信じられない。――なあ、動きが見えなくなったのは本当に俺だけなのか。イラムの身には、本当に何ともないんだよな」

沈黙が落ちた。長髪の男は、呆れるような哀れむような眼差しで、じっと剣士を見下ろしている。

「ヤシュブ。気持ちはわかるが、答えにくい質問をそう何度も人にするもんじゃない」

「悪かった」

「残酷なことは言いたくないが、仕方ない。——そうだよ。お前の目だけが、剣士の資格を失った」

重い音が、床に落ちた。剣士の膝は、力を失って崩れている。

「一体……俺が何をしたって言うんだ……」

その姿が、背後の夜空と溶け合って薄れていく。長髪の男の目が、切なそうに細められていた。

「お前は何も悪くない。お前はただ、剣術の天才だっただけだ」

呻《うめ》きが漏れた。二人の男の姿は既に朧月《おぼろづき》のように霞《かす》み、やがて音もなく消えた。

観客は少なからず驚いていた。彼らの動きにも表情にも、一切の濁りがなく鮮明なのだ。それは彼らが動いていないためだとやがて観客は気付く。彼らの声を吹き込んでいるのは〈額〉の外の人間。演手たちは、表情や動きを一時一時が絵として成立するように固めているのだ。一定の間隔で動きを切り替えることで、絵の時間を移ろわせていく。

静止した絵と絵の狭間《はざま》はこの目には見えないから、移ろいは滑らかだった。実際に動くよりもはるかに躍動的《やくどうてき》に、本物らしく見える。

彼らが紡《つむ》ぎだすのは、剣士の物語だった。王の身辺を守り続けていた主人公の剣士は、ある日突然動きが見えなくなるという変調に襲われ、武官の身を追われる。そうして流離《さすら》いの生活を始めるが、彼を倒して〈無敗の男〉の称号に傷をつけようとする者が後を絶たない。初め剣士は対戦を避けようとするが、挑発に乗って、一人のならず者と対峙することとなった。

「待てっ。誰が臆病者《おくびょうもの》だ」

「お前のことだよ。お前は、俺が怖くて逃げ回っているだけだろう」

いよいよ二人が戦うとなった時、誰もが身を乗り出した。戦いの場面を一体どうやって見せるのかと、本物の武人たちも、固唾《かたず》を呑《の》んで見守る。

ならず者と剣士、二人の身体が向かい合った途端、剣士の姿が消えた。

剣士がいた筈の白い幕に、一閃、深紅《しんく》の刃の軌跡が現れていた。

剣士は一歩下がった場所で、胸に手を当てている。その立ち姿は、荒い息遣いの合間に点滅した。剣士が刀を構え直しているうちに、次の一閃《いっせん》が幕の上に描かれる。束の間、その深紅が濡れたように照った。

軌跡は、絵の具であった。

二人とも、実際に刃を交えてはいない。ただそう見えるように動いているだけだ。その刃の軌跡を示すため〈額〉の下からさっと腕を振って幕に一筆を描きつける者がいるが、観客はその姿を見ることが出来ない。二人の剣舞と形勢は、真っ白な幕の前に色となって描き出されている。

剣士の振るった、かすれた紺青の攻撃の上に、深紅の半月の線が塗り重なった。重たいものが折り重なる音と共に、剣士の姿は〈額〉から消える。

次の瞬間、切ない音が掻き鳴らされた。ヤトゥーガの音色である。同時に葬儀の香が焚《た》きしめられる。哀しみの情が、音から香りから、観客の中に入って湧《わ》いた。

それにあわせて天井近くが暗雲のような巨大な黒幕で覆われ、公邸は薄闇に包まれた。白い幕の裏に、ぼうっと浮かび上がる人影がある。幕が松明《たいまつ》で照らされているのだ。人影はやがて、筆跡《ふで`あと》の切り刻まれた幕の裏で舞い始めた。舞は幕に滲《にじ》んでは消え、妖しく明滅する。目で追っても、儚《はかな》く消えていく輪郭がもどかしさを掻き立てた。四肢の先は、絶え間なく移ろう季節のように、束の間濃くなってはたちまち失われていく。

やがて、幕の前で力なく剣士が立ち上がった。肩は丸まり、衣はほつれ、手は力を失って地に吸い寄せられている。

やがて幕の人影も、剣士の姿も、光に溶けて消えていった。

物語が進んでいく中、禾王は左右に目を走らせていた。

（小童《こわっぱ》は、一体何処にいる？）

仕留め損ねた男と思しき姿が、見つからない。彼の命なのか、この場に面を付けた者が複数いるせいだ。どれかにあの男が紛《まぎ》れているとしても、特定する術がない。今は観劇の最中、声を出せない彼を炙《あぶ》り出す方法はなかった。

稲城の武人たちは、唐突に始まった生き絵を前に、戸惑いがちに禾王を見つめている。この後どうするのかと指示を仰いでいるのだ。

禾王は悔しさを、苦々しく奥歯で磨《す》り潰した。

（……是非もない）

次なる機会は、と禾王は素早く頭を回転させた。機会があるとすれば、この後の饗宴《きようえん》の時間だろう。食事の時は面を外さざるを得ないから、あの男が部族長らの誰かとすり替わっていれば分かる筈だ。あとは刺客に命を出すまで。一度刺客と割れてしまった以上、不意を突くことはもう出来ないが、互いに動きが見えない中だ。機会は充分にある。

もしも、この場にすらいなかったとすれば。賓客《ひんきやく》である禾王は、族長の不在という非礼を怒ることが出来る。無理にでも彼を呼びつけた後、首を斬《き》るよう臣下に命じよう。部族長らが色を作《な》す前にここを出て、兵たちに突撃を命じれば良い。

頭の中で展開を修正し、動揺を収める。これくらいの不測の事態、何と言うことはない。

生き絵は、禾王が考えを巡らせている間にも進んでいる。

どうやら剣士は、放浪しているうちに一人の男と出会ったようだ。裾《すそ》の長い衣は鈍色《にびいろ》、あたかも雨天のような色である。衣を重ね着ているようで、身体の線が厚い。

「何も心配することはないんですよ」

男は、雨恵之教《うけいのきょう》という怪しげな教えの教祖を名乗っていた。彼は、楽土《らくど》にある彩豊《いろどりゆた》かな衣も、芳醇《ほうじゅん》な果物も満開の花も、意のままに掌に出現させることが出来るのだという。

半信半疑の人々に、教祖は「私の力を目の当たりにすれば、疑いも晴れる」と囁《ささや》く。何でも彼は、楽土の存在を人々に説くため、神通力をその身に宿すことを許された使者なのだという。

禾王は目を見張った。見覚えのある顔だと思ったら、それはかつて彼が囲っていた奇術師だった。優美な物腰と少し憂《うれ》いを帯びた瞳、何も変わっていない。

一体どういう経緯で、アゴールの芸に登場することになったのか。禾王は眉根《まゆね》を寄せた。アゴールの族長にかつて芸道衆だった人間が取り入ったところなど、想像するだに不愉快だった。

「私が今から、あなた方を夢の世界へ誘って差しあげましょう。この世の楽土、夢幻の花園をご照覧あれ」

奇術師は、掌を観客に向けた。その両手十本の指には、輪《わ》を付けた鈴が通されている。その十の鈴を、軽く振った。澄んだ音が波紋のように重なりあう。

そうしておいて、掌底《しょうてい》を付けて両手を縦に開く。ちょうど銀色の歯が並んだ蛇が、大きな口を開けたような手格好である。

次の瞬間、場は動揺に沸いた。二つの掌の中心から、大きな百合が開いたのだ。

鈴は鳴らない。動いていない男の指の下で花が咲いたことに、観客は震驚《しんきょう》していた。どよめきが残っている間にも、百合はたちまち消え、炎のような薔薇《ばら》に替わる。そして今度は、瑞々《みずみず》しい紫陽花《あじさい》の一房が咲き誇った。切り替わる間合いがまた絶妙で、掌の中に肌の色の間隙が生まれることもなく、さりとて花の残像が次の主役を邪魔もせず、計ったように正確だった。

流れるように生まれていく花々に、禾王も身を乗り出していた。一体どんな仕掛けなのか。今まで見てきた無数の芸の種から考えを巡らせる。

この技の肝は、指に鈴を巻くという演出だ。鈴の演出で、観客の猜疑心《さいぎしん》を巧妙に取り除くことが出来るし、技の鮮やかさが倍になる。だが、種はおそらくはそこにあるのではないか。あの鈴のどれかに、きっと音が鳴らない仕掛けがしてあるのだろう。僅《わず》かに手首をずらして袖から花のもとを取り出しながら、鳴らない鈴を巻きつけた指でそれを広げているに違いない。

だが、それが分かってもなお、技は文句のつけようがなく素晴らしかった。目にも止まらない速さで一度指を折ってから、完璧に元通りの位置に収めない限り、掌は静止しているようには見えず、芸は成立しないのだ。少しの狂いもない、完璧で精密な技術が求められる。

花を替える間合いの呼吸も、鍛錬《たんれん》を積んで会得《えとく》したのだろう。男の芸は、迸《ほとばし》る清流のようになめらかで勢いがあった。

花の芸が終わると、男は鈴を指から取り外した。

「次は、掌に陶器《すえもの》の城を積み上げてみせましょう」

言って、掌の上で陶器の筒を横倒しにする。それは可憐な一輪挿《いちりんざ》しだった。その上にもう一つ、椿《つばき》の入った別の一輪挿しを立てて乗せようとする。観衆は息を呑んだが、どちらの一輪挿しも動かずぴたりと綺麗に静止した。さらに彼はもう一本、同じものを上に乗せる。さらに三本目に手を伸ばしている間にも、今にも右手の平衡が崩れるのではないかと、観客は息も忘れて見入っている。

しかし彼は遂に、三本の一輪挿しをその不安定な陶器の上に乗せた。どよめきと拍手が湧き起こった。彼の姿には一分の揺らぎもなく、美しく静止している。

静止することが驚きを生む芸を、彼は生み出したのだった。傍《そば》で瞬《また》く金の光が、いっそう成功に神々しい輝きを加えている。

金の光、と思った。彼の背後で、眩い光が二つほど瞬いているのはどうした訳か。光は時に黒々とした色に変わりながら、瞬間的にこの目に残像を残す。男の輝かしさと闇を象徴するような演出だった。炎もないのに、どうして光だけが見えるのか。

禾王は知る由もなかったが、その仕掛けは鏡だった。裏面が黒く塗られた鏡を透明な糸で吊り下げ、上から垂らす。すると、ごくゆっくりと扇《あお》がれた風で回る鏡が表になった瞬間だけ、光がこの目を射る。それが、男の後光と、それが裏返る妖《あや》しい闇に錯覚されるのだった。

「最後に〈虹の波〉をご覧に入れましょう」

〈額〉の中で、奇術師は徐《おもむろ》に後ろへ下がる。膝まで見えるところに来ると、諸手《もろて》を広げて胸を張った。〈額〉の中に、大きな曇天《どんてん》が広がったようだった。

次の瞬間——

男の肩から、やわらかい空色が滲み出した。

鈍色は、上から徐々に空色へ変わっていく。空色に染まった衣に、今度は上から紫が広がっていった。

間を置かず、今度は鮮やかな唐紅《からくれない》が流れ込む。衣の上半分を染めた唐紅が音もなく消えると、次には瑞々《みずみず》しい蜜柑色《みかんいろ》が雪崩れ込み、その後は金糸雀《カナリア》を思わせる美しい黄色が押し寄せた。黄色も、たちまち黄緑へ、そしてまた若葉の瑞々しい緑へと替わっていく。緑に翡翠《ひすい》のような青が混じると、次はまっさらな紺碧《こんぺき》へ。

衣が混じり気のない空色になった頃、厚い衣を纏《まと》っていた男は、衣一枚になっていた。

「あなたに降り注ぐ雨も、やがて虹になり、こうして晴れることでしょう。——どうか、希望は捨てないで」

男は言うと、一揖《いちゆう》した。

客席の放心が、徐々に感動に変化《へんげ》していく。ぱたぱた……と、蝶が羽ばたくような拍手一つをきっかけに、辺りには噴水のように拍手が上がっていた。

この技の種が衣を脱ぐことにあるのは、明白だった。それでもなお観客は新鮮な感動に打たれていた。あの技は、ゆるやかな動きが靄《もや》となって見えるこの目でない限り、見ることが出来ないものである。この目こそが、滑《すべ》っていく衣の色を混ぜ、幻の虹の波を生み出したのだ。

この目は、こんなものを見ることも出来たのか。

観客は目を見開いていた。人々の顔は、新鮮な驚きと、変わってしまったこの世への祝福に彩《いろど》られている。

奇術師は、背後の幕に妖《あや》しい影を伸ばしながら、剣士に語り掛ける。「剣のことなど、もう忘れてしまいませんか。早く楽土に身を委ねてしまいましょう」と。しかし、剣士は頑なに言った。

「それが出来たら、どれほど良いだろうと思う。だけど俺にとっての剣は、心底惚れた女みたいなもんさ。俺の方から捨てるなんてことは、到底出来やしないね」

しかし、彼も次第に奇術師の弄《ろう》する甘言に惑わされ、雨恵之教の中で堕落した日々を送るようになる。知らぬ間に、金を搾り取られているとも気付かずに。

ルトゥムという名の恋人が彼の許を去っても、ラガムという友人が忠告をしても、彼は、自分の見たい景色を見せてくれる奇術師の傍を離れない。やがて彼はどんどん貧しくなっていく。

そんな時、ガイヤという一人の女が彼の目を覚ました。彼女の話に初めは半信半疑だった彼も、奇術師が悪事の企《たくら》みを話しているのを盗み聞いて、ようやく彼女の話を信じた。

奇術を使う教祖を倒し、雨恵之教を滅ぼす。そのためにもう一度剣技を磨くことを、遂に剣士は決意した。

最後の絵は、目を閉じて祈る奇術師の遥か背後で、小さな扉が開くところから始まる。聖堂の扉を開けたのは、剣士だ。客席のほうを向いている奇術師は彼に気付かない。初め遠くにあった剣士の姿が、時を置いて次第に大きくなって迫ってくる。

奇術師が目を開けた時、剣士は刃をその首に突き付けていた。切先には、錐《きり》で開けられた穴に青い帯が通されている。長い帯の端が、奇術師の肩に垂れた。

「奇妙な術で人心を惑わす、下劣な奴め。生かしてはおけない」

剣士の声に構わず、奇術師は不思議そうな表情を浮かべた。

「何を言うのです。刃を早くおどけなさい。神に刃を突き付けるなど、無礼ですよ」

「勘違いをするな。あんたは神ではないだろう。あんたが見せるものはまやかしだ」

「私はあなたが望むから、見たい景色をお見せしたまで。非難される筋合いはありません」

奇術師は、強く握った掌をゆっくりと顔の前に持ってくる。そして掌を、開いた。同時に、一枚の扇がその中に現れる。

鋼鉄の扇だ。表面を丹念に研磨《けんま》するほか、秘伝の技法を施しているため紙を貼ったようにしか見えないが、鋼《はがね》なので刃を弾く。〈断剣之扇《だんけんのおうぎ》〉とは、奇術師が舞いながら観客が擲《なげう》つ剣を扇で躱《かわ》す、危ういが見応えのある奇術である。

彼の扇の一端には鮮やかな赤い帯が結んであり、衣を透かして下に流れていた。

「刃を納めなくば、あなたの命はありませんよ」

声を合図に、剣士の姿が掻き消えた……と、奇術師の顔前に、閃光のような青白い線が迸《ほとばし》った。刹那《せつな》、深紅の帯が下から弧を描く。二つが触れ合った瞬間、鈴が鳴る。

深紅は、降りかかる青を薙《な》いだ。横に流れた帯は再び、とぐろを巻きながら奇術師の顔に迫る。一閃、奇術師は鮮やかな火柱《ひばしら》を打ち上げ、かろうじてそれを振り払った。そして今度は、扇に巻き付いた炎を剣士の懐へ走らせる。

ほとんど動かない二人の間で、二つの帯だけが自在に泳ぎ、嚙みつきあった。一見、互いに炎を打ち合うような、目まぐるしい攻防に見えるが、実際には帯の打ち筋が軌跡として残るよう、目に映るぎりぎりの速度が計算しつくされている。それでも華やかに見えるのは、帯の色が風を彩るせい、緊張を孕《はら》んでいるのは、帯が触れ合うたびに鳴る鈴の音があるからだった。

剣舞はいつまでも続くように思われた。だがついに、二つの帯は命を失ったように垂れる。炙り出されたように浮かんだ絵の中では、剣士の刃が、奇術師の首許に当てられていた。

「遂に手品の種も尽きたようだな」

剣士の顔には、強い軽蔑が染み出ている。奇術師の顔は驚きに染まっていた。

「何故……私の扇を躱《かわ》せる。お前の目には、動きが見えぬ筈だろう」

剣士は笑う。

「見えぬものでも、目を凝らし続けてさえいれば、分かるようになるものよ。死んでしまった我が子が、傍《そば》にいるのを感じられるようにな」

剣士の笑みを最後に、奇術師の首は忽然《こつぜん》と消えた。

瞬間、強い芳香が溢《あふ》れた。葬式の香だ。その瞬間、一つの命が散ったことを、観客は悟った。

不意に、部屋の中が暗くなった。

絵に見入っていた禾王は、身を乗り出していた自らの首許に、ひやりとしたものが当たった気がした。再び公邸の中が明るくなった時、その正体を知って度肝《どぎも》を抜かれる。

「剣士だった頃は、よく、こうしたいという衝動に駆られたものだ。守るべきものを、傷付けたいという衝動に」

壇上《だんじょう》から響く声は、一人の男の背に遮られていた。

禾王の首許に刃を突き付けたその男は、禾王が探していた族長その人だった。黒い革の外套からくすんだ赤紫の衣を覗かせて、冷たく禾王を見下ろしている。

稲城の家臣たちは、息を呑んで見守っていた。きんと張った静寂の中、一同は身じろぎ一つ出来なかった。何かをすればたちまち全てが崩れ落ちてしまうのではないかと——稲城の刺客もまた、指一本動かすことさえ出来なかった。

ふっ……と、族長が口許に笑みを浮かべた。

「だが、今、私はその悩みを克服したのだ」

チン、と澄んだ音がして、刃は鞘《さや》にしまわれていた。族長は、席に座っていた通訳を一目、見やる。

「どうもうまく行ったようですね。打ち合わせておいた演出が、こうも上手く当たるとは。……それにしても、観客にここまで度肝を抜かせるとは、禾王もお人が悪い」

声が、別の者に変わった。通訳の口から伝えられた族長の言葉に、ようやく状況が飲み込めた客たちは、ほっと息を吐いた。誰かがゆるやかに拍手を打ち始める。やがてそれは大喝采になった。

「実際の二王を巻き込むとは、何という演出よ」「生き絵司よ、よくやったなあ!」「お二人とも迫真の演技で」

感嘆と安堵《あんど》が呑気《のんき》に広がっていった。

禾王は唖然《あぜん》とした。やがて放心は、してやられた——という怒りに変わる。

演手と入れ替わっておいたことで、禾王の企みを事前に知っていたことを暗に示し、最後に刃を突き付けて脅《おど》すことで、お前の命を奪うことも出来たのだと仄《ほの》めかしてきた。さらには——最後にああ言って締めくくることで、全ての騒動を演出の一部だと思わせ、この場を丸く収めた。彼が見せたのは、二度とこのようなことをするなという脅しであり、自分には、事を荒立てるつもりはないという意思だった。

それが分からぬ禾王ではない。だが、族長の手際が非の打ち所もないほど鮮やかだったからいっそう、悔しさで全身が煮えそうだった。

とはいえ、これで容易に手出しが出来なくなったのも事実である。油断ならぬ奴——と、正面に座った族長を憎々し気に睨んだ。

族長の背後には、いつの間にか長身の女が立っていた。簡素な衣の胸には白い花を模《かたど》った首飾りを下げ、緊張の籠った眼差しで、何かを問いたげに族長を見ている。

族長は禾王から視線を逸らし、女の方を振り返った。そして立ち上がり、とんと女の肩に手を置いた。

決して喋ることのない男の顔に何を見たのか、その女の顔には、じんわりと笑みが染み出していった。

終章

「……雨」

マーラはふと空を見上げた。気のせいかと思ったが、旋毛《つむじ》には確かに水滴が残っている。こうしている間にも、服のあちこちの色が変わっていた。それなのに屋根を打つ音もなく、辺りはしんと冷えきって静かだ。

曇天《どんてん》は濁り、雲の切れ間も見えなかった。無数の針金のような冷気が皮膚を掻いていく。綿の入った上着を着ていても、露出した手足から寒気が這いあがってきた。

そろそろ戻ろうかと思った時、不意に、隣に人が立った。真っ直ぐな背筋に、淡い紅色の衣を纏《まと》っている。苟曙《こうしょ》だった。

「こんなところに一人で、どうしたのですか。皆さんも、何処に行ったのかと心配していましたよ」

苟曙は、優しい声でそう尋ねた。

「……少し、考え事をしていて」

「せめて軒下《のきした》にでも入りませんか。身体が冷えるでしょう」

頷いて、近くの店の軒下に二人で移る。張り出した甍《いらか》に曇天《どんてん》が遮られて、冷たいものが身体を打つのを止めた。人の見えない通りを前に、どの店も入り口を閉じていて、凍《し》み込む冷気から身を守ろうとしている。

「寒いですね……」

「当たり前ですよ。雪が降っているんですから」

「雪？　雨じゃないんですか」

「雪ですよ。掌《てのひら》に乗せた時、すごく冷たいでしょう」

荀曙がしているように、上向けた掌を伸ばして、それが落ちるのを待つ。掌に触れた時、確かに雨にはないひやりとした感覚があった。人の熱に馴染むと、もう水滴となっている。

「目を凝らすと結晶が見えることもあるのですが、掌の上で探すのは難しいかもしれませんね」

荀曙は軽く笑う。声はあっさりとしていて、寂しげな色あいがなかったので、ほっとする。

そこで、会話は途切れた。二人は空を見上げた。この灰色の混濁のなかから、やがて大地を白銀に染めるものが降り注いでいるというのが不思議だった。

――お前は再び、生き絵を私に見せることが出来るのか。

不意に族長の言葉が甦《よみがえ》る。マーラが荀曙から聞いた話を打ち明け、もう一度生き絵を任せて欲しいと懇願した時のことだった。

――お前の計画が上手く運べば、確かに事を荒立てずには済むかもしれない。だがそのために、もう一度、絵の骸《むくろ》を人前に晒す気か。

族長は厳しい表情を崩さずに、挑《いど》むように言ったのだ。曇《くも》りのない視線を前に、マーラはしばらく言葉を選んでいたが、やがて慎重に口を開いた。

「族長。人々が今、最も見たいと欲しているのは、どんなものだとお思いですか」

彼は少し考えてから答えた。

「自らの目で、曇りなく見ることが出来るものだろう」

「いいえ。人は、見えるものを見たいと思う訳ではありません。もう見ることが出来なくなったものを、最も見たいと欲するのです」

族長の眉が、持ち上がった。

「一度骸になったからこそ、生き絵が甦るところが見たいと人々は思っている筈です。骸のままであれば深く落胆しますが、甦った時には強い希望になる筈です。私はそんな新しい希望を生み出したいのです」

族長はしばらく顔色を変えないままマーラを見下ろしていたが、やがて通訳の背に意思を伝えてきた。――一度だけ機会をやろう、と。

祝賀の宴の前に、族長に生き絵を見せる。そこで認められ、見事生き絵を甦らせることが出来れば、再び生き絵司となることを許そう、と。

約束を取り付けた後は、演手たちをどう説得しようかと頭を悩ませた。彼らを集め、もう一度生き絵に出てくれないか——と持ち掛けた時は、声が震えた。

しかし意外なほどあっさりと、彼らは戻ってきたマーラを受け容れてくれたのだった。今さら何をと言われるだろうと思ったから、すんなりと受け容れられたのが意外だった。それが、ヤシュブが繰り返し彼らを説得してくれていたおかげだと、後から知った。マーラは必ず帰ってくるから、その間、出来ることをして待とうと彼は言っていたらしい。彼は——彼の思うマーラの姿を信じていたのだ。

マーラが戻ってこなかったらどうするんだと問い詰めた演手たちに、ラチャカが、その時は私の演手になるが良いさと言ってくれたのだという。生き絵司を既にやめた彼女が、もう一度演手のために絵を描くという。今の生き絵は幼い子どもたちには受けが良いし、子ども相手に生き絵を見せていく方法もあると明るく言ったらしい。

マーラがいない間、彼らが協力して稽古を続けてくれなければ、あれほど見事に身体を静止させて、鮮やかに絵を移ろわせることは出来なかっただろう。「遅いぞ、マーラ」と責められ「もう会えないかと思ったよ」と怒られたことを、堪《たま》らなく幸せに感じた。

「これからは、大事なことは一人で決めないでよね。生き絵は、マーラだけのものじゃないんだから」

泣き笑いのような顔で言ったルトゥムに、マーラはただ、深く頷くことしか出来なかった。

祝賀の宴で生き絵を披露し、禾王の野望を阻《はば》んだ功績として、族長からはふんだんに恩賞が与えられた。さらに族長は膝を折って、再び私の許で生き絵をしてはくれないか――と頼んだのだ。他の部族長らが聞いたら目を丸くするような、考えられない礼遇《れいぐう》だった。

しかし。

「マーラさんがまさか申し出を断って、生き絵司をやめるとは思いませんでした」

荀曙の声は、ぽつりと、まるで降り始めの雨粒のように躊躇いがちに落ちていった。

マーラは冗談めかして笑う。

「よせばいいのにって思いますか？」

「そういう訳ではありませんが……。マーラさんは生き絵司に戻りたがっていると思っていたものですから、意外でした」

その筈だろうと、頷いたマーラの首には、アルヴァの花を模《かたど》った綬《じゅ》は既にない。

「族長のことは心底敬っていましたから、従いたい気持ちはありました。でも――生き絵司として生きることを、もう想像出来なくなっていたのです」

「それは……一体、何故？」

荀曙は躊躇いがちに尋ねた。

「……元々私が生き絵司を目指したのは、人の世に影響を与えたいと思ったからでした」

マーラは、しんと凍った掌を擦《す》り合わせながら、そっと打ち明ける。悴《かじか》む指先を、もう、耐えようもなくつらいとは思わなくなっている自分がいた。

「昔、いっぱしに世の中を変えようと気張《きば》ったら、師匠に笑われたことがあります。生き絵を見たからといって、世の中が変わることはないよ、と。もしも変わるとしたら、生き絵に影響を受けた人間が人の世に力を持った時だけだとね。だから、族長をはじめ、地位の高い人たちに生き絵を見せたかったんです」

じっと聞き入っていた荀曙が「じゃあ」と言葉を挟む。

「今は、そうは思っていないんですか？」

「それだけじゃ満足出来なくなったんですよ」

マーラは朗らかに笑った。

「稲城という全く別の世界を知って、考えが変わったんです。理不尽な障壁《しょうへき》に打ち勝てる族長のような人がほんの一握りだということさえ、私は知らなかった。どうしようもなく弱くて、唐突な悲劇を持て余すことしか出来ない人々や、ただ懸命に堪《こら》えている人々も含めて……もっと広い世界に生き絵を届けたいと、そう思ったんです」

だから、これからは多くの街を巡りたかった。街には舞台を作って、稲城もアゴールも隔《へだ》てなく観客を呼び込みたい。彼らが見えるものではなく、見たいと願うものを見せられる生き絵師になりたい。――もう現実の世界では見ることが出来なくなったものを。

「機会があれば、また族長のところでも生き絵を披露するかもしれません。でもそれは、他の人に生き絵を見せるのにいちいち認可の要る、生き絵司としてではありません」

清々《すがすが》しいほどきっぱりと言い切ったマーラの顔を、荀曙は眩しそうに見つめていた。

「多くの人に生き絵を見せれば、何かが変わると思いますか」

荀曙の問いに、マーラは束の間考え込んだ。

「……分かりません。多分、世の中は何も変わりはしないんでしょう」

「そんな」

「でも、人の心を束の間でも心地の良い温かさに出来たら、それで良いんです。本来生き絵は、人の心の温度を変えるためにあるものですから」

マーラはふと荀曙を見た。彼はその答えに何を思うだろうか。見る者の心の温度を、自在に操ろうとした彼は。

やがて彼は口を開いた。

「……心地の良い温度でない限り、他人からの理解は毒にしかならない、とマーラさんは言いましたが」

すっきりとした顔で、こちらを見つめてくる。

「毒として飲んだものが、やがて身体の中で薬に変わることもあるんですよ」

ふっと、マーラも顔に笑みを溶いた。

「生き絵専属の奇術師として、これからも頼みますね」

「私で良ければ。——まあ奇術というものは、所詮その場で消えてしまう幻のようなものですけどね」

少し自嘲の色合いが含まれた笑みを、マーラは、はたと見つめた。

奇術や生き絵は、紙の本や絵と違って書き残されない。芸が存在した痕跡は、人々の記憶にかろうじて残るだけ。忘れ去られてしまえば、存在しなかったことと同じになってしまう。

ましてや見えるものが限られてしまった今の世で、そんな不確かなものを作り続けたところで果たして何になろうか。

しかしマーラは力強く言った。

「それで良いじゃありませんか。いずれ消えてしまうからこそ、消えないでいる時間が特別になるんでしょう」

荀曙はマーラの答えに驚いたようだった。そしてやがて、強張っていた肩の力を抜いた。

「そうですね」

いつしかマーラの手は、悴《かじか》むのをやめていた。ふと見上げると、曇《くも》っていた筈の空が割れて、切れ間から澄んだ蒼がのぞいている。そこから差し込んできた強い光に、マーラは思わず目を細めた。

解説　額縁の中の、ここではないどこか

卯月　鮎

人はなぜ本を読むのか。人はなぜ絵画や映画、演劇を鑑賞するのか。本作にはこうある。

「人々が生き絵を作るようになったのも、精霊が我々の世界を覗いているように、自分たちも、全く別の世界を覗いてみたいという思いがあったからに違いない」

私たちは自由であっても不自由であっても、幸せであっても不幸であっても、ここではないどこかを夢見る。人間とはそういう生き物だろう。

「芸術」という漢字の由来は面白い。「芸」の旧字「藝」は、もともと種をまくという意味だそうだ。成長して立派な樹木となることから、才幹を指すようになった。「術」には道という意味がある。主人公マーラが歩んでいく道には種がまかれ、やがて草木がそよぐ。

本作は第二十九回松本清張賞を受賞した天城光琴のデビュー作『凍る草原に鐘は鳴

る』を改題したもの。応募時の原題『凍る大地に、絵は溶ける』を踏まえ、文庫化を機に『凍る草原に絵は溶ける』となった。文学という古今東西、広大な地図のなかに〝天城光琴世界〟の芽は吹いた。ふとマーラと重なり合う。どこまで草原は広がっていくのか。

――山羊の群れを連れて遊牧するアゴールの民がこよなく愛する芸術「生き絵」。マーラは若い娘ながら、絵師の頂点に立つ「生き絵司《いえし》」を任された。しかし、氏族長が集まる〈炎の集い〉で初のお披露目を成功させた矢先、すべての人々が「動くものが見えなくなる」という災厄に見舞われる。生き絵を作ることを諦めたマーラは、同じ状況に陥った農耕の国・稲城《いなき》の街へ向かい、そこで稲城王の城を追われた奇術師・荀曙《こうしょ》と出会う……。

私はファンタジー小説をメインに書評をしているが、ファンタジーとはひと言で言うなら〝世界の創造〟。それは現実と地続きでなくても構わない。読む側がその世界をイメージできれば成立する。

「伸び盛りの草に、雪の名残はもうない。代わりに今は山羊の群れが寝そべっていた。その数、ざっと千」

「天蓋から赤い旗が上がっている族長の家は、マーラの家から思いがけない近さにあった。形は上から見れば円、色は、冴えた月のような白である」

目をつむれば、風が吹き抜け、草のにおいが立ち、山羊が鳴く。

「牛の乳に茶葉を入れて煮た茶《ツァイ》を頂く。新鮮な乳のなかにほのかな渋みを見つけた。よその家の味だ」

「祭壇に吊られた、深い椀を伏せたような鐘を、布を巻いた棒で打ち鳴らす。そうすることで、大地を見守っている精霊に報せているのだ」

食事風景、精霊信仰、統治の仕組みまでも臨場感をもって浮かぶ。

何よりも本作の凄みは、この世にない芸術「生き絵」を作り上げたことだ。生き絵とは草原に〈額〉という木枠を立てて、場面を描いた幕を背景に、演手《えんじて》が物語を織りなす一種の劇。草原が限りないからこそ、額縁で仕切られた小さな異世界は凝縮され濃いものとなる。まさに草原で生まれた芸術と言えるだろう。文字を持たない遊牧民であるから、「二度と同じものが再現出来ないということこそが、生き絵に命を吹き込む」。そんな即興性もリアリティがある。

額縁を使った芸術といえば、ヨーロッパでは十九世紀、日本でも明治時代に流行した「活人画」が連想される。扮装した人物が静止した状態で有名な絵画を再現するパフォーマンスで、ヨーロッパでは上流階級の余興として盛んに行われた。ただ、活人画は生身の人間が絵になりきっているのが面白さの核であり、生き絵とは性質が異なる。

空間を区切るという意味では、生き絵は鳥居の感覚に近いのかもしれない。鳥居は神社の内と外を分ける境に立てられ、鳥居の内は神域であることを示す。たったそれだけでイマジネーションが別世界を生み出し、神聖性が高まる。生き絵が〈炎の集い〉で披露されるなど、ある種の伝統儀式のように継承されているのも納得だ。

さて、これほど丁寧に構築されたアゴールの草原世界だが、突然の災厄によって根底から揺らぐこととなる。動くものが見えなくなる奇禍。命が吹き込まれた世界を一突きで崩さんとする大胆さは、ありふれたファンタジーの枠を超える力を本作に与えている。背筋が凍える衝撃だった。

「眼前で拳を握っては開くのを繰り返すが、見えるのは掌だけで、指先が全く目に映らない」

「犬を走らせた瞬間、千の山羊が忽然と草地に化けるのだ。まっさらな草原には、ただ、鳴き声と熱が広がっているだけ」

「留まることなく滑る青年の涙は、誰にも気付かれずに消えていく。涙の痕跡は、薄く剝がれた化粧に残るだけ」

馬に乗って移動する遊牧民であり、動きが要となる生き絵を極めようとする主人公にとっては青天の霹靂。しかも、どこにも逃げ場はない。

箱庭の住民に、「さあ、どうする？」と迫る社会実験のような感覚。世界を統べる法則を転覆させるのは、SFに通じるマインドがあり、本作の尖った部分となっている。

そして、気づくことがひとつ。「動きが見えなくなった世界で、動きを前提とした芸術はどうなるのか？」という問いかけと対照的なものが、この世に存在する。それが本だ。動きが見える我々は、ページという枠の中の動かない文字を追って物語世界を覗く。そうした対比が潜在的にあるからテーマ性はより深まり、この物語を本という形で体験する意味も見えてくる。作者は計算済みだろう。生き絵について考えることは、本とは何かを探究することでもある。

ここまでは主に世界の創造と構造について書いてきたが、本作の魅力はそれだけではない。再度ゆっくりと読み返すなら、人物中心に味わうのがいい。主人公のマーラは、くだけた言葉で言うなら〝名言製造機〟だ。外向けには姉御肌で、奔放な演手たちをまとめているが、その実、内省的で物事の本質を見極める。特に私が印象に残った三つのセリフを挙げたい。文脈から切り離してもその言葉は心に強く刺さる。

「裏切る人はいません。そもそも信じるというのは、相手の許しもなしに、期待という自らの幻想を人に託すことですから。期待の幻想が解けても、その人の本当の姿が見えるだけです」

「あなたに忘れられたら、その感情は死ぬしかありません。悲しいことは、素直に悲しんでおかないと」

「私は、もう元通りにならない世界を生きることにします。何が不自由なのかは、環境ではなく私の心で決めたいので」

異文化に触れることで新たな見方を吸収し、生き絵の道に邁進するマーラ。その言葉を振り返るだけでも、彼女とともに成長していけそうだ。

奇術師の苟曙も、来し方行く末を追いかけたくなる人物。「人を喜ばせることで、私も共に幸せになれるんですから」。人のために芸を磨いてきた彼は誰からも慕われていた。しかし異変前の芸にこだわり、観衆に気まずさを与えてしまう……。そんな彼はいかにして現状と向き合うのか。その展開にはカタルシスがある。芸術とは誰のものか。芸術には何ができるのか。マーラと苟曙の道は交差した。目指すゴールは同じかもしれない。

もうひとりお気に入りを挙げるとすれば、マーラの師匠で先代の生き絵司であるラチャカも味わい深い。細い眼に峻厳な光を宿した老女で、マーラは子どものときにラチャカの生き絵に感動し、その弟子となった。見る者を生き絵で改心させようと意気込むマーラに対し、「芸術が変えられるのは、人の心の温度だけさ」と諭した言葉は軽さと重さを併せ持つ。動きはなくとも熱は放たれる。「心の温度」は本作の重要なテーマのひとつだろう。

もともと単行本が出版されたのは二〇二二年。コロナ禍における芸術の存在意義を問う寓話として高く評価された。ただ、天城光琴のインタビューを読むと、普通に暮らす人々が突然の異変に見舞われるという設定は、新人賞への応募を始めた頃から構想していたそうだ。コロナ禍という現実が後から作品に重なってきた感覚だという。しかし、そうは言っても架空世界が現実の影となり、透かしとなり、巧みにシンクロするように物語世界が構築されているのは間違いない。社会実験的ファンタジーとでも言えばいいのか。読んでいて随所にはっとさせられる。

ベースとしてはファンタジーだが、ＳＦマインドもあり、生き絵の裏舞台は演劇を扱ったドキュメンタリーに近い読み味だ。遊牧民と農耕民の接触による文化摩擦は歴史小説の趣。大詰めでは緊迫する状況をミステリー的、サスペンス的にひっくり返してみせ、トリを飾る生き絵描写はまるでＣＧ映画のような鮮やかさでページを彩る。これが文字の組み合わせだけで成り立っているのだから洗練された贅沢だ。

それでも妄想は止まない。本という芸術がもたらす幸せを噛み締めた上で、もうひとつ願うなら、遮るものが何もない広大な草原でマーラが創造する生き絵によってこの物語を味わってみたい。額縁の中の、ここではないどこかにさらわれる。

（書評家）

単行本　二〇二二年七月　文藝春秋刊
単行本『凍る草原に鐘は鳴る』を文庫化にあたり改題しました
（松本清張賞受賞時のタイトルは『凍る大地に、絵は溶ける』）
DTP　エヴリ・シンク

文春文庫

凍《こお》る草原《そうげん》に絵《え》は溶《と》ける

定価はカバーに
表示してあります

2024年6月10日　第1刷

著　者　天《あま》城《ぎ》光《み》琴《こと》
発行者　大沼貴之
発行所　株式会社　文藝春秋

東京都千代田区紀尾井町 3-23　〒102-8008
ＴＥＬ　03・3265・1211㈹
文藝春秋ホームページ　http://www.bunshun.co.jp

落丁、乱丁本は、お手数ですが小社製作部宛お送り下さい。送料小社負担でお取替致します。

印刷製本・TOPPAN

Printed in Japan
ISBN978-4-16-792235-1